古典文學研究輯刊

十四編

曾永義 主編

第19冊

《閱微草堂筆記》之閱「微」論

黃綏紋 著

國家圖書館出版品預行編目資料

《閱微草堂筆記》之閱「微」論／黃綏紋 著 ― 初版 ― 新北市：
花木蘭文化出版社，2016〔民 105〕
目 2+152 面；19×26 公分
（古典文學研究輯刊 十四編；第 19 冊）
ISBN 978-986-404-819-9（精裝）
1. 閱微草堂筆記 2. 研究考訂
820.8   105014961

ISBN-978-986-404-819-9

古典文學研究輯刊
十四編　第十九冊   ISBN：978-986-404-819-9

《閱微草堂筆記》之閱「微」論

作　　　者　黃綏紋
主　　　編　曾永義
總 編 輯　杜潔祥
副總編輯　楊嘉樂
編　　　輯　許郁翎、王筑　美術編輯　陳逸婷
出　　　版　花木蘭文化出版社
社　　　長　高小娟
聯絡地址　235 新北市中和區中安街七二號十三樓
　　　　　　電話：02-2923-1455／傳眞：02-2923-1452
網　　　址　http://www.huamulan.tw 信箱 hml810518@gmail.com
印　　　刷　普羅文化出版廣告事業
初　　　版　2016 年 9 月
全書字數　131087 字
定　　　價　十四編 21 冊（精裝）新台幣 36,000 元　　版權所有・請勿翻印

《閱微草堂筆記》之閱「微」論

黃綏紋　著

作者簡介

黃綏紋，西元 1969 年生，福建劭武籍人。先後畢業於市立高雄女中、國立嘉義師院數理教育學系、私立佛光大學文學系碩士在職專班，現任教於桃園市武漢國民小學。作者少年承襲父親學識涵養，喜好中國文學。紀曉嵐的《閱微草堂筆記》是作者父親黃慶光先生在世時親子間的家常聊本；承蒙佛光大學簡文志老師的細心指導，《閱微草堂筆記之閱微論》是作者進修碩士學位的研究著作，也為紀念父親對《閱微草堂筆記》的熱愛。

提　　要

　　本論試從紀昀的閱微敘事探析作者的創作情思和旨趣，採用統計歸納、文本分析等方法，從其微敘事、性別、女性以及夢等敘事主題探究其文本內涵。得到數個研究發現：

　　以歷史、階級、生活和人性四個面向來看，《閱微草堂筆記》的微敘事是具備人物傳奇形式和特徵的歷史敘事、隱含著濃厚的階級意識；作者深懷悲天憫人的慈悲胸襟；而對於為官之道也有頗多的自覺和反省。

　　在性別敘事上，對男女情欲的深刻描寫是紀昀言情筆記小說的極致創作。紀昀不否認男女大欲，但留心「媚」與「狎」、避免內貪與外誘；探討男女間把持立心端正、攝心清靜與懸崖勒馬等原則，就能進退得宜；而從欲所萌生的情義仍是珍貴難得。

　　女性敘事中，紀昀以虛實交雜的敘事手法，隱然展現他對於當時的女性保有根深柢固的儒教倫理固有傳統觀點，推崇孝婦和節婦，卻以傳統婦德規範迴避女性自我意識。從「他者」的困境探討中發現，紀昀筆下的女性因附庸於物化，產生自我空洞化傾向，並以異化敘寫手法，使文本裡的女性出現「辛浦森詭論」現象。

　　最後從夢的敘事和儀式視角，可見到紀昀潛意識書寫。書中以夢因和釋夢二大方向闡述人們不可估測的意識底層。透過布雷蒙的序列邏輯分析，發現作者追尋夢因與釋夢有四個軌跡：意識造夢、氣機感夢、病眩生幻夢、以及氣機旁召，象示言寓的夢兆，產生導引、中介、和結尾三種功能。在夢的儀式裡，從意識和氣機中，藉由夢達到因果報應、靈界預示、以及靈魂感通和懺悔等目的。

　　紀昀於官方治學整理四庫全書之外，另著《閱微草堂筆記》補敘不登「大雅之堂」的筆記小說，其用意在闡述街頭巷說的微言大義。透過這些探索，可以作為提供後來讀者，閱讀《閱微草堂筆記》的參考。

目次

第壹章　緒　論

　　《閱微草堂筆記》是清代著名的筆記小說，[註1] 這本書蒐集了當時代前後的各種狐鬼神怪、因果輪迴與報應……等等鄉野傳說，以及作者親自見聞的奇情軼事，內容多勸善懲惡與官治判例紀錄。其相關研究汗牛充棟，有探討作者生平，研究其治學觀，或對《四庫全書》和《閱微草堂筆記》的取材內容等各種面向研究，還有比較《閱微》與《聊齋》的異同等。這些研究採取不同視角累積了《閱微草堂筆記》的文學價值，瞭解作者的寫作用心，更提供後進研讀該書或是生命的參考。不過，能凝神關注「閱微」二字的相關研究尚寥寥無幾。如果讀者視「閱微」二字僅爲「草堂之名」，這就忽略紀昀在晚年以「閱微草堂」爲住所命名的用心。[註2] 紀昀何以將書齋取名「閱微」？他以「閱微」作爲本書命名又有何寓意？這值得探究。

　　現今讀者閱讀《閱微草堂筆記》多忽略「閱微」二字深意，筆者循著魯迅等學者的研究足跡踏尋，發現文本裡的「閱微」寓含殊多旨趣，試想如能從「閱微」典故著手，再深入研究《閱微草堂筆記》裡的敘事，將更清楚瞭解作者寫作的眞正意圖所在。

第一節　研究動機與目的

一、研究動機

　　筆記小說是中國古典小說的最初形式，篇幅內容精簡，約數百字左右，

[註1]　〔清〕紀昀著，汪賢度校點，《閱微草堂筆記》，杭州：浙江古籍出版社，2010年6月。

[註2]　「閱微草堂」係紀昀在北京宅邸中書齋的名字，該宅位于珠市口西大街路北虎坊橋附近。紀昀居此宅近三十年，直到與世長辭。

故有「叢殘小語」〔註3〕之稱。傳統目錄學中並無「筆記」一體，多歸於雜家或是小說家。開始以「筆記」爲書名，始於宋代宋祁（998～1061）的《宋景文公筆記》〔註4〕，內容分釋俗、考訂、雜說三卷。筆記小說稱《筆記》，較爲後人熟知的有蘇軾（1037～1101）的《仇池筆記》〔註5〕與紀昀（1724～1805）的《閱微草堂筆記》等。筆記小說雖短小，卻因其具有口語化的特性，能清楚呈現歷朝各代社會現實狀況，是其優點。

在清代的筆記文學中，紀昀的《閱微草堂筆記》具有相當親和力，它繼承魏晉以來志異小說風格，以淺顯易懂的言語闡述人生道理，運用精鍊文筆，將人物及情節靈活呈現讀者眼前。這種貼近市井小民的風格和語言，風行一時，後人競相模仿，蔚爲風潮。許仲元《三異筆談》〔註6〕、俞鴻漸《印雪軒隨筆》〔註7〕及俞樾《右臺先館筆記》〔註8〕等諸書，不論從博視、考據及精巧等各方面觀看，都無法超越《閱微草堂筆記》的成就。因此《閱微草堂筆記》成書距今雖已二百餘年，卻備受各個時代不同年齡及背景的讀者喜愛，成爲雅俗共賞的作品。

《四庫全書總目·小說家類》記載：「謹案：紀錄聞見之書，小說與雜史最易相淆，諸家著錄亦往往牽混。今以述朝廷闕軍國者入雜史，其兼涉里巷閒談詞章細故者則均隸此門。《世說新語》古來列之小說，其明例矣。」〔註9〕紀昀在此述明小說與雜史的分別，即小說雖以現實生活爲題材，作者的主觀

〔註3〕 桓子新論曰：「若其小說家合叢殘小語，近取譬論，以作短書，治身理家，有可觀之辭。」李善注，「殘叢」作「叢殘」，「譬喻」作「譬論」。見〔梁〕昭明太子蕭統編撰，〔唐〕李善注，《昭明文選》卷三十一「李都尉」，臺北：文化圖書公司，1995 年 3 月，頁 439。

〔註4〕 〔宋〕宋祁著，《宋景文公筆記》亦稱《宋子京筆記》、《宋景公筆錄》，原爲兩卷，《四庫全書》分爲三卷，詳見《兼明書（及其他二種）》，收錄《兼明書》、《宋景文公筆記》、《東原錄》，臺北：臺灣商務印書館，1965 年 12 月。

〔註5〕 〔宋〕蘇軾，《仇池筆記》，收錄於《四庫筆記小說叢書》，上海：上海古籍出版社，1992 年 7 月。

〔註6〕 〔清〕許仲元著，《三異筆談》，收錄於〔清〕樂鈞、許仲元著，范義臣標點，《耳食錄·三異筆談》，重慶：重慶出版社，1996 年 3 月。

〔註7〕 〔清〕俞鴻漸，《印雪軒文鈔三卷·附讀三國志隨筆一卷》，上海：上海古籍出版社，2010 年 12 月。

〔註8〕 〔清〕俞樾撰，徐明霞點校，《右臺先館筆記》，上海：上海古籍出版社，1986 年 6 月。

〔註9〕 〔清〕永瑢等著，《文淵閣原抄本四庫全書簡明目錄》卷十四「子部十二·小說家類」，臺北：臺灣商務印書館，1983 年 10 月，頁 530。

意念融合其中。文本中加入不同程度的虛構與想像等藝術加工的成分，再現作者的創作畫面。以紀昀〈灤陽消夏錄〉所言成書之因：「小說稗官，知無關於著述；街談巷議，或有益於勸懲。聊付抄胥存之。」〔註 10〕多遭後人貶抑，認爲該書只是闡述因果報應與勸人爲善的「稗類」小說而已，不足爲奇。魯迅（1881～1936）一反這種看法，認爲：「敘述雍容淡雅，天趣盎然，故後來無人能奪其席，故非僅藉位高望重已傳者矣。」〔註 11〕肯定《閱微草堂筆記》的精巧和樸實美感。

　　紀昀雖生於官宦之家，但其《閱微草堂筆記》取材多元，涉獵廣雜，記載明末至乾嘉時期人物的言行風貌，展現清代社會裡種種世俗眾生相。他所敘寫的內容和閱讀對象，羅致了官吏、商賈、書生學子、老弱婦孺、販夫走卒、婢奴等社會階層，與《聊齋》等誌異小說齊名。

　　作者除闡述與人爲善的因緣果報，更以貼近平民生活的鄉里故事做徵引，啓發世人省思各種人生哲學。書中雜揉儒、墨、道、陰陽、佛教等諸家思想，透露嚴謹治學態度和方法，紀昀說：「人生境遇不同，寄託務異，心靈浚發，其變無窮。」〔註 12〕《閱微草堂筆記》記錄的故事寓意深遠，上自皇帝貴族，下自市井小民，不同階級的讀者閱讀此書，往往也會獲得不同的樂趣與體悟。

　　審視「閱微」，如先從字面的意思加以探究，或有跡可循。杜甫的〈贈左僕射鄭國公嚴公武詩〉：「閱書百紙盡，落筆四座驚。」〔註 13〕《漢書·文帝紀》也記載：「閱天下之義理多矣。」如淳曰：「閱猶更歷也。」〔註 14〕以此

〔註 10〕　《閱微草堂筆記》〈卷一·灤陽消夏錄（一）〉，頁 1。

〔註 11〕　魯迅著，《魯迅小說史論文集：中國小說史略及其他》，臺北：里仁書局，2003 年 2 月，頁 193。

〔註 12〕　〔元〕方回編，〔清〕紀昀刊誤，《瀛奎律髓刊誤四十九卷》，臺北：新文豐書局，1989 年，收錄於《叢書集成續編第四冊》景印《懺華盦叢書》本，頁 2。（按：此與臺北：佩文書社景印本，（1960）同，保留了方回與紀昀的批語與圈點，爲現今最珍貴之本。本論文所引《瀛奎律髓》之內容皆從此出，其缺者以李慶甲集評校點之《瀛奎律髓彙評》補。）

〔註 13〕　詳見〔清〕清聖祖御製，《全唐詩》卷二百二十二「杜甫七」，北京：中華書局，1960 年，頁 2350。

〔註 14〕　〔東漢〕班固撰，顏師古注，《漢書·文帝紀第四》：「楚王，季父也，春秋高，閱天下之義多矣，明於國家之體。……今不選舉焉，而曰必子，人其以朕爲忘賢有德者而專於子，非所以憂天下也。朕甚不取。」收錄於楊家駱主編，《新校本漢書并附編二種》，臺北：鼎文書局，1997 年 10 月，頁 111～112。

「閱」意配合《周易尚書・大禹謨》：「人心惟危，道心惟微，惟精惟一，允執厥中。」〔註15〕及《禮記・學記》：「其言也，約而達，微而臧。」〔註16〕中之「微妙」、「精微」之微字解。站在此一字義的基準觀看《閱微》內容，有幾個主題是相當令人好奇的：作者觀察到什麼？以何種視角觀察？如何觀察？以及紀昀撰寫《閱微草堂筆記》有哪些著眼點？目的為何？這些問題的答案或全都隱含在「閱微」二字中，讀者如能從「閱微」二字來看待《閱微草堂筆記》，應可避免見樹不見林的遺憾，或可直透作者真實的情思和意志。

二、研究目的

　　紀昀是清乾嘉時代有名的目錄學家，也是重實學的漢學家。《閱微草堂筆記》是紀昀追尋舊聞之作，近四十萬字，內含故事一千二百餘則。自乾隆五十四年至嘉慶三年陸續寫成，分成〈灤陽消夏錄〉六卷、〈如是我聞〉四卷、〈槐西雜志〉四卷、〈姑妄聽之〉四卷及〈灤陽續錄〉六卷，共二十四卷，是紀昀留與後世最重要的文學著作。孫犁推崇本書與蒲松齡的《聊齋志異》為清代文學的兩大絕調〔註17〕，引領當時筆記小說的流行風潮。

　　清朝歷代皇帝為鞏固政權，推行強調君臣、父子倫理的朱子理學；演變至乾嘉時期，不涉義理的考證訓詁之學成為當代學術主流，加上文字獄的實施，使價值探索轉向主流之外，《閱微草堂筆記》亦成書於此時。作者的思想內涵和精鍊的文字中，透露個人對世道人心的許多真實想法，以眾聲喧嘩的形式，假托故事的人、鬼、狐視角自省，對社會寫實提出批評，融攝古典主義思維和道德勸懲的「載道」風格等。

〔註15〕　「人心惟危，道心惟微，惟精惟一，允執厥中。無稽之言勿聽，弗詢之謀勿庸。……欽哉！慎乃有位，敬修其可願，四海困窮，天祿永終。惟口出好興戎，朕言不再。」詳見〔漢〕孔安國傳，〔唐〕孔穎達等正義，〔清〕阮元校勘，《十三經注疏・周易尚書》，臺北：藝文印書館，2001 年 12 月，頁 55～56。

〔註16〕　「善歌者，使人繼其聲。善教者，使人繼其志。其言也，約而達，微而臧，罕譬而喻，可謂繼志矣。」詳見〔漢〕鄭元注，〔唐〕孔穎達等正義，〔清〕阮元校勘，《十三經注疏・禮記》卷第三十六，臺北：藝文印書館，2001 年 12 月，頁 653～654。

〔註17〕　孫犁，〈關於紀昀的通信〉：「在寫法及其作用上都不同於《聊齋志異》，但它與《聊齋志異》是異曲同工的兩大絕調。」（原刊載《天津日報》，1979 年 12 月 1 日。）本文轉引自周積明著，《紀昀評傳》，南京：南京大學出版社，1994 年 9 月，頁 350。

　　《閱微草堂筆記》的怪誕故事與他的學者理性和注重實學的精神不符，兩者間懸殊差異，相當啓人疑竇。紀昀在《四庫全書》小說家類《提要》提及：「寓勸戒、廣見聞、資考證」〔註18〕三者，是小說的價值所在。紀昀在選擇以筆記而非傳奇的形式撰寫本書時，特別將每一則故事的來歷和根據一一記錄；遇有誤漏之處，即一一更正，這就是實學的表現。紀昀感嘆世人忽視稗官野史的教化功效，主持編纂《四庫全書》的同時，內心隱含對遺漏小說野史的抱憾。在顧忌當時文字獄的壓迫和「立德、立言、立功」的儒者使命，兩方情思的角力，怪誕的變形敘事亦屢屢出現在《筆記》之中。

　　紀昀雖著作等身，但能流傳至今的作品卻不多，如同他的朋友門生等人所記：「即曉嵐同唱酬者數十年，而其詩不肯自錄成帙，今所刻者，其孫所補輯耳。」〔註19〕、「生平未嘗著書，間爲人做序記碑表之屬，亦隨即棄擲，未嘗存稿」〔註20〕、「公著述甚富，不自裒集，故多散佚」〔註21〕、「作古文，稿多散棄」〔註22〕，只有少數作品見存於由其孫紀樹馨補輯的《紀文達公遺集》中。但晚年的紀昀在毀棄多數著作後，又刻意寫作《閱微草堂筆記》二十四卷，並集結成書，著作目的究竟爲何？紀昀以何種立場寫作《閱微草堂筆記》，又希望讀者以何種角度接受？在文人「立言」的使命感催促下，作者將「教化」的企圖明示或暗示於文本的各類故事之中。

　　對一般人而言，《閱微草堂筆記》的每個故事都不深奧，有時看來理所當然；當讀者的視角改變了，有了追根究柢的精神之後，每個故事豈止是故事？在筆者深究紀昀的「閱微」之時，也開始了故事豈止是故事的探索歷程，「閱微」其實就是紀昀微觀人生山水的歷程。

〔註18〕　收錄於〔清〕永瑢、紀昀等撰，《武英殿本欽定四庫全書總目題要》第三冊「子部‧卷一百四十‧子部五十‧小說家類一」，，臺北：臺灣商務印書館，1983年10月。頁3～938。

〔註19〕　〔清〕翁方綱，《復初齋文集》卷四‧二十二，詳見《續修四庫全書》編纂委員會編，《續修四庫全書》第1455冊「集部‧別集類」（據〔清〕嘉慶十七年紀樹馨刻本影印），上海：上海古籍出版社，2002年3月，頁388。

〔註20〕　〔清〕陳鶴，〈紀文達公遺集序〉，詳見《續修四庫全書》第1435冊「集部‧別集類」，頁203。

〔註21〕　〔清〕阮元，〈紀文達公遺集序〉，詳見《續修四庫全書》第1435冊「集部‧別集類」，頁203。

〔註22〕　〔清〕錢林輯，《文獻微存錄‧卷八‧七十六》，詳見《續修四庫全書》第540冊「史部‧傳記類」（據清咸豐八年有嘉樹軒刻本影印），頁363。

　　《紀文達公遺集》中收錄的〈京邸雜題六首〉，其一即是紀昀為自己晚年棲身的「閱微草堂」所題之詩：

　　　　讀書如遊山，觸目皆可悅；千巖與萬壑，焉得窮曲折。

　　　　煙霞滌蕩久，亦覺心胸擴；所以閉柴荊，微言終日閱。〔註23〕

詩中以「遊山」與讀書並列，傳達閱讀之樂趣，使作者為享受此樂而「閉柴荊」。紀昀在創作《閱微草堂筆記》，應亦有相同的想法，希望將大千世界中的世情萬狀、奇聞軼事，以平易近人的「微言」方式呈現其中。以此標準審視書中故事，其中口號式的傳統教條故事雖多，但也有幾個不同的主題令人倍感興趣。筆者除了想深入瞭解作者深埋該書的蘊理，還想嘗試從不同於前人與傳統的鑑賞視角延展《筆記》的價值，並藉此練習拓展個人欣賞文學藝術的視野，重新詮釋《閱微草堂筆記》的不同面貌和另類價值，這正是本研究的目的所在。

第二節　文獻探討

　　近二、三十年來，臺灣或是大陸的古典文學研究領域中，對紀昀與《閱微草堂筆記》的相關研究一直不曾間斷，尤其是大陸方面的研究更是豐富，但評價始終是毀譽參半，呈現兩極化的趨勢。不論是對他編撰的《四庫全書》，或是他的御用文人身分，乃至於晚年著作的《閱微草堂筆記》都備受爭議。

　　中國文學史學者如鄭振鐸、胡雲翼等，多半認為《閱微草堂筆記》是《聊齋》的餘韻，不值一提。二十世紀最早研究紀昀的學者魯迅則提到：「紀昀本長文筆，多見秘書，又襟懷夷曠，故凡測鬼神之情狀，發人間之幽微，托狐鬼以抒己見者，雋思妙語，時足解頤；間雜考辨，亦有灼見。敘述復雍容淡雅，天趣盎然，故後來無人能奪其席，固非僅借位高望重以傳者矣。」〔註24〕這段話直接肯定《閱微草堂筆記》的文學價值，並認為此書：「自然不飾藻敘說，重「樸質」；為尚質黜華之作。」〔註25〕

　　近年來，有關紀昀本人及其作品相關研究的專書、學位論文、期刊及（改寫或仿作）頗多，其中以《閱微草堂筆記》為主的研究亦不在少數。由於數

〔註23〕　〔清〕紀昀著，《紀文達公遺集・卷第九》，詳見《續修四庫全書》第 1435 冊「集部・別集類」，頁 586。

〔註24〕　魯迅著，《中國小說史略》，上海：上海古籍出版社，1998 年 1 月，頁 151。

〔註25〕　《中國小說史略》，頁 151。

量眾多無法細列，因此在本論的文獻探討取材部分，為避免冗贅或疊床架屋之弊，筆者將以專書與學位論文為主，並依照以下兩個原則為取捨準則：一、以《閱微草堂筆記》為主要研究對象的著作；二、與紀昀本人或《閱微草堂筆記》內容思想相關的史料旁證之紀錄。先透過回顧前人的相關研究成果，加以分類整理，冀望能從中開創與前人不同的研究視角。

一、紀昀與《閱微草堂筆記》研究

（一）專書

專門以紀昀為研究對象的專書數量並不多。周積明著《紀昀評傳》〔註26〕一書，以紀昀人生經歷為敘述主軸，輔以當時政治、社會的各種面象為背景，詳細記錄紀昀一生的曲折起伏，對《閱微草堂筆記》的創作歷程，敘述詳盡，是目前研究紀昀的著作中史料蒐集最為豐富，也最常被引用的一部著作。

賴芳伶《閱微草堂筆記研究》〔註27〕探討《閱微草堂筆記》塑造的觀念世界，並和魏晉南北朝志怪小說比較，確定《閱微草堂筆記》在中國文學史上的地位、評價和影響。本論從寓言方式建造起來的鬼、神、狐世界入手，反映紀昀當時社會的風氣和思潮，及其時代背景構築的道德倫常和關懷之情。

潘金英《《閱微草堂筆記》考論》〔註28〕內容分成上下兩篇，上篇考述《閱微草堂筆記》的版本，下篇著重在論析文本內涵。其中關於版本考據的部份極其詳盡，仔細搜羅兩岸圖書館與大學收藏善本珍貴資料，對研究者提供了相當大的幫助。

（二）期刊論文

趙伯英〈紀昀論筆紀小說〉內容以蔡元培〈詳注《閱微草堂筆記》序〉所論：「清代小說最流行者有三：《石頭記》、《聊齋志異》及《閱微草堂筆記》是也。《石頭記》為全用白話之章回體……《聊齋志異》仿唐代短篇小說刻意求工……《閱微草堂筆記》則用隨筆體。」〔註29〕為研究立足點，從體例及寫作情況部份討論紀昀對筆記小說的觀點。

〔註26〕周積明著，《紀昀評傳》，南京：南京大學 1994 年 9 月。
〔註27〕賴芳伶著，《閱微草堂筆記研究》，臺北：國立臺灣大學文學院，1982 年 6 月。
〔註28〕潘金英，《《閱微草堂筆記》考論》，臺北：俊傑書局，2008 年 1 月。
〔註29〕趙伯英，〈紀昀論筆記小說〉，鹽城：《鹽城師範學院學報・人文社會科學版》，1985 年第 3 期，頁 7～12。

徐光輝〈從《閱微草堂筆記》看紀昀的小說觀〉〔註30〕認爲《閱微草堂筆記》呈現出中國小說的理論及批評步入新的發展階段。在其中小說序跋、評點以及提到文人雜著的內容，以豐富多彩的形式包含對于小說特性和藝術規律等諸多方面的認識和總結。

黃淑靖〈從閱微草堂筆記看影響清代婦女社會地位之因素〉〔註31〕透過紀昀筆下的婦女角色，探討清代統治者提倡以朱子與程子爲首的宋代理性之學，和封建道德倫理對當時婦女貞操觀念的影響，以及婦女地位所反映清代的法律思想。

吳波〈追踪晉宋　踵事增華——《閱微草堂筆記》對魏晉六朝志怪小說的繼承與發展〉〔註32〕直指紀昀在創作的過程中，繼承魏晉六朝小說，特別是志怪小說的長處，並將其進一步發揚光大，形成具有自己審美特質的藝術作品。認爲《閱微草堂筆記》雖亦爲志怪小說，但卻是言在此而意在彼，內容著眼於社會現實，具有較強的現實針對性。而審視其藝術性，《閱微草堂筆記》也因講究章法，相當富有韻味。

韓希明〈試析《閱微草堂筆記》的女性倫理〉〔註33〕以《閱微草堂筆記》中的各式女性角色爲研究範圍，雖然對女性表現出相當的人性關懷，眞正的目的卻是欲塑造男權語境下的理想女性典範。

王吉鵬、杜亮梅〈魯迅與紀昀小說觀之比較〉〔註34〕分別從小說的眞實性認知、歷史定位與功利性三方面，探究魯迅與紀昀的不同看法與主張之差異，源於兩人不同的出身背景，及面對現實困境時，從不同的角度面對自我生命的體驗。魯迅的評論，確立《閱微草堂筆記》的小說地位。但兩人並非同一時期人物，作此類比較，未免有些牽強。

吳波〈攻訐道學與對程朱理學的修正——《閱微草堂筆記》思想文化意

〔註30〕 徐光輝，〈從《閱微草堂筆記》看紀昀的小說觀〉，湘潭：《湘潭大學社會科學學報》，1987 年第 1 期，頁 33～39。

〔註31〕 黃淑靖，〈從閱微草堂筆記看影響清代婦女社會地位之因素〉，臺北：《歷史教育》第 3 期，1998 年 6 月，頁 99～109。

〔註32〕 吳波，〈追踪晉宋　踵事增華——《閱微草堂筆記》對魏晉六朝志怪小說的繼承與發展〉，淄博：《蒲松齡研究》，2005 年 02 期，頁 137～147。

〔註33〕 韓希明，〈試析《閱微草堂筆記》的女性倫理〉，南京：《南京社會科學》，2005 年第 4 期，頁 64～70。

〔註34〕 王吉鵬、杜亮梅，〈魯迅與紀昀小說觀之比較〉，唐山：《唐山師範學院學報》第 29 卷第 1 期，2007 年 1 月，頁 1～4。

蘊研究之二〉〔註35〕認爲紀昀在《閱微草堂筆記》中對宋儒學說，特別是「講學家」極盡諷刺揶揄之能事，其貶抑批判態度極其鮮明，但從對其本質的論述內容加以審視，事實上紀昀對宋儒學說並非完全持否定態度，他眞正批判與否定的是僞道學，同時也不斷地試圖修正後人對宋儒學說的解讀，期使之達到更加理想的境地。

張偉麗〈論蒲松齡紀昀小說創作心理相同點〉〔註36〕針對蒲松齡和紀昀在創作動機、創作情感與創作期待等小說創作心理的相同之處進行論述，指出兩人都在小說中寄託孤憤的創作情感，並試圖藉由小說的「逞才」得到世人認同，以完成儒者的救世情懷。此論議「同」非「異」，與其他相關研究方向不同。

魏曉虹〈《閱微草堂筆記》研究的回顧〉〔註37〕將清代至今中國學者對《閱微草堂筆記》的研究依時間順序，分成清代、二十世紀八零年代前、二十世紀八零年代後三個時期，並針對八零年代後大陸地區的《閱微草堂筆記》研究，作簡單的整理與回顧。

魏曉虹〈淺談《閱微草堂筆記》中的雷神〉〔註38〕本篇研究專論以文本中的雷神故事爲審視對象，主張紀昀借《閱微草堂筆記》中的雷神故事，表現宣傳忠孝節義的封建思想，以期有助於社會人心。並欲以此彰顯其神道設教的創作目的，補道德法律、文明教化之不足，維護封建統治的正常秩序。

弓元元〈《閱微草堂筆記》的創作動機與因果報應〉〔註39〕因果報應應被視爲一種影響深遠的佛教理論，在其與小說體裁相互作用下，已經成爲中國古代小說的一個思想母題。以此角度觀看《閱微草堂筆記》，紀昀運用因果報應的母題故事作爲教化手段，達到其救時弊，匡世風的勸世目的。

〔註35〕吳波，〈攻訐道學與對程朱理學的修正——《閱微草堂筆記》思想文化意蘊研究之二〉，淄博：《蒲松齡研究》，2008 年 01 期，頁 140～148。

〔註36〕張偉麗，〈論蒲松齡紀昀小說創作心理相同點〉，淄博：《蒲松齡研究》，2008 年 1 期，頁 5～15。

〔註37〕魏曉虹，〈《閱微草堂筆記》的研究回顧〉，太原：《山西大學學報・哲學社會科學版》第 31 卷第 4 期，2008 年 7 月，頁 71～76。

〔註38〕魏曉虹，〈淺談《閱微草堂筆記》中的雷神〉，長春：《古籍整理研究學刊》，2009 年 02 期，頁 80～85。

〔註39〕弓元元，〈《閱微草堂筆記》的創作動機與因果報應〉，呼和浩特：《語文學刊》，2009 年 6A 期，頁 28～29。

李興昌、宮業勝〈漫談《閱微草堂筆記》的司法觀〉﹝註40﹞認爲紀昀的觀念無法脫離時代影響，因此文本故事呈現的司法觀念受到社會階級的束縛。但深入瞭解後，紀昀仍在書中提出相當值得後人借鑑的司法理念，如：正確處理情、理、法的關係；德主刑輔；嚴懲不法之司法官吏等，傳達的都是至今不變的中道。

張泓〈《閱微草堂筆記》對《聊齋志異》的指責與影射〉﹝註41﹞指出紀昀在《閱微草堂筆記》文中，對蒲松齡和《聊齋志異》作了嚴厲的批判，既指責作品內容駁雜和不眞實，又影射蒲松齡用《聊齋志異》來發洩對現實的不滿，造成不良的社會教育效果。紀昀創作《閱微草堂筆記》就是爲扭轉《聊齋志異》的不良影響。儘管紀昀的創作態度和作品的社會影響與蒲松齡及《聊齋志異》截然不同，但張氏似乎刻意隱蔽《閱微草堂筆記》相同的缺點。

魏曉虹〈論《閱微草堂筆記》中的女孝〉﹝註42﹞認爲《閱微草堂筆記》中的女孝是臨變之孝。爲盡孝道，主角犧牲幸福乃至生命，以其貞孝、節孝、烈孝侍奉父母公婆，表現出孝婦、孝女的悲慘命運。此種利他行爲的道德意義不容否認。但女孝在封建時代的倫理道德弊端也顯露無遺，道德同質與異質的衝突難以調和。

（三）學位論文

1. 博士論文

張聯成〈紀昀《閱微草堂筆記》女性倫理道德思想探析〉﹝註43﹞主要探討紀昀《閱微草堂筆記》中有關女性的倫理道德思想，並藉此了解當時女性所處的角色和地位，紀昀內心非常嚮往以「仁」爲核心的儒家倫理道德規範，因此內容也高度涵攝紀昀對傳統倫理道德的維護反省和批判。並積極對傳統倫理道德進行宣揚，其中有對傳統倫理道德的繼承，亦有質疑和否定，書中呈現豐富複雜的倫理道德觀。

﹝註40﹞ 李興昌、宮業勝，〈漫談《閱微草堂筆記》的司法觀〉，滄州：《滄州師範專科學校學報》第 25 卷第 3 期，2009 年 10 月，頁 10～11。

﹝註41﹞ 張泓，〈《閱微草堂筆記》對《聊齋志異》的指責與影射〉，楚雄：《楚雄師範學院學報》25 卷 2 期，2010 年 2 月，頁 1～5。

﹝註42﹞ 魏曉虹，〈論《閱微草堂筆記》中的女孝〉，武漢：《孝感學院學報》30 卷，2010 年 4 期，頁 27～31。

﹝註43﹞ 張聯成，〈紀昀《閱微草堂筆記》女性倫理道德思想探析〉，新竹：玄奘大學中國語言學系博士論文，2009 年。

魏曉虹〈《閱微草堂筆記》研究〉〔註44〕運用辯證分析法研究文本，並以文學主題學的研究方法，針對故事主題的孕育及形成進行研究。並從小說史和社會文化方面分析作品，對民族文化心理層面作深入的探討，主張《閱微草堂筆記》兼具社會批評及道德批評的色彩，分析角度多元。其中以「夢」為研究主題的內容，提供本論相當的啟發，對本論研究有相當助益。

2. 碩士論文

盧錦堂〈紀昀生平及其閱微草堂筆記〉〔註45〕將紀昀的家世、年譜、交誼、著作等介紹詳盡，並將《閱微草堂筆記》內容分成二十二類。盧氏對此分類頗下功夫，但又強調故事的分類不必限於一。盧氏的研究開啟台灣地區研究《閱微草堂筆記》的先河，其分類方式提供了後進學者研究《閱微草堂筆記》的基礎。

林淑幸〈理念與實踐——紀昀小說觀研究〉〔註46〕將研究重點著眼於紀昀《四庫全書總目提要》中宣示的小說理念，並重視《閱微草堂筆記》的實際創作，二者呈現之相同或相異處。

劉麗屏〈閱微草堂筆記中的女性研究〉〔註47〕開始將研究聚焦在文本的女性角色身上，分析《閱微草堂筆記》中女性行誼、婚姻、角色、女性地位，探究封建社會女性形象及紀昀對女性的觀點，但是禮教風氣、社會階層、妻妾婚姻、奴婢制度、地位……等皆屬鉅視部分，作者以此斷定紀昀表面要求女性遵循嚴苛禮教的規範，內心卻是藉狐歌頌自由。筆者認為：此研究結論似乎有些牽強。女性敘事應以微視的方式，尋思文本裡的女性與環境、人、事、物的互動過程和意義，這才能真正體現紀昀心中的女性意象。

林佳慧〈從非小說到小說——「志怪」論述研究〉〔註48〕以紀昀和蒲松齡為論文中對話的主要人物，視〈聊齋〉為起點，並由類型、作者、美學三

〔註44〕魏曉虹，〈《閱微草堂筆記》研究〉，長春：東北師範大學中國古代文學系博士論文，2010年。

〔註45〕盧錦堂，〈紀昀生平及其閱微草堂筆記〉，臺北：政治大學中文系碩士論文，1973年。

〔註46〕林淑幸，〈理念與實踐——紀昀小說觀研究〉，中壢：中央大學中國文學系碩士論文，1997年。

〔註47〕劉麗屏，〈閱微草堂筆記中的女性研究〉，臺北：政治大學中文系碩士論文，1998年。

〔註48〕林佳慧，〈從非小說到小說——「志怪」論述研究〉，中壢：中央大學中國文學系碩士論文，1999年。

個角度進行，向外延伸以瞭解志怪由非小說到小說的歷程。提出小說若不符「眞」但在服膺於「善」的原則下也可爲紀昀認同。紀昀以著書之筆規範志怪的寫作，又以個人的博學充實志怪的內容，連書中的鬼怪狐魅都可與之談理說道，呈現出迥異於蒲松齡筆下的精怪形象。是少數認爲《閱》書藝術成就可與《聊齋》並駕其驅。

陳郁秋〈《閱微草堂筆記》思想探究〉〔註49〕以歸納分析、知人論世與比較的方法，企圖探究紀曉嵐的獨特思想。將《閱微草堂筆記》的故事歸納分析，分成三部份十六類，針對紀曉嵐思想進行探討比較。並由官吏──事業、科舉──拔才、宋儒──學術、愛情四個面向探討及綜論紀昀的思想，期能全面反映紀昀的精神面貌。

吳聖青〈《閱微草堂筆記》與《子不語》中兩性關係研究〉〔註50〕針對《閱微草堂筆記》與《子不語》書中愛情的篇章加以研究。對於兩位作者的感情生活及愛情觀作一剖析，並比較兩書中愛情故事表現手法的相異相同處，及書中所強調的戒淫意識。根據愛情故事中所反映的問題，分爲清代貞節觀、同性戀與清代社會、情欲與性欲的需求三部分來探討清代的社會現象。

黃子婷〈《聊齋志異》與《閱微草堂筆記》之仿擬作品研究〉〔註51〕認爲《閱微草堂筆記》雖是承接《聊齋志異》的影響而來的，但兩者對有關小說觀之見有所歧異，以致雖取材大多皆爲神鬼之談，精神內涵卻各有其人生社會的積極意識，形成兩者之間有著天壤之別的表達方式，以致後世追摹作品形成兩個派別，各有所宗。

金志淵〈《閱微草堂筆記》鬼神故事之研究〉〔註52〕則專以《閱微草堂筆記》中的鬼神故事作爲研究課題，析解相關故事類型，並加以綜合整理和考察，以此爲論述基礎，探研《閱微草堂筆記》呈現的精神意蘊。

〔註49〕陳郁秋，〈《閱微草堂筆記》思想探究〉，臺中：東海大學中國文學系碩士論文，2000年。

〔註50〕吳聖青，〈《閱微草堂筆記》與《子不語》中兩性關係研究〉，臺北：中國文化大學中文系碩士論文，2000年。

〔註51〕黃子婷，〈《聊齋志異》與《閱微草堂筆記》之仿擬作品研究〉，臺北：政治大學中國文學系碩士論文，2001年。

〔註52〕金志淵，〈《閱微草堂筆記》鬼神故事之研究〉，臺北：臺灣大學中國文學系碩士論文，2003年。

陳韋君〈閱微草堂筆記情緣故事之研究〉〔註53〕探討該書人物個性、處世態度和生活環境的影響。從《閱微草堂筆記》一百七十三則情緣故事進行歸納、整理與分析，分人間男女情緣、人與異類情緣和鬼類情緣三大類解讀，探討故事的精神內涵、小說美學、敘事特徵和思想意蘊。陳氏研究雖屬女性敘事意象範疇內，可惜的是女性的親情、友誼，乃至於博施濟眾的大愛情感闕遺未談。陳氏的研究啓發了個人對於《閱微草堂筆記》的男女敘事產生興趣，這個主題似乎還可以有再發展的空間。

宋世勇《〈閱微草堂筆記〉鬼神形象芻議》〔註54〕側重從思想文化的角度觀看文本，研究鬼神形象在《閱微草堂筆記》中的特徵，及其對紀昀小說創作的影響爲何。作者提出紀昀在《閱微草堂筆記》以鬼神形象爲工具，自上而下勇敢的揭露當時中國社會，呈現出道德淪喪與人性缺失的病徵；認爲紀昀重新闡釋了傳統鬼神觀，並使其上升到理性的高度。對鬼神「不信卻寫」的獨特追求，造成了《閱微草堂筆記》在敘事上的與眾不同。紀昀以博學且理性化的議論方式，寫出了自己的特色。

張思麗〈論紀昀筆下的民俗〉〔註55〕作者以民俗角度切入對《烏魯木齊雜詩》和《閱微草堂筆記》進行研究，探討作家經歷對著書的影響。將作品中出現的民俗現象分成鄉情民俗、世風傳聞、神秘文化、民間醫藥、邊塞風光、南國風韻六個部分。把直接記載的民俗，視爲體現作家的人文情懷。並融民俗內容于故事與議論之中。此論內容豐富，針對紀昀利用民俗中鬼狐的形象創造的「鬼狐世界」，懲惡揚善，抒寫理想，達到「勸世」的目的。

曾凱怡《〈聊齋誌異〉與〈閱微草堂筆記〉狐精故事之敘事藝術研究》〔註56〕將研究焦點集中在《聊齋》和《閱微》的狐精故事在敘事藝術上的特色，並且比較兩者之間的不同。從語式、時況、焦點、人物等方面切入，試圖從這些相異點解釋《聊齋誌異》的敘述手法優於《閱微草堂筆記》之處。

〔註53〕　陳韋君，〈閱微草堂筆記情緣故事之研究〉，臺中：中興大學中國文學系碩士在職專班，2003年。
〔註54〕　宋世勇，《〈閱微草堂筆記〉鬼神形象芻議》，廣州：華南師範大學古代文學系碩士論文，2003年。
〔註55〕　張思麗，〈論紀昀筆下的民俗〉，天津：天津師範大學中國古代文學系碩士論文，2003年。
〔註56〕　曾凱怡，《〈聊齋誌異〉與〈閱微草堂筆記〉狐精故事之敘事藝術研究》，高雄：中山大學中國文學系碩士論文，2004年。

羅玲誼〈《閱微草堂筆記》創作動機研究〉〔註57〕試圖對該書的創作動機進行研究：描述其內容特徵，說明其形成原因，並由此解釋中國古代文化史與文學史上「大師寫小品」現象的源由，揭示與文學思想發展有關的規律或理論。作者考察學界研究《閱微草堂筆記》的現狀及薄弱點，認為學界對《閱微草堂筆記》的研究重在其思想內容和藝術特色與該書的文獻價值，針對該書的創作動機研究似乎還有再深入的空間。此論研究問題的出發點雖與本論相似，也選擇創作動機為研究對象，但其重點著眼在研究史，故與本論研究立場不同。

卓芳如〈俄國漢學家費施曼閱微草堂筆記研究之析論〉〔註58〕以俄國漢學家費施曼《閱微草堂筆記》的研究作為研究對象，屬於對國外漢學的再研究。費施曼是俄國漢學界研究清代筆記小說的第一人，她翻譯了《閱微草堂筆記》和《子不語》，並且進行《聊齋誌異》、《閱微草堂筆記》和《子不語》的比較研究。費氏的《閱微草堂筆記》研究使用如：主題引導、分類統計等較為少見研究方法。也借用了一些歐美理論，闡釋新的觀點。

鄧代芬〈閱微草堂筆記的陰間界域研究〉〔註59〕作者以宗教的角度探討，其中陰間界域呈現出互相矛盾的多元鬼神觀；此多元的鬼神觀，又正好反映了中國文化中儒釋道互相滲透的宗教觀。作者認為紀昀撰述陰間界域的目的在建構其理想的道德世界。

張玉慧〈《閱微草堂筆記》之文士生活研究〉〔註60〕透過文士類型中所呈現真與偽之型塑表現看文士的生活。從知識、雅致、風月與扶乩四個生活的面向切入《閱微草堂筆記》藉以窺見清代文士生活，探知當時的社會現象與演進方式。

吳佳隆〈《閱微草堂筆記》之家庭倫理〉〔註61〕是以《閱微草堂筆記》一

〔註57〕 羅玲誼，〈《閱微草堂筆記》創作動機研究〉，鄭州：鄭州大學中國古代文學系碩士論文，2004年。

〔註58〕 卓芳如，〈俄國漢學家費施曼閱微草堂筆記研究之析論〉，嘉義：嘉義大學中國文學系碩士論文，2005年。

〔註59〕 鄧代芬，〈閱微草堂筆記的陰間界域研究〉，雲林：雲林科技大學漢學資料整理所碩士論文，2005年。

〔註60〕 張玉慧，〈《閱微草堂筆記》之文人生活研究〉，中壢：中央大學中國文學系碩士論文，2009年。

〔註61〕 吳佳隆，〈《閱微草堂筆記》之家庭倫理〉，臺北：臺灣大學中國文學系碩士論文，2010年。

書中的家庭倫理相關篇章爲研究對象，探討其中家庭倫理觀之內容、原則、特色，希望能對紀昀的家庭倫理觀取得較爲具體、完整的認識。

李景田〈《聊齋志異》與《閱微草堂筆記》之公開評論的比較研究〉〔註62〕透過《聊齋》和《閱微》公開評論間的相互比較，得取兩書公開評論的特色。以「敘事學」的「敘述者的聲音」爲研究主軸。《聊齋》和《閱微》都有大量的公開評論，這些評論對兩書是重要的，而且在小說評論的研究中具有指標意義。

戴筱玲〈寓風教於小說──《閱微草堂筆記》復仇故事研究〉〔註63〕藉《閱微草堂筆記》之復仇故事，探討乾嘉時期的社會文化背景，及紀昀以宣揚復仇觀念之意義在於對庶物平等的關懷、重視君子的眞實修養、追求公正吏治以及宣揚合理復仇四方面，彰顯紀昀思想之開闊與關懷弱者之心。認爲復仇主題的面向，豐富了《閱微草堂筆記》一書之研究。

丁立云〈《閱微草堂筆記》研究〉〔註64〕研究分成兩大主軸，首先將《閱微草堂筆記》放在小說史、乾嘉實學學術背景、現實視域三重視野下論析，探求此三種因素對文本產生的影響。另從儒家史學話語系統角度，並與《聊齋志異》的復仇主題相比較。作者認爲《閱微草堂筆記》呈現炫才意識和鄉戀情結，具有不可抹煞的價值、地位和現實意義。此論提及的炫才意識部份，立論稍顯薄弱，作主觀的推論，其適切性有待考驗，有「才」無「炫」的說法或許較爲恰當。

秦嵐嵐〈《閱微草堂筆記》女性描寫研究〉〔註65〕以紀昀的小說理論爲基礎，分析《閱微草堂筆記》中的各類女性形象，並與紀昀傳世不多的詩文作品中女性描寫做比較。本論視角專注在其作品中傳統形象的表現，忽略紀昀在女性部分篇章中表現的人文關懷，是較爲可惜的部份。

由上述關於紀昀的研究文獻顯示，前人在此部分收集的史料已相當完備，爲後人進行相關研究時，奠定穩固的基礎。此類文獻見解殊異，卻也啓

〔註62〕 李景田，〈《聊齋志異》與《閱微草堂筆記》之公開評論的比較研究〉，臺北：臺灣大學中國文學系碩士論文，2010 年。

〔註63〕 戴筱玲，〈寓風教於小說──《閱微草堂筆記》復仇故事研究〉，臺中：中興大學中國文學系碩士論文，2010 年。

〔註64〕 丁立云，〈《閱微草堂筆記》研究〉，哈爾濱：黑龍江大學中國古代文學系碩士論文，2010 年。

〔註65〕 秦嵐嵐，〈《閱微草堂筆記》女性描寫研究〉，桂林：廣西師範大學中國古代文學系碩士論文，2012 年。

發筆者針對《閱微草堂筆記》中「閱微」二字做深入探究的動機。前人相關研究，雖多以紀昀的著作理念與個人思想爲研究目標，但論述內容卻多陷入傳統的道德窠臼中，對於《閱微草堂筆記》中專屬紀昀之隱喻細微的心念探討甚少，因此本論將以此爲出發點，做深入的剖析與探討，以補前人研究的不足。

女性文本在《閱微草堂筆記》中佔有不少的分量，上述論及女性研究部分，呈現論者的個人視角，評論故事中的女性遭遇，評論重點多聚焦在大環境的束縛及因果論，少從紀昀與女性的個人視角探討，是筆者認爲相當可惜並值得再深入研究的一個主題。此外，性別議題，亦具有相當篇幅，卻鮮有研究者論及，因此本論也將以此部份的文本爲觀看基礎，探究紀昀個人的見解。

上述部分研究，研究方法的使用與前人殊異，啓迪筆者以不同視角觀看《閱微草堂筆記》的價值與美感，爲相關研究引入新的研究方法，開創新的研究方向。此外，對於書中的夢境敘事多爲以往學者所忽略，筆者發現文本中逾百則夢敘事應該有其特殊的意涵，研究《閱微草堂筆記》，應該重視其中的夢敘事，這會比較無遺珠之憾。因此對夢敘事的分析與解讀，亦爲本論研究重點之一。

第三節　研究範圍

本研究以《閱微草堂筆記》一書內容爲主，旁徵各方學者與前輩的相關撰述，探討其與本研究的相關性。《閱微草堂筆記》最早合刻本是由紀昀門人盛時彥於嘉慶五年八月（西元 1800 年）校訂並定名爲《閱微草堂筆記五種》〔註66〕。

本論文本採用浙江古籍出版社在 2010 年 6 月 1 版 1 刷的出版的《閱微草堂筆記》爲主要研究版本；此書由汪賢度點校，以道光十五年刻本作爲標點底本。〔註67〕另參閱三民書局 2006 年 6 月出版，嚴文儒注譯之《新譯閱微草

〔註66〕詳見〔清〕紀昀著，嚴文儒注譯，《新譯閱微草堂筆記》，臺北：三民書局，2006 年 6 月，頁 2205。
〔註67〕潘金英，《《閱微草堂筆記》考論》中提及：現存道光十五年刻本是根據嘉慶五年北平刻本重刻，由北平紀樹馥出版，共 2 函 10 冊，有五本，分別保存在北京師範大學共 2 函 10 冊、北京國家圖書館（粵東出版）二十冊及上海圖書

堂筆記》爲對照。並配合紀昀所編《四庫全書‧說部》內容，以及後人爲紀昀整理的《紀曉嵐家書》〔註68〕、《紀曉嵐文集》〔註69〕《紀曉嵐的老師們：附紀曉嵐硯銘詳註》〔註70〕與《紀文達公遺集》〔註71〕、《紀昀評傳》〔註72〕、和《清史稿》〔註73〕中的相關記載，檢視其中與文本、作者有關的敘述，將全書做深入通透的檢視。

因本論述內容主要聚焦在關注紀昀人生際遇與《閱微草堂筆記》間的相互關照，所以在此略述紀昀生平，並對照《閱微草堂筆記》相關文本內容，以爲研究範圍之限定。

一、聰慧的早年

紀昀（1724～1805），字曉嵐，一字春帆，晚號石雲，諡號文達，自幼聰穎過人，是乾隆、嘉慶盛世的一位傑出的文學家、編纂家、評論家和詩人，以才名世，出生直隸河間獻縣，號稱「河間才子」。在紀氏家族史上，紀昀的父親紀容舒是第一個涉足官場的人，在他的督促下，紀昀「三十以前，講考證之學，所坐之處，典籍環繞如獺祭。」〔註74〕並先後受業於交河及孺愛、南皮許南金、宛平何秀及南宮鮑梓和東山董邦達，打下深厚的治學根基。

《閱微草堂筆記》裡有許多紀昀自述的篇章。如〈卷十四‧槐西雜志（四）〉：「余四五歲時，夜中能見物，與畫無異。」〔註75〕中，紀昀即在此記錄自己幼年時，有「夜中見物」的能力；也有許多故事來自於作者回憶家鄉、兒時的親友與見聞，如〈卷九‧如是我聞（三）〉就記錄亡侄汝備生前的夢境

館。上海圖書館就有三本，有 12 冊、10 冊之分。見《《閱微草堂筆記》考論》，頁 11～12，64～66。

〔註68〕〔清〕紀曉嵐等撰，《紀曉嵐家書‧林則徐家書‧張之洞家書》，中和：廣文書局，1994 年 12 月。

〔註69〕〔清〕紀昀著，孫致中、吳恩揚、王沛霖、韓嘉祥點校，《紀曉嵐文集》，石家莊：河北教育出版社，1995 年 12 月。

〔註70〕孫建編著，《紀曉嵐的老師們：附紀曉嵐硯銘詳註》，北京：現代教育出版社，2010 年 9 月。

〔註71〕〔清〕阮元，〈紀文達公遺集序〉，收錄於《續修四庫全書》第 1435 冊「集部‧別集類」。

〔註72〕周積明著，《紀昀評傳》，南京：南京大學，1994 年 5 月。

〔註73〕國史館編，《清史稿校註》第 11 冊，新店：國史館，1989 年 2 月。

〔註74〕《閱微草堂筆記》〈卷十五‧姑妄聽之（一）〉，頁 238。

〔註75〕《閱微草堂筆記》〈卷十四‧槐西雜志（四）〉，頁 219。

〔註76〕；另則同在〈卷九‧如是我聞（三）〉中，亦有一則眞實發生在紀昀外祖母家中的「連貴」傳奇〔註77〕；而〈卷七‧如是我聞（一）〉中則記錄家鄉獻縣俞氏及王希聖誠心感動天地的故事〔註78〕；以及〈卷二‧灤陽消夏錄（二）〉中，則記錄獻縣田家的牛產下麒麟〔註79〕上述故事多爲口耳傳說，雖然眞實程度不可考，但作者運用簡潔的文筆，生動的記敍，將身邊人物的鮮明形象投射在故事中，使傳聞轉化成生動詼諧的鄉里故事，並且進而引申爲對世人的勸勉，成爲後人研究紀昀與乾嘉時期的珍貴資料。

　　這些聽聞的故事，在紀昀童年應有許多受教濡染之理。諸如：因果輪迴、鬼神狐怪的見聞，童稚時期的習俗教養，大概肇基於此。紀昀曾說：「小說稗官，知無關於著述；街談巷議，或有益於勸懲。」〔註80〕這或許是《閱微草堂筆記》立書的初衷，同樣地，也可以說是紀昀童年受師長與環境教化的成果，這些口耳相傳的故事除了生動有趣之外，還蘊含著許多傳統思維，呈現作者心中隱而未發的思想。

二、意氣風發至謫戍新疆

　　乾隆十二年（1747），紀昀應順天鄉試。在述寫「擬乾隆十一年上特召宗室廷臣，分日賜宴瀛臺，賦詩聯句，賞花釣魚，錫賚有差，眾臣謝表。」試題時，以鋪張的筆法和馳騁的想像把這場「千秋曠禮，萬古奇逢」寫得富麗堂皇，盛況空前，甚得同時代學人讚揚〔註81〕。乾隆十九年名列二甲第四名，改庶吉士，開始踏上仕途。

　　然而，乾隆用人「頗以貌取」，紀昀「貌寢短視」不爲乾隆所喜，所以並未得到高位、受到重用，任翰林院侍讀學士。擔任主試官的經歷，讓紀昀有機會遊歷江南的山川風貌，進而創作出優秀的山水詩〈南行雜咏〉〔註82〕。但此時紀昀的作品多爲應酬詩，留存不多。

〔註76〕　《閱微草堂筆記》〈卷九‧如是我聞（三）〉，頁119。
〔註77〕　《閱微草堂筆記》〈卷九‧如是我聞（三）〉，頁119。
〔註78〕　《閱微草堂筆記》〈卷七‧如是我聞（一）〉，頁97～98。
〔註79〕　《閱微草堂筆記》〈卷二‧灤陽消夏錄（二）〉，頁18。
〔註80〕　《閱微草堂筆記》〈卷一‧灤陽消夏錄（一）〉，頁1。
〔註81〕　〔清〕朱珪，〈祭文〉：「公少英特，棄武試文，博學奇範，遂冠其軍。丁卯之秋，駢驪萬言，兩相賞奇，褎然榜元。」，詳見〔清〕朱珪，《知足齋文集》卷第六，臺北：臺灣商務印書館，1965年12月臺一版，頁137。
〔註82〕　〔清〕紀昀著，《紀文達公遺集》，收錄於《續修四庫全書》第1435冊。

　　乾隆三十三年（1768），紀昀因親家虧空庫銀，私下通風報信。東窗事發後被革職謫戍新疆烏魯木齊，這是他在仕宦生涯中最嚴重的打擊。這三年的際遇，讓紀昀嘗盡世態炎涼、寂寞酸苦的滋味，愛子紀汝佶（1743～1768），亦於此時亡故。值此人生劇變，紀昀早年的意氣風發在此轉而深沈落寞。在〈卷二十四・灤陽續錄（六）〉卷尾：「因爲簡擇數條，附此錄之末，以不沒其籌燈呵凍之勞。又惜其一歸彼法，百事無成，徒以此無關著述之詞，存其名字也。」〔註83〕此爲紀昀在書後收錄早夭愛子汝佶的六篇作品之前言，字句中傳達爲人父母的痛惜之情，讀來令人動容。

　　另〈卷五・灤陽消夏錄（五）〉中則記神託夢語：「爾讀書半生，尚不知窮達有命耶？」〔註84〕及〈卷十四・槐西雜志（四）〉中的倪媼，一生守節，卻未得到旌表成爲滄海遺珠的事件〔註85〕；另〈卷十二・槐西雜志（二）〉針對龐雪崖借夢卸責的態度加以評論〔註86〕；乃至〈卷五・灤陽消夏錄（五）〉中，羅仰山「爲同官所軋，動輒掣肘，步步如行荊棘中」〔註87〕……等多篇作品中，字裡行間皆流露紀昀對於人生榮枯的省思與感慨。上述故事內容，反映出遭貶謫至烏魯木齊的紀昀認眞反省個人經歷，並頗多悔悟，爲此，他在多封家書中殷切叮囑，如：〈寄胞姐晰〉規勸晰姐孝姑應能得子〔註88〕，〈寄弟秀嵐〉請秀嵐放賑施藥以積功德〔註89〕，〈寄琳妹〉勸誡琳妹勿鞭捶婢女〔註90〕，兩封〈寄內子〉分別要求夫人以「四戒四宜」爲教育子女之原則〔註91〕，及待僕役宜寬大〔註92〕、訓誡諸子愼交〔註93〕，勿迷信〔註94〕，勿盛氣凌人〔註95〕，勿恃才傲物〔註96〕……等。他還在家書中語重心長地向家人講述世

〔註83〕　《閱微草堂筆記》〈卷二十四・灤陽續錄（六）〉，頁372。
〔註84〕　《閱微草堂筆記》〈卷五・灤陽消夏錄（五）〉，頁60。
〔註85〕　《閱微草堂筆記》〈卷十四・槐西雜志（四）〉，頁237。
〔註86〕　《閱微草堂筆記》〈卷十二・槐西雜志（二）〉，頁189。
〔註87〕　《閱微草堂筆記》〈卷五・灤陽消夏錄（五）〉，頁56。
〔註88〕　紀曉嵐等撰，《紀曉嵐家書・林則徐家書・張之洞家書》，中和：廣文書局，1994年12月，頁2。
〔註89〕　《紀曉嵐家書》，頁31～32。
〔註90〕　《紀曉嵐家書》，頁36～37。
〔註91〕　四戒：晏起、懶惰、奢華、矯傲；四宜：勤讀、敬師、愛眾、愼食。詳見《紀曉嵐家書》，頁8。
〔註92〕　《紀曉嵐家書》，頁23～24。
〔註93〕　《紀曉嵐家書》「訓大兒」，頁8。
〔註94〕　《紀曉嵐家書》「訓次兒」，頁21～22。
〔註95〕　《紀曉嵐家書》「訓次兒」，頁30。

祿之家盛衰榮枯、盈虛進退之理。表達對真實生活的貼切認識，正呼應《閱微草堂筆記》的作者思想。

這段謫戍新疆的經歷，為作者拓展了不同於以往的生命視野。據王希隆統計，《閱微草堂筆記》中與新疆有關的故事約九十篇，許多新疆異於中土的風土民情皆被作者羅列其中。像〈卷七·如是我聞（一）〉中記載烏魯木齊的遣犯劉剛，在逃亡時遇見過去被他殺害老人冤魂的故事〔註97〕；而〈卷十三·槐西雜志（三）〉中亦有數篇描寫邊疆風土的故事，如提及親見《西域圖志》中李衛所築古城的紀錄〔註98〕；以及運用類似鏡花緣的敘事手法，介紹甘肅的萬年松特性與藥用的故事〔註99〕……等。

新疆的邊陲風土民情讓紀昀視野更加開闊，對於當地的風土、典制、民俗、物產、神異等等，頗有心得。除了讓《閱微草堂筆記》內容更加豐富之外，還有極富史料價值的〈烏魯木齊雜詩〉。

紀昀的長子紀汝佶十分聰明，二十一歲就中了舉人。但紀曉嵐被發配新疆後，紀汝佶即無心科舉，埋頭創作《聊齋志異》般狐仙鬼怪的小說，二十五歲就鬱鬱而亡。喪子之痛，痛徹心扉，長子沈溺《聊齋志異》抄本，又「誤墮其窠臼，竟沈淪不返，以訖於亡故。」〔註100〕讓紀昀頗感遺憾，因此在《閱微草堂筆記》中多次批評《聊齋志異》。並將長子的著作〈紀汝佶六則〉列在《閱微草堂筆記》之末。在其為愛子寫下的前記中，我們眼見的不再是那個文采飛揚的紀昀，而是單純想為愛子在世間留名的慈父化身。

從流放、喪子到人生觀的許多轉變，作者的寫作風格也改變許多。幽默風趣的寫筆減少；人生閱歷也更加深廣。書中選錄許多新疆當地的傳說，考察了許多的風土民情。甚至考據西域各物種生產地的說法考據，充分展現紀曉嵐流放期間，人生閱歷的豐富，見識更形廣闊，所淬練出來的文字也就更加圓融，意義更加深遠。

三、浮沈宦海與領修《四庫全書》

乾隆三十六年（1771年）六月，紀昀回到久違的京師，但門前冷落，飽

〔註96〕 《紀曉嵐家書》「訓三兒」，頁35〜36。
〔註97〕 《閱微草堂筆記》〈卷七·如是我聞（一）〉，頁96。
〔註98〕 《閱微草堂筆記》〈卷十三·槐西雜志（三）〉，頁211。
〔註99〕 《閱微草堂筆記》〈卷十三·槐西雜志（三）〉，頁213。
〔註100〕 《閱微草堂筆記》〈灤陽續錄六·附：紀汝佶六則〉，頁2192。

嚐人情冷暖。宦海的浮沈，也直接影響到他的心境，進而影響到著述，可說是紀昀的學術與文學上的著述，都脫離不了仕宦際遇的影響。三次任禮部尚書，二度任兵部尚書，並被授爲內閣協辦大學士，加太子少保銜，兼國子監事。紀曉嵐一生中最突出的功績，即是領修《四庫全書》。《四庫全書》的浩大工程，傾注了紀曉嵐的畢生精力，無怪乎皇帝稱讚其：「美富四庫之儲，編摩出於　一人之手。」〔註101〕

　　乾隆五十年四月，乾隆帝又在關於刑部覆檢海升毆死其妻一案的諭示中稱：「其派出之紀昀，本係無用之腐儒，原不足具數。」〔註102〕身爲協辦大學士卻被斥爲「無用之腐儒」，《滿清稗史》亦有：「朕以汝文學尙優，故使領四庫書，不過以倡優蓄之，汝何敢妄談國事。」〔註103〕之說，在君主的輕蔑眼中，他全然無人格、無尊嚴可言。其次，文字獄大興時期，如胡中藻獄，讓多年爲官的紀昀有許多的失望和恐懼，對於官場生涯，他曾自撰輓聯：「浮沈宦海如鷗鳥，生死書叢似蠹魚。」〔註104〕這正是他爲官一生的最好寫照。官場的廉貪纏鬥、智愚相望，在《閱微草堂筆記》有許多生動的篇章敘述，記載作者對當時的官場實況的記敘和批評，其實有許多是痛惡當時濁穢的官場的暗示。

　　如〈卷二·灤陽消夏錄（二）〉中，以明·魏忠賢故事爲鏡，映照官場人心向惡，急功近利的現實醜態〔註105〕；另〈卷一·灤陽消夏錄（一）〉則講述多數清官表面上雖清廉自守，事實上卻是「一身處處求自全」的故事〔註106〕；以及〈卷二十四·灤陽續錄（六）〉中四個僕人，用盡心機，爭奪縣衙守門人的「肥缺」之位〔註107〕；與〈卷一·灤陽消夏錄（一）〉的獻縣令明晟，因爲不知是否應該爲一椿冤獄申雪，而求問於狐仙〔註108〕；甚至在〈卷七·如是

〔註101〕詳見〔清〕紀昀著，孫致中、吳恩揚、王沛霖、韓嘉祥點校，《紀曉嵐文集》冊三，石家莊：河北教育出版社，1995年12月，頁723。

〔註102〕〔清〕慶桂監修，《大清高宗純（乾隆）皇帝實錄（二五）·卷一千二百二十九》，臺北：新文豐出版公司，1978年7年，頁17963。

〔註103〕陸保撰，《滿清稗史》「滿清外史上卷　二十滿清外史上卷　二十」，中和：廣文書局，1979年5月，頁177。

〔註104〕《閱微草堂筆記》〈卷十一·槐西雜志（一）〉，頁164。

〔註105〕《閱微草堂筆記》〈卷二·灤陽消夏錄（二）〉，頁24。

〔註106〕《閱微草堂筆記》〈卷一·灤陽消夏錄（一）〉，頁3～4。

〔註107〕《閱微草堂筆記》〈卷二十四·灤陽續錄（六）〉，頁369。

〔註108〕《閱微草堂筆記》〈卷一·灤陽消夏錄（一）〉，頁3。

我聞（一）〉中寫出：「職官姦僕婦，罪止奪俸。以家庭匿近，幽曖難明，律法深微，防誣蔑反噬之漸也。然橫干強逼，陰譴實嚴。」〔註109〕……等等上述故事，都敘述當時官場上隱藏著許多貪欲、愚昧誤事、草菅人命等污濁現象。

　　細視〈卷二·灤陽消夏錄（三）〉中「菜人」的故事，紀昀寫下庶民面對戰亂加上饑荒時，淪入叫天不應、叫地不靈，必須「同類相食」的無奈境遇，令人動容〔註110〕；同類型的故事也出現在〈卷八·如是我聞（二）〉中，一名少婦因不願被輕薄，而「解衣擲地，仍裸體伏俎上，瞑目受屠」〔註111〕，承受悲慘的命運的故事；另一次則是爲受強暴威脅的女性請命：「疏請婦女遇強暴，雖受污，仍量予旌表。」〔註112〕如〈卷七·如是我聞（一）〉裡，即記載受暴身亡的湯氏，進入紀昀恩師許南金夢中訴冤的故事〔註113〕。這些疏請可看作紀昀將自身視角投注在社會民生的一種努力。

　　六十歲後，紀昀曾五次掌都察院，三任禮部尚書。他一生最大的貢獻就是總纂了《四庫全書》和著作了《閱微草堂筆記》。此外，紀曉嵐還一手刪定潤色而成《四庫全書總目提要》凡二百卷。並奉命創編《四庫全書簡明目錄》20卷，成爲研究我國古籍相當得力的工具書之一。

四、晚年撰寫《閱微草堂筆記》

　　《閱微草堂筆記》是紀昀晚年所作，讀者可以在書中透見作者的思想和論述見解。〈卷一·灤陽消夏錄（一）〉的序中，紀昀開宗明義就以：「追錄見聞，憶及即書，都無體例。小說稗官，知無關於著述；街談巷議，或有益於勸懲」〔註114〕點出本書的創作動機；另在全書最後一部〈灤陽續錄〉的序言中，亦直述「《灤陽消夏錄》等四種，……繕寫既完，因題數語，以志緣起。若夫立言之意，則前四書之序詳矣，茲不復衍焉。」〔註115〕點明其著書的目

〔註109〕《閱微草堂筆記》〈卷七·如是我聞（一）〉，頁87～88。
〔註110〕《閱微草堂筆記》〈卷二·灤陽消夏錄（二）〉，頁19。
〔註111〕《閱微草堂筆記》〈卷八·如是我聞（二）〉，頁106～107。
〔註112〕《清史稿》卷三百二十「列傳一百七·紀昀傳一〇七〇～一〇七一」，頁2769。
〔註113〕《閱微草堂筆記》〈卷七·如是我聞（一）〉，頁81。
〔註114〕《閱微草堂筆記》〈卷一·灤陽消夏錄（一）〉，頁1。
〔註115〕《閱微草堂筆記》〈卷十九·灤陽續錄（一）〉，頁313。

的在「立言」。《閱微草堂筆記》全書以立言為主軸，貫穿勸誡、懺悔、教化、自我辯白、與親情表述等敘事重心。

〈卷七‧如是我聞（一）〉的序言中，紀昀以「天下事往往如斯，亦可以深長思也。」〔註116〕之言，希望以書中故事呈現人生百態的課題，提供讀者思考。所以〈卷十一‧槐西雜志（一）〉中即曰：「問心無愧，即陰律所謂善；問心有愧，即陰律所謂惡，公是公非，幽明一理，何分儒與佛乎？」〔註117〕直接點明，問心無愧的「善」念，即是放諸四海皆可的準則。此外〈卷六‧灤陽消夏錄（六）〉中亦以「既在在處處有鬼神護持，自必在在處處有鬼神鑒察。」〔註118〕以鬼神無所不在，勸懲世人。初衷從書中各卷匯集的故事和作者對故事的評述來看，紀昀除有「寓勸誡，廣見聞，資考證」的成書用意外，書中關懷民生事物的細膩見解更是「微」的功力展現，如〈卷三‧灤陽消夏錄（三）〉中滄洲女尼假託神諭，救助流民的故事〔註119〕；對於每筆故事的如實鋪陳，如數家珍的熟悉程度，正是「閱」的功夫。而「閱微」正是紀曉嵐生命涵養的真積力寫照。

第四節　研究方法

在論述分析之先，筆者將「閱微」下定義：「閱微」是以細膩的視角去對待一般人所忽略的人、事、物和道理；這個閱微的觀察與敘事對象，關注在非官方立場的民間實況和傳說。以這個基軸進一步探討：作者如何看待這個世界？他的細膩觀察有何特色？以及作者以何種敘事形式傳達其隱含於書中人事物互動間的微言真理？本論後續將從這些問題做為研究的出發點，重新以不同的角度觀看及審視《閱微草堂筆記》中的作者心念，冀望此研究能呈現與前人不同的研究視角與成果。此外，紀曉嵐的「閱微」文本與前代學者的筆記小說間有何差異？他的「閱微」文本又包含哪些獨特的文學創作風格和意象？這兩個問題將後續再作進一步的探討。

本論先採用細讀法探析文本內容，結合文化史與傳記做為研究軸線，統計女性敘事、男女敘事、和夢敘事等撰述數量和比重，呈現各主題的重要性。

〔註116〕《閱微草堂筆記》〈卷七‧如是我聞（一）〉，頁81。
〔註117〕《閱微草堂筆記》〈卷十一‧槐西雜志（一）〉，頁152。
〔註118〕《閱微草堂筆記》〈卷六‧灤陽消夏錄（六）〉，頁80。
〔註119〕《閱微草堂筆記》〈卷三‧灤陽消夏錄（三）〉，頁40。

其次，於文獻分析中，以介紹紀昀及其創作《閱微草堂筆記》的背景先行，旁徵各方學者與前輩對於《閱微草堂筆記》的相關研究撰述，探討他們的研究結果對本研究的啟發和相關性。在綜合作者傳記的各種撰述後，採用社會學理論中「社會科學處理法則」的「微觀處理」法則，統整出《閱微草堂筆記》的文本建構，及故事的創作脈絡和形式；最後，從心理學、文學與社會科學等理論引用，結合讀者反應角度觀看文本，評析其思維建構方式。分別探究其歷史、性別意識、心理及社會等寫作意識。

第貳章　《閱微草堂筆記》的微敘事

　　佛門偈云：「若菩薩住是解脫者，以須彌之高廣內芥子中，無所增減。……唯應度者，乃見須彌入芥子中，是名不可思議解脫法門。」〔註1〕須彌與芥子是大小的相對應，芥子是微細的種子能容納須彌山即是微敘事的妙處。如同個人化敘事的微敘事「它所直接書寫的只是那些與個人生活或私人家族具有近身性關聯的經驗景觀與世事遷延，在這樣的意義上，與其說它是一種公共性的存在，毋寧說它是作為公共性的相關物與意義關聯項而存在的。」〔註2〕因此微敘事不但具有呈現個人或家族的微觀經驗歷史的功能，更「以微縮的形式包含著時代歷史的所有意向。」〔註3〕《閱微草堂筆記》中，紀昀將筆觸深入到實際生活的各個角落，使每一則「微」敘事都寓含人生的「大」道理，讓讀者有微觀中見鉅觀的感受。

　　〈卷十二・槐西雜志二〉也有一段小大的論述，一位御史大夫問伶人演技的道理，這位伶人有這一段心得：

　　　　吾曹以其身為女，必並化其心為女，而後柔情媚態，見者意消。如
　　　　男心一線猶存，則必有一線不似女，烏能爭蛾眉曼睩之寵哉？若夫
　　　　登場演劇，為貞女，則正其心，雖笑謔亦不失其貞；為淫女，則蕩
　　　　其心，雖莊坐亦不掩其淫；為貴女，則尊重其心，雖微服而貴氣存；

〔註1〕　賴永海釋譯，《維摩詰經》，三重：佛光文化事業有限公司，2001 年 3 月，頁
　　　　143。
〔註2〕　李勝清著，〈宏觀意向的微觀表徵──個人化敘事的公共表意機制〉，成都：《當
　　　　代文壇》，2011 年第 6 期，頁 37。
〔註3〕　李勝清著，〈宏觀意向的微觀表徵──個人化敘事的公共表意機制〉，成都：《當
　　　　代文壇》，2011 年第 6 期，頁 38。

－25－

為賤女，則斂抑其心，雖盛妝而賤態在；為賢女，則柔婉其心，雖
怒甚無遽色；為悍女，則拗戾其心，雖理詘無巽詞。其他喜怒哀樂，
恩怨愛憎，一一設身處地，不以為戲，而以為真，人視之竟如真矣。
他人行女事而不能存女心，作種種女狀而不能有種種女心，此我所
以獨擅場也。〔註4〕

紀昀在一開始即以「吾曹以其身為女，必並化其心為女」這段話顯現，「心」
才是影響個人外在表現的關鍵因素。人的心象變化多端，心雖小，但想像無
限大；心是固定的體，想像則是不定的用，每一則敘事就如同一場戲劇一般，
只要作者能「一一設身處地」，並以戲為真，就能以筆墨演活每個角色，才能
達到「此我所以獨擅場也。」此即是微敘事的道理之一，說明紀昀將微敘事
的寫作歷程視同戲劇表演一般，以一種設身處地的功夫展演，使讀者從一則
則敘事中透見人心的微妙，並產生共鳴。李玉典的評述又進一步說明閱微的
小大之理：

此語猥褻不足道，而其理至精。此事雖小，而可以喻大。天下未有
心不在是事而是事能詣極者，亦未有心心在是事而是事不詣極者。
心心在一藝，其藝必工；心心在一職，其職必舉。小而僚之丸、扁
之輪，大而皋、夔、稷、契之營四海，其理一而已矣。此與煉氣煉
心之說，可互相發明也。〔註5〕

這個論點為閱微敘事下了一個很好的註解，「心心在一藝，其藝必工；心心在
一職，其職必舉」，深鑿用心的功夫，也就可以看清看透人世間的事物道理了。

紀昀門生盛時彥為《閱微草堂筆記》作序時提及：「道在天地，如汞瀉地，
顆顆皆圓；如月映水，處處皆見。大至於治國平天下，小至於一事一物、一
動一言，無乎不在焉！」〔註6〕這句話裡闡明了閱微敘事處處可見，無所不在
的「小」事裡，都有紀昀自己和許多無聲者的生活經驗及智慧，鎔鑄在故事
情節中，形成了自己獨特的閱微敘事，傳遞給讀者。

本章試以觀點交流與敘事學，從文本的歷史、生活、人性等各類邊緣視
角與文本的對話，分析紀昀在文本中的敘事視角，理解作者以「立言」為本，
蘊含在各類故事中的微敘事動機、傳奇、萬物芻狗的「荣人」籲天錄、以及
俯仰之間的階級對話。

〔註4〕 《閱微草堂筆記》〈卷十二・槐西雜志（二）〉，頁 183。
〔註5〕 《閱微草堂筆記》〈卷十二・槐西雜志（二）〉，頁 183。
〔註6〕 盛時彥著〈清嘉慶五年本序〉，收錄於《新譯閱微草堂筆記》，頁 2205。

第一節 「立言」的微敘事動機

　　文藝心理是「藝術創作的材料，來自三種時間：當時的印象，早年的記憶，未來的憧憬。」〔註7〕這三類直接與作者生命經驗結合的寫作素材，最能傳達作者自身的意念。如果作家能把握住自己發現的生活瑣事，從中體察萬事萬物的智慧、情感和意志，便能以此為基礎舒展其中的道理。

　　在《閱微草堂筆記》中，紀昀從庶民的立場，以簡潔樸實的語言形式，將自身的理念與歷史事件包裹於故事中；並藉由一個接著一個有趣駭人的故事，吸引讀者的目光駐足。文本裡可見作者己身見證的歷史及人間行路，形成紀氏特有的微敘事動機。

　　《閱微草堂筆記》共分五部，皆有簡潔的文句作跋，當作序言。在最後一部〈灤陽續錄〉的序言中，紀昀曾回顧成書的經過，寫下「《灤陽消夏錄》等四種，……繕寫既完，因題數語，以志緣起。若夫立言之意，則前四書之序詳矣，茲不復衍焉。」〔註8〕「以志緣起」代表序雖然被放在整部之前，但卻是最後才完成。並簡短明確的說明，成書的緣由在「立言之意」。對古人來說，「立言」的重要在三不朽之首。除了文人本來就是一生與「言」為伍，最重要的是，只有憑藉「言」的力量，才能使「功與德」永傳不朽。所以紀昀在〈卷二十四·灤陽續錄六〉嚴厲駁斥王士禎所寫的「張巡小妾轉世索命」的故事，認為：

> 古來忠臣仗節，覆宗族，縻妻子者，不知凡幾，使人人索命，天地間無綱常矣。使容其索命，天地間亦無神理矣。……儒者著書，當存風化，雖《齊諧》志怪，亦不當收悖理之言。〔註9〕

在此，紀昀對王士禎在故事中紀錄背棄忠義內容的寫作方式，相當不以為然。認為學者在寫作時，應該秉持教化的理念，即使是志怪小說也不應該有違背道理的說法，畢竟故事直接影響讀者。在創作《閱微草堂筆記》時，紀昀亦抱持相同的看法。即如果收錄的故事內容悖離正道，紀昀亦多秉持「立言」的立場，在故事前後，加入自己的看法與評點，不希望世人誤解。

　　審視《閱微草堂筆記》的內容，對照本書前四部的序言，可發現紀昀在

〔註7〕　錢谷融、魯樞元主編，《文學心理學》，上海：華東師範大學出版社，2003年8月，頁123。
〔註8〕　《閱微草堂筆記》〈卷十九·灤陽續錄（一）〉，頁313。
〔註9〕　《閱微草堂筆記》〈卷六·灤陽消夏錄（六）〉，頁75。

敘寫過程中，多堅持以勸誡、懺悔、教化、自我辯白、與親情表述等為敘事
重心，後世亦將其中故事輯錄為善本，廣為流傳。因此本節將站在立言的基
礎，分別從勸誡、懺悔、教化、自我辯白、與親情表述等五種角度，分析《閱
微草堂筆記》中的立言故事，相信可對紀昀寫作本書的寓意，有更進一步的
瞭解。

一、勸誡

回顧〈卷一・灤陽消夏錄（一）〉的序中，紀昀開宗明義就以：「追錄見
聞，憶及即書，都無體例。小說稗官，知無關於著述；街談巷議，或有益於
勸懲。」〔註10〕簡單交代自己寫作的來源與目的。將個人見聞與市井間街談
形成的「微言」化身為一則則微敘事，見證更真實的歷史身影，使《閱微草
堂筆記》產生勸誡的社會功能。而〈卷六・灤陽消夏錄（六）〉的最後一篇，
以「既在在處處有鬼神護持，自必在在處處有鬼神鑒察。」〔註11〕的思想做
結尾。對照《閱微草堂筆記》內容，狐鬼神多替天道、真理發聲，紀昀以鬼
神無所不在，來呼應序言的勸懲初衷，立意相當明顯。

此外〈卷六・灤陽消夏錄（六）〉也另舉《春秋》對賢者求全責備為例，
告誡讀書人在修身這一部分，應該有更高的自我期許；面對違反道理的事情，
不應該找任何的藉口卸責。「世於違理之事，動曰某某曾為之，夫不論事之是
非，但論事之有無。自古以來，何事不曾有人為之，可一一據以藉口乎？」〔註
12〕深究《閱微草堂筆記》的勸誡對象，多以擔任公職者為主。如：

> 交河某令蝕官帑數千，使其奴齎還。奴半途以黃河覆舟報，陰遣其
> 重臺攜歸。重臺又竊以北上，行至兗州，為盜所劫殺。從舅咋舌曰：
> 「可畏哉！此人之所為，而鬼神之所為也。……」蘇丈曰：「令不竊
> 帑，何至為奴乾沒？奴不乾沒，何至為重臺效尤？重臺不效尤，何
> 至為盜屠掠？此仍人之所為，非鬼神之所為也。……鬼神既遣之報，
> 人又從而報之，不已顛乎？」〔註13〕

紀昀藉由一筆贓款為媒介，敘述貪污的縣令、縣令奴僕與奴僕役使的奴僕，

〔註10〕 《閱微草堂筆記》〈卷一・灤陽消夏錄（一）〉，頁1。
〔註11〕 《閱微草堂筆記》〈卷六・灤陽消夏錄（六）〉，頁80。
〔註12〕 《閱微草堂筆記》〈卷六・灤陽消夏錄（六）〉，頁75。
〔註13〕 《閱微草堂筆記》〈卷六・灤陽消夏錄（六）〉，頁73～74。

都想將此不義之財據爲己有，最後只落得一場空的故事。以此環環相扣的情節勸誡世人，貪求不義之財定有報應。細讀其內容，下層奴僕因爲侵占就死於非命，而眞正的始作俑者——縣官，卻只是失去貪汙的錢財，並未得到實質的懲罰；兩者間似乎存在著不同的標準？作者身爲官員，以水平視角的報應說，勸誡同樣爲官者當官的道理，是否眞能收到效果？這點頗值得三思。反觀〈卷四‧灤陽消夏錄（四）〉的「盜有罪矣，從而盜之，可曰罪減於盜乎？」〔註14〕的詰問說法，較爲中肯，也可得到較佳的警惕效果。

二、懺悔

　　〈卷七‧如是我聞（一）〉的序言中，紀昀以「因補綴舊聞，又成四卷。歐陽公曰：『物嘗聚於所好。』豈不信哉！緣是知一有偏嗜，必有浸淫而不自己者。天下事往往如斯，亦可以深長思也。」〔註15〕解釋部份作品，是根據舊聞補寫完成，但是也提出了些許人生課題，提供思考。

　　紀昀在此，寫下許多無法論斷是非的故事，尤其是爲官多年，見聞之奇特案例，如〈卷七‧如是我聞（一）〉中有一則以梟鳥與破鏡爲引，記載三個難以做出適當判決的案例〔註16〕；而〈卷十‧如是我聞（四）〉亦轉載一則紀昀門生汪祖輝的《佐治藥言》中，六則情、理、法皆難斷明是非的案例〔註17〕；另外〈卷十‧如是我聞（四）〉中還有一例，紀昀直接以「必不能斷之獄，不必在情理外也；愈在情理中，乃愈不能明……」〔註18〕對照兩則疑案，反映審案官員的心聲。紀昀在其中記錄自己見聞，隱含著對當時的法律、條例的疑慮，保留這些無法明斷是非對錯的案例，提供讀者深思。

　　此外，針對上述種種疑案，作者還是有些剖析和補敘的。在〈卷九‧如是我聞（三）〉中，紀昀採取對話的寫作方式，評述儒教與佛教的懺悔態度，認爲世人遇事如能以情、理、法的角度，融合儒、佛兩道的懺悔觀點，疑案或許就能得到消解，甚至沒有發生的機會：

　　　　蔡太守必昌，嘗判冥事。朱石君中丞問：「以佛法懺悔，有無利益？」
　　　　蔡曰：「尋常冤譴，佛能置訟者於善處，彼得所欲，其怨自解，如人

〔註14〕　《閱微草堂筆記》〈卷四‧灤陽消夏錄（四）〉，頁52。
〔註15〕　《閱微草堂筆記》〈卷七‧如是我聞（一）〉，頁81。
〔註16〕　《閱微草堂筆記》〈卷七‧如是我聞（一）〉，頁86。
〔註17〕　《閱微草堂筆記》〈卷十‧如是我聞（四）〉，頁137～139。
〔註18〕　《閱微草堂筆記》〈卷十‧如是我聞（四）〉，頁145。

世之有和息也；至重業深仇，非人世所可和息者，即非佛所能懺悔，
釋迦牟尼亦無如之何。」斯言平易而近理。儒者謂佛法爲必無，佛
者謂種種罪惡皆可消滅，蓋兩失之。〔註19〕

在此紀昀認爲儒與佛兩種說法雖然都有道理，但也都有缺失。以此對應末篇
所言：「懺悔有益否？」暗示紀昀仍承認懺悔是解決人生難題的重要法門，也
就是〈卷十・如是我聞（四）〉中走無常的張媼所說的：「懺悔須勇猛精進，
力補前愆。今人懺悔，只是首求免罪，又安有益耶？」〔註20〕勉勵世人抱持
善念，以積極努力爲善的態度面對人生，就是最佳的懺悔之道。

另外〈卷八・如是我聞（二）〉也記載一則講述王某因爲貪戀好友妻子的
美色，害死好友；事後良心發現，盡力彌補，替好友侍奉父母，以眞心懺悔
化解冤仇。紀昀以「以必不可解之冤，而感以不能不解之情，眞狡黠人哉！
然如是之冤有可解，知無不可解之冤矣。亦足爲悔罪者勸也。」〔註21〕即只
要眞心誠意懺悔，努力彌補，再深的仇恨也可以消除。並勉勵世人，沒有無
法化解的冤仇，改過向善永遠不嫌晚。且由此例可看出，紀昀應是較爲支持
佛教的懺悔形式，極力勸勉世人及時懺悔，行善補過。

所以在〈卷十・如是我聞（四）〉中，藉由「問：『何不懺悔求解脫？』」
曰：「懺悔須及未死時，死後無著力處矣。」〔註22〕以飛萬與餓鬼間寓言式的
問答，勉勵眾人，知過能改、及時懺悔，並盡力彌補，一定會有用。紀昀在
面對人性，採用一種俯視的體諒和關懷，這時的紀昀並非完人，但似乎仍以
自詡是站在品格高處者，對世人宣揚行善懺悔的道理，有別於自省式的懺悔
形式。

三、教化

〈卷十一・槐西雜志（一）〉曰：「其體例則猶之前二書耳。自今以往，
或竟懶而輟筆歟？則以爲《揮塵》之三錄可也；或老不能閒，又有所綴歟？
則以爲《夷堅》之丙志亦可也。」〔註23〕紀昀以南宋學者王明清著作《揮塵
錄》的目的自許。

〔註19〕 《閱微草堂筆記》〈卷九・如是我聞（三）〉，頁125。
〔註20〕 《閱微草堂筆記》〈卷十・如是我聞（四）〉，頁150。
〔註21〕 《閱微草堂筆記》〈卷八・如是我聞（二）〉，頁99。
〔註22〕 《閱微草堂筆記》〈卷十・如是我聞（四）〉，頁136。
〔註23〕 《閱微草堂筆記》〈卷十一・槐西雜志（一）〉，頁151。

　　從《四庫全書總目提要》對《揮麈錄》評語：「明清為中原舊族，多識舊
聞，要其所載，較委巷流傳之小說終有依據也。」〔註24〕對照〈卷十四‧槐
西雜志（四）〉以節婦倪嫗成為滄海遺珠的事蹟為例，提出「念古來潛德，往
往借稗官小說，以發幽光。因撮厥大凡，附諸塡錄。雖書原志怪，未免為例
不純；於表章風教之旨，則未始不一耳。」〔註25〕紀昀在此直接點出，希望
此部作品能發揮如稗官野史、小說筆記的社會功用，表彰好的德行為後世表
率。

　　在〈卷十一‧槐西雜志（一）〉中，紀昀記載董秋原老師的一則故事，與
上述節婦倪嫗的說法恰巧不謀而合：

> 人世旌表，豈能遍及窮鄉鄙屋？湮沒不彰者，在在有之，鬼神愍其
> 荼苦，雖祠不設位，亦招之來饗。或藏瑕匿垢，冒濫馨香，雖位設
> 祠中，反不容入。〔註26〕

紀昀再次借亡者之口，鼓勵世人為善。但是紀昀對「善」的定義又為何？以
〈卷十一‧槐西雜志（一）〉一則論善惡的故事審視，或可瞭解，紀昀在此藉
夢傳達神諭，講述陰間與陽世都要求問心無愧的道理。「問心無愧，即陰律所
謂善；問心有愧，即陰律所謂惡，公是公非，幽明一理，何分儒與佛乎？」〔註
27〕並直接點明，「善」就是問心無愧，這是放諸四海皆可的準則。但是面對不
同階級的對象，標準必須有差別，如果身為社會上層人士，影響力較大，當
然標準的要求也較高。

　　所以說：「佛戒意惡，是鏟除根本工夫，非上流人不能也。常人膠膠擾擾，
何念不生？但有所畏而不敢為，抑亦賢矣。」〔註28〕故事中的節婦，因為克
制自己的慾望，一生謹守禮教規範，所以得到牌坊表彰。紀昀希望《閱微草
堂筆記》也能成為一本由文字堆砌成的牌坊，為善良的人，留下表揚的事蹟。

四、自我辯白的微敘事動機

　　〈卷十五‧姑妄聽之（一）〉序言提及：

〔註24〕　《武英殿本四庫全書總目提要》卷一百四十一「子部‧小說家類二‧十八」，
　　　　　頁3‧~975。
〔註25〕　《閱微草堂筆記》〈卷十四‧槐西雜志（四）〉，頁237。
〔註26〕　《閱微草堂筆記》〈卷十一‧槐西雜志（一）〉，頁152。
〔註27〕　《閱微草堂筆記》〈卷十一‧槐西雜志（一）〉，頁152。
〔註28〕　《閱微草堂筆記》〈卷十一‧槐西雜志（一）〉，頁155。

> 緬昔作者，如王仲任、應仲遠，引經據古，博辨宏通；陶淵明、劉
> 敬叔、劉義慶，簡淡數言，自然妙遠。誠不敢妄擬前修。然大旨期
> 不乖於風教，若懷挾恩怨，顛倒是非，如魏泰、陳善之所爲，則自
> 信無是矣。適盛子松雲欲爲剞劂，因率書數行弁於首，以多得諸傳
> 聞也。遂採《莊子》之語名曰《姑妄聽之一》。〔註29〕

紀昀在此序中說明，自己寫作的內容，都是有所本，主要目的是勸善，因此
不會故意歪曲事實。由此可見《閱微草堂筆記》前三部〈灤陽消夏錄〉、〈如
是我聞〉、與〈槐西雜志〉寫作完成，並流通於世時，曾有人對作者的寫作動
機提出質疑。因此，紀昀引《莊子·齊物篇》：「予嘗爲汝妄言之，汝以妄聽
之。」〔註30〕爲這部作品命名，表現自己無從辯解的無奈。

〈卷十八·姑妄聽之（四）〉，紀昀舉《漢書·五行志》內記載的：「「一
產三男列於人痾」〔註31〕爲例，以「成周八士，四乳而生，聖人不以爲妖異」
反駁《漢書》的說法，並舉證當時的清律規定：凡是女子一胎生三個男孩的，
官府都會給予獎勵。」認爲三胞胎現象是正常的生育子女，不應該被當作是
一種災異現象。

在這篇文章中，紀昀充分論述自己的觀點，爲自己的作品辯解。認爲的
「引據古義，宜徵經典；其餘雜說，參酌而已，不能一一執爲定論也。」〔註
32〕畢竟時代思潮更迭，人們的思想和價值觀念也持續改變，而「天下事，情
理而已，然情理有時而互妨。」〔註33〕到底孰重孰輕？見解本就無法如一，
紀昀在此記載相當數量的相關故事，就如《莊子·齊物論》所言：「大知閑閑，
小知閒閒；大言淡淡，小言詹詹。」〔註34〕知識和智慧要能得到周延，就必
須要有一定的廣度和深化，深藏作者心中的觀點，往往藏在故事的細節中，
值得人玩味再三。

〔註29〕 《閱微草堂筆記》〈卷十五·姑妄聽之（一）〉，頁238。
〔註30〕 楊柳橋著，《莊子譯詁》，臺北：書林出版有限公司，1995年8月，頁50。
〔註31〕 翻閱《漢書》並未發現此段記載。在《新譯閱微草堂筆記》中，嚴文儒先生
　　　　亦有相同疑問，懷疑可能紀昀在此將《元史·五行志》誤植爲《漢書·五行
　　　　志》。詳見《新譯閱微草堂筆記》，頁1854。
〔註32〕 《閱微草堂筆記》〈卷十八·姑妄聽之（四）〉，頁311。
〔註33〕 《閱微草堂筆記》〈卷十八·姑妄聽之（二）〉，頁257。
〔註34〕 《莊子譯詁》，頁26。

五、親情表述的微敘事動機

　　〈卷十一·槐西雜志（一）〉中，紀昀引《禮記》之言：「《禮》曰：『父歿而不忍讀父之書，手澤存焉爾；母亡而不忍用其杯圈，口澤存焉爾。』一物之微，尚且如是。」〔註35〕傳達對父母的孺慕之心。《閱微草堂筆記》〈卷二十四·灤陽續錄（六）〉的最後一則故事，應可視為此書之跋。比起紀昀五篇序言，此篇內容對其寫作《閱微草堂筆記》的取材原則與目的，做了更為仔細的說明。

　　紀昀引用《秋坪新語》中，二件與紀家有關的紀錄：一為紀昀哥哥家中鬧鬼。紀昀首先點明鬧鬼的原因是「夕不得已開之，遂有是變。」，再談「其事不虛，但委曲未詳耳」的想法。指出，這則故事是確有其事，但張浮槎雖然寫出鬧鬼的事實，卻沒有寫出事件的緣由：

> 其一記余子汝佶臨歿事，亦十得六七；惟作西商語索逋事，則野鬼假托以求食。……汝佶與債家涉訟時，刑部曾細核其積逋數目，具有案牘，亦無此條。蓋張氏、紀氏為世姻，婦女遞相述說，不能無纖毫增減也。〔註36〕

此則敘事的第二部分，則直指《秋坪新語》中，對紀昀長子汝佶的記載部分，雖然其真實性頗高，達到「十得六七」的程度，但是仍有更改的必要，並對此作出說明。「汝佶與債家涉訟時，刑部曾細核其積逋數目，具有案牘，亦無此條。」內容與記載於《清國史》所載相符：「十月，以子汝佶逋負，（四圭）議降調，詔改降三級留任。」〔註37〕相同。《楹聯叢話》中也直接記載此則轉錄於《秋坪新語》的相關資料。

　　站在為人父的立場，紀昀相當在意張浮槎的《秋坪新語》中，與事實不符的部分，特別是與愛子汝佶有關的不實傳聞。紀昀面對《秋坪新語》中的紀家故事：以蔡邕後來的境遇，聯想到陸游的感慨；再將蔡邕生前死後的境況，對照早逝愛子的遭遇，希望能為愛子作些辯駁：

〔註35〕　《閱微草堂筆記》〈卷十一·槐西雜志（一）〉，頁170～171。

〔註36〕　《閱微草堂筆記》〈卷二十四·灤陽續錄（六）〉，頁371。

〔註37〕　〔清〕清代國史館編纂，《清國史嘉業堂鈔本》第七冊「國史滿漢文武大臣畫一列傳次編·卷三二」，北京：中華書局，1993年6月，頁803。但與《清史稿·卷三百二十·列傳一百七·紀昀傳一〇七七〇～一〇七七一》：「坐子汝傳積逋被訟，下吏議，上寬之。」，頁2769。兩者內容記載有出入。一為汝佶，一為汝傳。對照紀昀在此段的內容，汝佶的可能性較大。

嗟乎！所見異詞，所聞異詞，所傳聞異詞，《魯史》且然，況稗官小
說？他人記吾家之事，其異同吾知之，他人不能知也。然則吾記他
人家之事，據其所聞，輒爲敘述，或虛或實或漏，他人得而知之，
吾亦不得知也。劉后村（編按：劉后村詩，一作陸游詩。）詩曰：「斜
陽古柳趙家莊，負鼓盲翁正作場。死後是非誰得管，滿村聽唱蔡中
郎。」匪今斯今，振古如茲矣。惟不失忠厚之意，稍存勸懲之旨，
不顛倒是非如《碧雲騢》，不懷挾恩怨如《周秦行記》，不描摹才子
佳人如《會眞記》，不繪畫橫陳如《秘辛》，冀不見擯於君子云爾。
〔註38〕

在本文後段的敘事，紀昀特別強調《閱微草堂筆記》的故事取材方式都是有
所本，與《魯史》立足點相同，以「所見、所聞、所傳聞之異詞」爲寫作的
素材。但在敘述與評論部分，紀昀還是特別強調自己的寫作理念是，「不顛倒
是非，不懷挾恩怨，不描摹才子佳人，不繪畫橫陳，冀不見擯於君子云爾。」
並舉《趙貞女》爲例，故事的主人公蔡邕被描寫成爲追求名利不擇手段，不
孝且薄情寡義，讓人生恨；但是歷史上記載眞實的蔡邕，才高八斗，事母至
孝，令人敬佩。在民間流傳已久的故事情節，對蔡伯喈的描述與史載相差甚
遠。故事與歷史之間的矛盾是如此尖銳，傾向更是鮮明。陸游說：「死後是非
誰得管，滿村聽唱蔡中郎。」〔註39〕正是這般感慨。

對照紀昀在《閱微草堂筆記》中記載的故事，書中有許多是經由「街談
巷議」的管道得知，紀昀如何能證明其中的內容沒有「顛倒是非」？此外，
站在人性的角度觀看，書中提及的紀家長輩，個個德行高超，如聖賢再世，
怎能不令人對本書內容有「懷挾恩怨」的質疑？在〈卷八·如是我聞（二）〉
中，紀昀就引《杜陽雜編》中記載的李輔國香玉辟邪的故事，講述一段母親
與姨母之間，都爲了想得到外祖母生前擁有的稀世香玉，而彼此相互猜疑的
眞實回憶〔註40〕。另外〈卷二十四·灤陽續錄（六）〉中，紀昀對亡兒汝佶的
描述爲：「亡兒汝佶以乾隆甲子生，幼頗聰慧……」〔註41〕其中完全未提汝佶

〔註38〕 《閱微草堂筆記》〈卷二十四·灤陽續錄（六）〉，頁371。

〔註39〕 〔宋〕陸游，《劍南詩稿》〈小舟遊近村捨舟步歸〉：「斜陽古柳趙家莊，負鼓
盲翁正坐場。身後是非誰管得？滿村聽唱蔡中郎。」收入《文津閣四庫全書》
第388冊，北京：商務印書館，2006年3月，頁501。

〔註40〕 《閱微草堂筆記》〈卷八·如是我聞（二）〉，頁112。

〔註41〕 《閱微草堂筆記》〈卷二十四·灤陽續錄（六）〉，頁371。

「逋負」之事；凡此種種，可顯示紀昀對於家族「名聲」相當的在意和執著。

第二節　不見經傳的傳奇

　　唐代劉知幾（661～721）開始注意筆記小說與史書的關聯。因此他在《史通》〈雜述〉篇提到：

> 是知偏記小說，自成一家，而能與正史參行，其所從來尚矣。爰及近古，斯道漸煩。史氏流別，殊途並騖；權而爲論，其流有十焉。一曰偏記。二曰小錄。三曰逸事。四曰瑣言……街談巷議，時有可觀，小說卮言，猶賢於己；故好事君子，無所棄諸；若劉義慶《世說》、裴榮期《語林》。〔註42〕

他強調筆記小說中多呈現的真實史料，可視爲史書的分支。現今留存的《閱微草堂筆記》，多以道光十五年刊本爲底本，書中除了有上述紀昀門生盛時彥的序言外，另外還收錄鄭開禧的序：「今觀公所署筆記，詞意忠厚、體例謹嚴。而大旨悉歸勸懲，殆所謂是非不謬於聖人者與！雖小說，猶正史也。」〔註43〕社會上的微小人物雖沒有被正史記載的權力，卻是歷史中不可忽視的一部分。鄭開禧在此引用宋神宗形容司馬遷的話：「惟其是非不謬於聖人，褒貶出於至當，則良史之才矣。」〔註44〕認爲紀昀創作《閱微草堂筆記》的史鑒意圖明顯可見。

　　正史中除當權者外，多爲聖賢先哲或大奸大惡留名，因此代表主流政治文化的正史內容必須緊貼當權者的思想，爲當權者所用，才能成爲流傳後世的文學典範，但站在持平立場貼近生命的文字，經過權力的時空場域一再變遷，大多都被束之高閣。紀昀承繼筆記記軼傳統的方式，寫作《閱微草堂筆記》，將這些非典律的邊緣經驗轉化爲文字，多舉奇事吸引讀者注意，帶動當時對相關議題的普遍探討；並以簡潔文字將大時代下平凡人物的艱辛和無奈，凝聚在隻字片語中。他除了以閱微的微視角透見人世間，更以閱微敘事記錄生命。

〔註42〕 〔唐〕劉知幾著，白玉崢校點，《史通通釋》〈史通通釋卷十‧內篇‧雜述第三十四〉，臺北：藝文印書館，1978 年 4 月，頁 247～249。

〔註43〕 〔清〕鄭開禧著，〈清道光十五年本序〉，收錄於《新譯閱微草堂筆記》，頁 2206。

〔註44〕 〔清〕鄭開禧著，〈清道光十五年本序〉，收錄於《新譯閱微草堂筆記》，頁 2206。

一、奴僕傳奇

〈卷九・如是我聞（三）〉記載一則「連貴」的離奇故事：

> 雍正丙午丁未間，有流民乞食過崔莊，夫婦並病疫。將死時，持券
> 哀呼於市，願一幼女賣爲婢，而以賣價買二棺。先祖母張太夫人爲
> 葬其夫婦，而收養其女，名之連貴。……配圉人劉登。〔註45〕

連貴的故事是以一線穿的寫作手法講述。當時因爲天災，連貴一家被迫離鄉
四處乞討，在崔莊時父母重病將死。將連貴鬻賣治喪，被紀昀的祖母張太夫
人收留，並且嫁給紀家的馬夫劉登。這個故事的情節從劉登這個人物的出現，
變得迂迴離奇。劉登本姓胡，幾經話語相談，才證實他就是自小和連貴訂親
的對象。就像樂昌公主破鏡重圓的傳奇故事情節，兩人雖然被迫分離，最後
還是重新團聚，連貴的故事至此嘎然而止，得到一個圓滿的結局。但是敘事
並未結束：

> 先叔栗甫公曰：「此事稍爲點綴，竟可以入傳奇。惜此女蠢若鹿豕，
> 惟知飽食酣眠，不稱點綴，可恨也。」邊隨園徵君曰：「秦人不死，
> 信符生之受誣；蜀老猶存，知諸葛之多枉（此乃劉知幾《史通》之
> 文。符生事見《洛陽伽藍記》。諸葛事則見《魏書》毛修之傳。浦二
> 田注《史通》以爲未詳，蓋偶失考。）。史傳不免於緣飾，況傳奇乎？
> 《西樓記》〔註46〕稱穆素暉〔註47〕豔若神仙，吳林塘言其祖幼時及
> 見之，短小而豐肌，一尋常女子耳。然則傳奇中所謂佳人，半出虛
> 說？此婢雖粗，倘好事者按譜填詞，登場度曲，他日紅氍毹上，何
> 嘗不鶯嬌花媚耶？先生所論，猶未免於盡信書也。」〔註48〕

只是，紀昀引見證者栗甫公對連貴的描述：「此事稍爲點綴，竟可以入傳奇。
惜此女蠢若鹿豕，惟知飽食酣眠，不稱點綴，可恨也。」對照由眞實故事改
編的《西樓記》，在經過袁于令刻意潤飾之下，本來只是平凡女子的穆素暉，
搖身一變，變身爲艷若神仙的佳人，可靠敘事亦隨之變成不可靠敘事。紀昀
以此爲佐證，提出連《史通》和《魏書》等史傳內容，也有不可靠敘事，何

〔註45〕 《閱微草堂筆記》〈卷九・如是我聞（三）〉，頁 119。
〔註46〕 〔清〕袁于令著，《西樓記》。收錄於〔明〕毛晉編，《六十種曲》（八）（繡刻
西樓記定本），北京：中華書局，1958 年 5 月。
〔註47〕 原著中女主角自述：「奴家姓穆，名麗華，字素徽。」，紀昀誤寫成素暉。見
《六十種曲》（八），頁 6。
〔註48〕 《閱微草堂筆記》〈卷九・如是我聞（三）〉，頁 119。

況是傳奇故事。他大膽質疑史傳內容的權威性，並對時下文人不求甚解的讀書態度提出批判，此說法至今仍相當實用。

高爾基（Maksim Gorkiy, 1868～1936）在談及故事曾說：「故事在我面前展開了對另一種生活的希望之光，在那種生活裡，有一種自由的、無畏的力量在活動著，幻想著更美好的生活。」〔註49〕故事與歷史的結合，對聆聽故事的人而言，人們從中得到了對生活現況的憧憬與希望。

紀昀在此篇故事中，種種典故隨手捻來，展現出其博學的功力。相較之下，故事本身就略顯平淡無奇。但再細看其敘述語言，可發現紀昀也巧妙的將歷史事件包裹在此篇故事裡。在此紀昀先後透過家中長輩先叔粟甫公、邊隨園徵君的主體記憶視角，呈現歷史事件中屬於庶民的另一種面貌。並藉著連貴的遭遇，將長輩記憶中的歷史事件，以庶民視角重塑，涵括公與私的歷史，在紀家宅院內開展、重疊，進而與歷史事件交纏，成為具有歷史記憶的傳奇。

二、庶民傳奇——孝婦與善男

以記善、揚善為「教化」手段，是紀昀寫作《閱微草堂筆記》的主要目的之一。在〈卷七‧如是我聞（一）〉一則故事中，紀昀以家鄉獻縣作為敘事空間，戈芥舟先生寫作的獻縣縣志為故事腳本，分述家鄉「孝」婦與「善」男的真實案例：

> 獻縣近歲有二事，一為韓守立妻俞氏，事祖姑至孝。乾隆庚辰，祖姑失明，百計醫禱，皆無驗。有黠者紿以刲肉燃燈，祈神佑，則可速癒，婦不知其紿也，竟刲肉燃之。越十餘日，祖姑目竟復明。夫受紿亦愚矣，然惟愚故誠，惟誠故鬼神為之格，此無理而有至理也。
> 〔註50〕

首先紀昀先以俞氏的孝行做敘事開頭。雖然俞氏被狡詐的人戲弄，竟然割下自己的肉熬油點燈，但俞氏婆婆的眼疾竟然痊癒的故事。紀昀在此也認為俞氏這樣的表現真的太愚蠢，但是卻能以此誠心感動上天。故事雖然簡單，卻突顯理法與社會現實狀況的觀念衝突所在。

〔註49〕　〔俄〕高爾基（Maksim Gorkiy）著，孟昌譯，《民間文學》「談故事」，北京：民間文學雜誌社，1956 年 5 月號，頁 63。
〔註50〕　《閱微草堂筆記》〈卷七‧如是我聞（一）〉，頁 97～98。

讀者看完這段故事，應該都不會懷疑她的孝心。只是，紀昀在紀錄此故事時，應對其中錯誤的行為再加說明，否則在那民智未開的時代，故事傳遞思想，也傳遞知識。如果因此誤導聽者，做出一樣的行為，導致任何傷害，相信絕非作者本意。

> 一為丐者王希聖，足雙攣，以股代足，以肘撐之行。一日，於路得遺金二百，移囊匿草間，坐守以待覓者。俄商家主人張際飛，倉皇尋至，叩之，語相符，舉以還之。際飛請分取，不受。延至家，議養贍終其身。希聖曰：「吾形殘廢，天所罰也。違天坐食，將必有大咎。」毅然竟去⋯⋯忽有醉人曳其足，痛不可忍，醉人去後，足已伸矣，由是遂能行。〔註51〕

第二則故事，紀昀直接以見證者的身分，講述發生在雙腳畸形的乞丐王希聖身上的奇蹟。故事中的王希聖雖然窮，但是卻有誠實不貪財的美德，甚至拒絕失主的供養建議，因此，雙腳竟然奇蹟似地痊癒的故事。

此兩者故事，雖然都是真人真事，但是紀昀也都在可靠敘事的主軸中，加入不可靠敘事的成分。認為這些故事都具有教化風俗，勸人為善的功能，並舉兩則同出於獻縣地區的故事為例：一是《錄異傳》中劉照妻子死後以一對金鐲為證，再覓良緣；二是《搜神記》中女子破棺復活的故事，引來說明即使內容有怪力亂神之處，仍然是瑕不掩瑜，應該放入地方志中。在此，紀昀細數自己對地方志取材與寫作方式的看法，當正史作者刻意以官方立場語言，忽視身處社會階級下層的微民之時，這些不為人知的懿德善行，仍應該隨著「故事」在民間廣為流傳。

三、官宦的傳奇──白描〈魏忠賢〉

歷史與小說何者較能顯現事情之「真」？事實上我們所知悉的歷史人物常經由歷史小說所塑造的形象。〈灤陽消夏錄〉的三則故事，以側面描述的方式，再現一代奸臣魏忠賢的性格特質。〈卷二・灤陽消夏錄（二）〉中，福來與雙桂亡命的故事，是以魏忠賢作為歷史背景，講述的離奇故事：

> 前明天啟中，魏忠賢殺裕妃，其位下宮女內監，皆密捕送東廠，死甚慘。有二內監，一曰福來，一曰雙桂，亡命逃匿。〔註52〕

〔註51〕 《閱微草堂筆記》〈卷七・如是我聞（一）〉，頁97～98。
〔註52〕 《閱微草堂筆記》〈卷二・灤陽消夏錄（二）〉，頁21～22。

福來與雙桂兩名太監，因爲裕妃事件逃出皇宮，被迫必須男扮女裝，做人妻妾。其中對於魏忠賢本人，並沒有任何直接描述的部分，但是短短數字間，讀者就可以輕易看出魏忠賢權傾一時。明末天啓年間，由於熹宗弱齡即位，使魏忠賢得以恃寵掌權，以宦官之位，亂政七年之久，直至思宗登基，自縊而亡。這樣特殊的歷史人物一生的生沉榮辱，多成爲後人創作的題材。

同卷中，另一則故事則以作者同憶幼年時，曾見過的魏忠賢畫像爲引，講述的虛實相間的傳奇故事。將于氏少子與魏忠賢間的一段偶遇，作爲故事主題。魏忠賢即成爲貫穿故事的主軸。紀昀在此將魏忠賢視爲故事主體，對其有較詳細的描述：

> 于氏，肅寧舊族也。魏忠賢竊柄時，視王侯將相如土苴……望于氏如王謝，爲姪求婚，非得于氏女不可。適于氏少子赴鄉試，乃置酒強邀至家，面與議。于生念：「許之，則禍在後日；不許，則禍在目前。」猝不能決，託言：「父在，難自專。」忠賢曰：「此易耳，君速作札，我能即致太翁也。」是夕，于翁夢其亡父，督課如平日，命以二題：一爲孔子曰諾，一爲歸潔其身而已矣。方構思，忽叩門驚醒，得子書，恍然頓悟，因復書許姻，而附言病頗棘，促子速歸。肅寧去京四百餘里，比信返，天甫微明，演劇猶未散。于生匆匆束裝，途中官吏迎候者，已供帳相屬。抵家後，父子俱稱疾不出。
>
> 〔註53〕

紀昀在故事一開頭將自己對魏忠賢口含天憲、手握王綱的批評，隱藏在「魏忠賢竊柄時，視王侯將相如土苴」中；中段更以「于生匆匆束裝，途中官吏迎候者，已供帳相屬。」盡現魏忠賢權傾一時的得意風光。

此則故事可說是典型的一線穿全知俯視的敘事類型，篇幅雖然精簡，但是故事張力十足。其中出現的魏忠賢是主情節裡的扁形人物，與圓形人物于生的互動是敘事主軸線，其他人物如：于氏父女、魏忠賢姪、王侯將相、途中官吏等則爲扁形人物。紀昀先敘述魏忠賢求婚，引出于氏少子，插敘于父夢境，將其他配角穿插在線性邊緣，以層次性的插敘「官吏迎侯」、「供帳相屬」，最後將情節歸結到于氏少子平安返家「稱病不出」。

故事文本裡並未描寫魏忠賢的音容相貌，藉出情節的層層堆疊，用俯視的角度說明底下的官僚相傾的實況，魏忠賢的官場形象也就躍然紙上了。

〔註53〕 《閱微草堂筆記》〈卷二‧灤陽消夏錄（二）〉，頁24。

以下這段置於故事最後的敘述，則是採用仰視的視角來描寫軸像裡的魏忠賢樣貌：

> 越三載而忠賢敗，竟免於難，……于生瀕行時，忠賢授以小像，曰：
> 「先使新婦識我面。」于氏於余家爲表戚，余兒時尚見此軸，貌修
> 偉而秀削，面白，色隱赤，兩顴微露，頰微狹，目光如醉，臥蠶以
> 上，赭石薄暈，如微腫，衣緋紅，座旁几上，露列金印九。〔註54〕

以前後文對照，紀昀刻意在兩者形像間形成極大的落差。在此紀昀直接把自己稱爲敘述者，採用與其他以魏忠賢爲主要角色的歷史故事不同的描述手法。回顧全文，他並未在故事中直接點出魏忠賢的奸惡，反而以「貌修偉而秀削」形容魏相貌堂堂；又以「面與議」寫出他對于氏少子以禮相待。整篇故事敘述，從頭至尾，對魏忠賢都沒有任何直接的負面描述。紀昀在此並未以明確的寫作手法，塑造魏忠賢的奸臣形象，實則在告誡後代子孫及世人，不能直接以外貌與外在表現，就判斷一個人的善惡與否。

簡淡的文筆並不妨礙事件的描述，紀昀以魏忠賢作取景框，揚惡並非其寫作目的。此篇故事的目的及寫作的對象令人好奇。筆者認爲，紀昀極有可能將其敘述的對象，設定在對「官」這個階層發言。他先從宦官魏忠賢的平行視角，以「土苴」〔註55〕，警惕諷刺那些汲汲營營，爲求高官爵位不擇手段的王侯將相；再藉著連鄉試都還沒登籍的于生，只因爲可能成爲魏忠賢的姻親，因此被路過地方的官吏視爲上賓，殷勤接待。並以此烘托的手法，希望讀者反思魏忠賢之惡，決不是一人之力可及，所以魏忠賢也只是一面反映社會現狀的鏡子，如果人心向惡，急功近利，那就會變成人人皆是「魏忠賢」。但是身爲朝廷命官，如果不趨炎附勢，會不會就無以自保呢？

應對之道，記載在〈卷八‧如是我聞（二）〉，紀昀藉一名獵人遇鬼狐爭執的故事，提出「事理本直，然力不足以勝之，則避而不爭；力足以勝之，又長慮深思，而不盡其力。不求幸勝，不求過勝，此其所以終勝歟？孱弱者遇強暴，如此鬼可矣。」〔註56〕表面上雖然是一則鬼狐相爭的寓言故事，但是內容所談論的，卻是爲官之道，不問是非的趨炎附勢絕對不可行。紀昀以

〔註54〕　《閱微草堂筆記》〈卷二‧灤陽消夏錄（二）〉，頁24。
〔註55〕　《莊子‧讓王篇》：「道之真以治身，其緒餘以爲國家，其土苴以治天下。」，詳見《莊子譯詁》，頁135～137。
〔註56〕　《閱微草堂筆記》〈卷八‧如是我聞（二）〉，頁106。

－40－

此告誡在強權下爲官者，雖然是弱者，但是只要堅持有理、有利、有節的做事原則，且不正面衝突、不求僥倖與風光，自然可以得到最後的勝利。

所以就如〈卷三‧灤陽消夏錄（三）〉中一則以討論魏忠賢生死之謎的故事所說「明魏忠賢之惡，史冊所未睹也。」〔註57〕在此，紀昀斬釘截鐵的述明，魏忠賢是明朝有名的惡臣，是無庸置疑的事實。紀昀在此則故事中，分別從天道與人事兩種方向，論述魏忠賢的生死傳說：「忠賢虐燄薰天，毒流四海，人人欲得而甘心。……故私遁之說，余斷不謂然。」〔註58〕紀昀在此以與之前完全不同的講述手法，直接以「虐燄薰天，毒流四海」來形容魏忠賢的惡行。

因是「有意爲小說」，所以上述的傳說見聞，大都在其以政治歷史和現實生活爲題材基礎上進行杜撰，即以有聞加工，無聞虛構的手法，從而使小說所傳之「奇」，成爲有意爲之「奇」。因此虛構想像自然成爲創作基本手法，並根據創作的需要，因文生事幻設情節，多方描繪環境背景，巧妙編織對話，由描繪人物的外在表現，隱喻作者的寫作目的。

在結構佈局上，《左傳》的明確時、地、物等真實感描寫手法，重現在紀昀的敘寫之中表現方法。但這種佈局只是一個外在的框架，反觀故事內容，完全不受其限制。紀昀以針對細節的描寫加強故事的真實感，並搭配虛構想像的手法，創造奇特的效果，吸引讀者的注意，在真假虛實之間，將作者真正的想法與意圖，包裹在故事中，在既有傳統的觀念框架之下，提供讀者不同的視角與想法。

上述三篇故事間最令讀者玩味的，是它別出心裁的劇情架構，你可以看到貫穿第二篇故事的靈魂人物魏忠賢，原來是第一部故事的配角；且在第三則故事中，可發現第二則故事未交代的答案；最神奇的是，三則各自完整、獨立，而且形式、風格、主題全然不同的故事，卻又可從任一則敘事中，尋找到其它兩則故事的敘事線索。三則故事以一個人物串連，分別呈現明末亂世中，宮人、仕紳、平民等，三種人物面臨的處境與視角，三個故事、三種類型、三種情緒：恐懼、歡笑、怪誕，三者既可串成一個完整體，也可以獨立分開欣賞，相當特殊而大膽地挑戰讀者的閱讀經驗。由此可窺見紀昀的寫作功力，令人折服。

〔註57〕 《閱微草堂筆記》〈卷三‧灤陽消夏錄（三）〉，頁33。
〔註58〕 《閱微草堂筆記》〈卷三‧灤陽消夏錄（三）〉，頁33。

第三節　萬物芻狗的「菜人」籲天錄

　　回顧清乾隆時期的歷史,《清史稿》在「災異」部分,清楚的記載:「四十三年,全蜀大饑,立人市鬻子女;……五十年……秋壽光、昌樂、安邱、諸城大饑,父子相食。五十一年春,山東各府、州、縣大饑,人相食。……」〔註59〕類似一則描寫「菜人」的故事,就收錄在紀昀在乾隆五十四年(1789年),寫成的〈卷二‧灤陽消夏錄(三)〉中:

> 老僕施祥指曰:「是即周某子孫,以一善延三世者也。蓋前明崇禎末,河南山東大旱蝗,草根木皮皆盡,乃以人為糧。官吏弗能禁,婦女幼孩,反接鬻於市,謂之菜人。屠者買去,如刲羊豕。周氏之祖,自東昌商販歸,至肆午餐,屠者曰:『肉盡,請少待。』俄見曳二女子入廚下,呼曰:『客待久,可先取一蹄來。』急出止之,聞長號一聲,則一女已生斷右臂,宛轉地上;一女戰慄無人色。見周,並哀呼,一求速死,一求救。周惻然心動,並出資贖之。一無生理,急刺其心死;一攜歸,因無子,納為妾,竟生一男,右臂有紅絲,自腋下繞肩胛,宛然斷臂女也。後傳三世乃絕。皆言周本無子,此三世乃一善所延云。」〔註60〕

此事假託發生在明朝崇禎末年,山東與河南接連發生嚴重旱災和蝗害。紀昀在此先以倒敘的方式,紀錄家中僕人施祥轉述的故事:當時有兩名女子因為遭遇天災,必須犧牲自己的生命,淪落為「屠者買去,如刲羊豕。」的「菜人」。但是,其中一名女子,因為遇見好心的周家祖先,幸運得救,並為周家延續香火。

　　這可能是當時人的真實記載。故事的敘述者施祥,身分為社會下層階級的僕人,以下層人的立場轉述故事。施祥站在類似報導人的「全知客觀型限制觀點」立場,節制地使用他的發言權,對所敘述的人物不任意進行干預,也不在情節發展過程中公開表明自己的觀點或逕自插入議論,側重於以再現的敘事方式,將實際發生在主角生活的場景傳述給讀者。

　　「悲劇是對於一個完整而具有一定長度的行動的摹仿。」〔註61〕以這兩

〔註59〕　《清史稿》「卷四十四‧志十九‧災異五‧一六五二」,頁472。
〔註60〕　《閱微草堂筆記》〈卷二‧灤陽消夏錄(二)〉,頁19。
〔註61〕　〔希臘〕亞里士多德著,羅念生譯,《詩學‧詩藝》,北京:人民文學出版社,1962年12月,頁25～28。

名女子的遭遇代表了當時無數人的悲慘命運。敘述者施祥以一種隱身於幕後的方式存在於敘事中，使讀者在閱讀時幾乎察覺不到他的存在。此種敘寫方式，就如同布斯（Wayne C. Booth, 1921～2005）認為寫作時應有所節制與保留，盡量運用「搬演」（showing），而非「講述」（telling）的方式呈現。在真實世界中，不論是對人或對事的認識，我們所能知道的其實只有一部分，我們不可能深入了解別人的內心。〔註62〕

　　歷史「原是一歷時性的論述形式。所涉及者，不僅是浸滲於敘述中的時間觀念，更包括記憶的形塑模式，論述觀點與材料的斟酌取捨。」〔註63〕作者解讀歷史的主觀意識，影響其寫作時的取材方向及論述觀點。正史的大事紀，幾乎沒有庶民插手的空間。白居易在〈輕肥〉中，曾寫下「是歲江南旱，衢州人食人。」〔註64〕明末清初詩人屈大均身處亂世，也留下〈菜人哀〉〔註65〕，內容描寫庶民面對戰亂加上饑荒時，淪入叫天不應、叫地不靈，必須「同類相食」的無奈境遇，令人動容。乍看之下，此時此景，律法早已蕩然無存。

　　表面上，「菜人」雖說是明末的故事，將紀昀寫作的時間背景，對照《清史稿》中的記錄，我們可以發現，兩者間有著巧妙的關聯。此外《清史稿·紀昀傳》也記載乾隆五十七年壬子，紀昀在左都御史任上曾上疏：「畿輔災，飢民多就食京師。故事，五城設飯廠，自十月至三月。昀疏請自六月中旬始，廠日煮米三石，十月加煮米二石，仍以三月止，從之」〔註66〕。因為這次為災民請命的事蹟，讓紀昀本人在正史中留名。

〔註62〕　見布斯在《小說修辭學》一書之第一〈講述與搬演〉的主張。Wayne C. Booth," The Rhetoric of Fiction-Chapter One: Telling and Showing",（Chicago: the University of Chicago, Press1973）, p3, 8, 67, 68.

〔註63〕　梅家玲著，《性別，還是家國？五○與八、九○年代台灣小說論》，臺北：麥田出版社，2004年9月，頁253。

〔註64〕　〈輕肥〉為〈秦中吟十首〉之一，收錄於〔唐〕白居易著，《白居易集（一）》，臺北：里仁書局，1980年10月，頁33。

〔註65〕　〔明〕屈大均著，《翁山詩外·菜人哀》：「歲大饑，人自賣身為肉於市，，曰菜人。有贅某家者，其婦忽持錢三千與夫，使速歸。已含淚而去，夫跡之，已斷手臂，懸市中矣。夫婦年饑同餓死，不如妾向菜人市。得錢三千資夫歸，一臠可以行一里。芙蓉肌理烹生香，乳做餛飩人爭嘗。兩股先斷掛屠店，徐割股腴持作湯。不令命絕要鮮肉。片片看入饑人腹。……」收錄於《續修四庫全書》第1411冊「集部·別集類」《翁山詩外卷十五·雜體一·十五》，頁793。

〔註66〕　《清史稿》「卷三百二十·列傳一百七·紀昀傳一零七七一」，頁2769。

紀昀以簡潔筆法，從民間視角寫作「菜人」一類的相關敘事，用文學的手法，作爲見證歷史的一種形式。他試圖以此創造一種歷歷如繪的情境，使得作者心中無法言喻的感覺得以重現，凸顯其與正史間的認知有著極大的落差。在這個差異當中，「父母」官已被紀昀刻意地從故事的空間裡抽離。

在紀昀爲李鼎北寫下的墓表內容中，紀昀沉痛的寫出：「夫爲官，而侵賑千百中之一二耳，深具人心者不爲也。然安坐養尊，事事委之胥役，胥役因得肆其姦，故有名無實者多，……」〔註67〕紀昀藉由讚美李鼎北的負責，表達對當時多數官員怠惰心態的反諷與批判。在〈卷六·灤陽消夏錄（六）〉中，紀昀藉明心師父之口，以寓言的形式，顛倒的手法，重寫〈菜人〉的情節：

> 宏恩寺僧明心言，上天竺有老僧，嘗入冥，見猙獰鬼卒，驅數千人
> 在一大公廨外，皆裼衣反縛。有官南面坐，吏執簿唱名，一一選擇
> 精粗，揣量肥瘠，若屠肆之鬻羊豕，意大怪之。〔註68〕

宏恩寺的明心和尚，轉述一則聽自天竺老僧所說，關於他曾經進入冥府地獄的所見所聞。這個故事以「明心」爲始，「寓言」作結，紀昀的想法已在此表露無疑。再細看故事內容「一一選擇精粗，揣量肥瘠，若屠肆之鬻羊豕」，紀昀在此處重現「菜人」故事中的驚悚橋段，殘暴的描寫手法甚至是有過之而無不及。但兩者的敘事視角，卻有相當刻意的落差，「菜人」故事採取仰視的視角，以站在受虐庶民的立場敘事，表現出作者的人性關懷；反觀「明心」一文，視角丕變，紀昀改以俯視的視角敘事，將其蔑視此類官吏的立場，表現在文句中：

> 佛以孽海洪波，沉淪不返，無間地獄，已不能容，乃牒下閻羅，欲
> 移此獄囚，充彼噉噬，彼腹得果，可免荼毒生靈。十王共議，以民
> 命所關，無如守令，造福最易，造禍亦深……其最爲民害者，一曰
> 吏，一曰役，一曰官之親屬，一曰官之僕隸。是四種人，無官之責，
> 有官之權。……四大洲內，唯此四種惡業至多，是以清我泥犁，供
> 其湯鼎。以白皙者、柔脆者、膏腴者，充魔王食；以粗材充眾魔食。
> 故先爲差別，然後發遣。其間業稍輕者，一經臠割烹炮，即化爲烏
> 有；業重者，拋餘殘骨，吹以業風，還其本形，再供刀俎，自二三

〔註67〕 《紀文達公遺集》卷十四「直隸遵化州知州鼎北李公墓表」，收錄於《續修四庫全書》1435 冊「集部別集類八」，頁 436。

〔註68〕 《閱微草堂筆記》〈卷六·灤陽消夏錄（六）〉，頁 68。

度至千百度不一；業最重者，乃至一日化形數度，割剔燔炙無已時
也。〔註69〕

故事此處內容主要是講述四種位於「官」下，但卻掌控權力者的報應：「其最
爲民害者，一曰吏，一曰役，一曰官之親屬，一曰官之僕隸。」當故事由可
靠敘事者施祥，轉換到不可靠敘事者的明心僧人時；鑽板上的主角從老弱婦
孺變成官吏僕役；作者的陳述方式亦明顯的從單純低調搖身一變，變成殘暴
而複雜，使前後兩者形成極度不協調且鮮明的對比。既以「明心」爲講述之
始，紀昀早就確定自己的論述立場，使《閱微草堂筆記》注定成爲善與惡之
間的競技場，作者扮演如同上帝的角色，早就決定書中故事的結果必然是善
戰勝惡。即使在現實生活無法如願，到了陰間地府還是能得到最後的勝利。

　　「明心」之言，應可被看作是對「萊人」故事再現性敘事模式的總體戲
仿，兩者的敘事主體間呈現出分裂瓦解的意識。雖然兩者雖然都採取全知全
能的視角敘事，但是「萊人」的敘事主體以理性低調的方式，將主角的經歷
娓娓道來，說服讀者相信；而「明心」的敘事結構，則被有意地置於瀕臨崩
潰的狀態，透露作者在寫作時對寫作對象的激憤心態。

　　在〈卷九‧如是我聞（三）〉中，紀昀曾講述一個婦人被盜賊宰割，但幸
運獲救的故事。並藉其口說出：「吾非佞佛求福也。天下之痛苦，無過於臠割
者；天下之恐怖，亦無過於束縛以待臠割者。」〔註70〕表面上是告誡大家不
要殺生，事實上，應該是接續上段故事中的老僧所言，以此天下最痛苦與恐
怖的事警告上述四種官員，紀昀在《閱微草堂筆記》的敘事中，反映一般普
羅大眾對生存的情感願望；充分展現下層民眾對社會的認識，往往與統治階
級的想法相對立，帶有強烈的批判精神。

　　〈寄唐生〉詩中，白居易（772～846）就以沉痛的心情寫下：「我亦君之
徒，鬱鬱何所爲。不能發聲哭，轉作樂府詩。篇篇無空文，句句必盡規。功
高虞人箴，痛甚騷人辭。非求宮律高，不務文字奇。唯歌生民病，願得天子
知。」〔註71〕「萊人」故事的背後，或許也隱含紀昀對當時社會現況不滿的
想法，希望藉由故事的力量，點醒手握權柄的上層人士，甚至能直達天聽，

〔註69〕　《閱微草堂筆記》〈卷六‧灤陽消夏錄（六）〉，頁68。
〔註70〕　《閱微草堂筆記》〈卷九‧如是我聞（三）〉，頁129。
〔註71〕　〔唐〕白居易，《白居易集》，樹林：漢京文化事業有限公司，1984年3月，
　　　　　頁15～16。

以減輕人民的苦難。《閱微草堂筆記》內容在民、官、史三種生命場域間穿梭，作者紀昀的微視角也從庶民的傳奇、與階級間的對話兩個面向來展現其生命視野的擴展。

第四節　官場與小說的虛實互涉

紀昀將「浮沉宦海如鷗鳥，生死書叢似蠹魚。」〔註72〕視為自己一生的寫照，因此，現實生活中的紀昀，經歷過多年宦海浮沉的生活後，晚年選擇與書為伍。書成為他最好的良師益友。在《閱微草堂筆記》中大部份的故事，我們可以觀察到，作者、敘事者與主角間，大都呈現了一種「複調」的對話關係。

「『複調』在這個層次上主要是指作者與主角、自我與他者的互相對話與交流關係。」〔註73〕某些故事的主角甚至擺脫作者的擺佈，具有自覺意識，會不斷對自我、現實及周圍的他者提出質疑。在〈卷一·灤陽消夏錄（一）〉中，有一篇談論漢學與宋學的寓言故事，漢學重義理；宋學講心性。在此紀昀引韋應物之詩：「水性自云靜，石中本無聲，如何兩相激，雷轉空山驚。」〔註74〕直指義理與心性間，本無衝突之處，應可求取平衡之道，相安無事的和平共處。但是如果兩者間輕重不一，失去平衡，就會發生難以控制的嚴重後果。為官之道也當如此，尋求中道。

一、無功即有罪的為官自覺論辯

紀昀一生為官，《閱微草堂筆記》的故事中，自然免不了收錄許多官場寫實作品，如〈卷一·灤陽消夏錄（一）〉的鄭蘇仙夢至冥府，看冥官判清官的故事〔註75〕；以及〈卷二十四·灤陽續錄（六）〉紀昀講述四個僕人，用盡心

〔註72〕〔清〕梁章鉅輯，《楹聯叢話》「卷十·挽詞」：「紀文達師因頌某詩云：『浮沉宦海如鷗鳥，生死書叢似蠹魚。』戲謂此二句，可作我他年輓聯。」，頁132。

〔註73〕劉康著，《對話的喧聲：巴赫汀文化理論述評》，臺北：麥田出版社，1995年5月，頁184。

〔註74〕《閱微草堂筆記》〈卷一　灤陽消夏錄（一）〉，頁6。節錄自〈聽嘉陵江水寄深上人〉。原文出自〔唐〕韋應物著，陶敏、王友勝校注，《韋應物集校注》，上海：上海古籍出版社，1998年12月，頁65。

〔註75〕《閱微草堂筆記》〈卷一·灤陽消夏錄（一）〉，頁3～4。

機，只為爭奪一個縣衙守門人的職位；〔註76〕還有〈卷十六·姑妄聽之（二）〉
中，藉道士因徒弟作惡導致失敗的寓言，勸誡為官者管束部屬的重要性。〔註
77〕細觀全書，書中多是自上到下的黑暗及迂腐等墮落記事，且貶多於褒。其
中鄭蘇仙夢至冥府的故事，就藉由記敘農家老婦和朝廷官員前後進入冥府的
不同際遇，對清官提出勸誡：

> 北村鄭蘇仙，一日夢至冥府，見閻羅王方錄因。有鄰村一媼至殿前，
> 王改容拱手，賜以杯茗，命冥吏速送生善處。鄭私叩冥吏曰：「此農
> 家老婦，有何功德？」冥吏曰：「是媼一生無利己損人心。夫利己之
> 心，雖賢士大夫或不免。……鄭素有心計，聞之惕然而寤。鄭又言，
> 此媼未至以前，有一官公服昂然入，自稱所至但飲一杯水，今無愧
> 鬼神。王哂曰：「設官以治民，下至驛丞閘官，皆有利弊之當理。但
> 不要錢即為好官，植木偶於堂，並水不飲，不更勝公乎？」官又辯
> 曰：「某雖無功，亦無罪。」王曰：「公一身處處求自全，某獄某獄
> 避嫌疑而不言，非負民乎？某事某事畏煩重而不舉，非負國乎？三
> 載考績之謂何，無功即有罪矣。」官大踧踖，鋒稜頓減。

> 王徐顧笑曰：「怪公盛氣耳。平心而論，要是三四等好官，來生尚不
> 失冠帶。」促命即送轉輪王。觀此二事，知人心微曖，鬼神皆得而
> 窺。雖賢者一念之私，亦不免於責備。相在爾室，其信然乎？〔註78〕

此故事內容分成三部分，在前段的敘事中，直接藉一位平民鄭蘇仙之眼，以
其眼見一老婦死亡後進入冥府的奇幻之旅作為故事的開端。紀昀在此以眼中
敘的手法，生動地表述出瀏覽過程。通過敘事者視覺的觀看故事，如同電影
的蒙太奇鏡頭，循著敘事者的眼光聚焦，突出敘事的視覺性。紀昀借鄭蘇仙
之口，說明人品的高下與外在的身份地位間並無關聯。現實世界中地位低下
的老村婦，因為心地單純善良，終其一生都沒有絲毫損人利己的念頭，所以
受到神鬼的敬重；反觀故事中的清官，表面上雖然為官清廉自守，事實上卻
是「一身處處求自全」，辜負國家和百姓的期望。

故事以「夢」做為情節的媒介導引，過渡敘事場域；再藉由閻王與亡官
的對話來呈現真心與機心的不同視角。以黑格爾（George W.F. Hegel, 1770～

〔註76〕 《閱微草堂筆記》〈卷二十四·灤陽續錄（六）〉，頁369。
〔註77〕 《閱微草堂筆記》〈卷十六·姑妄聽之（二）〉，頁261。
〔註78〕 《閱微草堂筆記》〈卷一·灤陽消夏錄（一）〉，頁3～4。

1831）的絕對唯心論視角觀看故事內容。我們發現，整段故事分成三階段進行：敘事以農家老婦因「一生無利己損人心。」而受到閻王敬重為開頭正題（thesis），那時一切處和諧狀態；隨後亡官進入，由「有一官公服昂然入，自稱所至但飲一杯水，今無愧鬼神。」中，亡官的高姿態，成為破壞原有和諧的突發事件，並且隨著亡官與閻王的論辯，形塑兩人間對定義「清官」的辯論歷程，懸念與故事張力一直增加，直到論辯過程接近終結的一刻，「官大蹴踏，鋒稜頓減。」達到最高峰，是故事高潮（climax）所在，即三段式中的反題（antithesis）；緊接者故事的終結，由閻王的「怪公盛氣耳。平心而論，要是三四等好官，來生尚不失冠帶。」表明一切張力已解，復歸平靜，也即合題（synthesis）。此處紀昀以正（發生）反（消滅）合（生成）三段論，反覆述明自己心目中「好官」的定義。

故事中敘事者有名有姓，容易讓讀者有眞實感，乍看之下似為可靠敘事；紀昀在故事中呈現出邦海姆（Helmut Bonheim, 1930～）言「一種可用作證明的修辭手段」（a figure of testimony）〔註79〕以及托多洛夫（Tzvetan Todorov, 1939～）針對文學特點，強調文學作品能夠製造出來的那種「現實的假象」（illusion of realism）或「眞實感」（verisimilitude）〔註80〕。但如深究其內容，卻發現不可靠的敘事更多。畢竟，以當時的社會氛圍考量，一介平庸老婦如何能與高高在上的官員相較？

轉述者鄭蘇仙的身分是民不是官，由此可知，紀昀很清楚的表示，敘述者是站在庶民立場視角敘事。表面上，故事中的主角本應是不具有自我反思意識的被動個體，因為主角畢竟是作者創造出來的，沒有作者就沒有主角。但是紀昀隱身在身後，藉因此當讀者從現象學的角度對主角的自覺意識做描述的同時，必不可忽略作者。「作者在創造主角這個藝術主體時，也在創造、發現著他的自我與主體。這個自我發現的過程，即為作者的自覺意識的實現過程。」〔註81〕這種特殊性確實相當引人注意。

〔註79〕 邦海姆（Helmut Bonheim）："*The Narrative Modes: Techniques of the Short Story*"《敘事方式——短篇小說的技巧》，Suffolk： Boydell & Brewer Ltd, Press 1982, p25～26, 94.

〔註80〕 托多洛夫（Tzvetan Todorov ）："*Introduction to Poetics. trans. Richard Howard.*"《詩學簡論》, Minneapolis: U of Minnesota Press, 1981, 頁 18～19.

〔註81〕《對話的喧聲》，頁 188。

二、縱惡即害民的勸誡寓言

　　紀昀在故事中，直接點出「縱惡就是害民」就是一則諷刺「清官」的寓言故事。此則寓言被置於之後，內容針對〈卷一·灤陽消夏錄（一）〉的鄭蘇仙夢至冥府，看冥官判清官的故事中的爲官理念，做了一番更詳盡地闡述：

> 有額都統者，在滇黔間山行，見道士按一麗女於石，欲剖其心。女
> 哀呼乞救，額急揮騎馳及，遽格道士手，女嗸然一聲，化火光飛去，
> 道士頓足曰：「公敗吾事！此魅已媚殺百餘人，故捕誅之以除害。……
> 公今縱之，又貽患無窮矣。惜一猛虎之命，放置深山，不知澤麋林
> 鹿，齕其牙者幾許命也！」……此貽白巖之寓言，即所謂一家哭何
> 如一路哭也。姑容墨吏，自以爲陰功，人亦多稱爲忠厚。而窮民之
> 賣兒貼婦，皆未一思，亦安用此長者乎？〔註82〕

動作的重要性會促使讀者直奔故事主題。根據故事理論，當主人公陷入困境時，敘事弧線就開始上揚。〔註83〕此處以田白巖道士伏妖的寓言故事，引入范仲淹刪貪官之例：「一家哭，何如一路哭」，紀昀對此加入的評註爲：「姑容墨吏，自以爲陰功，人亦多稱爲忠厚；而窮民之賣兒貼婦，皆未一思，亦安用此長者乎？」爲何紀昀在此使用情節外的事件插進來敘述？將良吏與妖並置的目的又爲何？其中不應只是諷諫與提醒後進重新審視讀書、爲官之初衷，或許更隱藏了紀昀回首自身，多年爲官經歷之懺言？

　　此外〈卷一·灤陽消夏錄（一）〉記載下列的故事，紀昀在此即重申相同的論點：

> 獻縣令明晨，應山人，嘗欲申雪一冤獄，而慮上官不允，疑惑未決。
> 儒學門斗有五半仙者，與一狐友，言小休咎多有驗，遣往問之，狐
> 正色曰：「明公爲民父母，但當論其冤不冤，不當問其允不允，獨不
> 記制府李公之言乎？」〔註84〕

清官本就不多，但是即使是清官，也明知是一場冤獄，卻沒有指證的勇氣，怎不令人扼腕？另外紀昀在〈卷一·灤陽消夏錄（一）〉中也藉狐之口，以：「然公愛民乃好名，不取錢乃畏後患耳。」〔註85〕寥寥數言，直接拆穿自命

〔註82〕　《閱微草堂筆記》〈卷一·灤陽消夏錄（一）〉，頁5。
〔註83〕　杰克·哈特（Jack Hart）著，葉青譯，《故事技巧——敘事性非虛構文學指南》，
　　　　　北京：中國人民出版社，2010年7月，頁110。
〔註84〕　《閱微草堂筆記》〈卷一·灤陽消夏錄（一）〉，頁3。
〔註85〕　《閱微草堂筆記》〈卷一·灤陽消夏錄（一）〉，頁1。

清高之良吏與清官的僞善面具。就如同紀昀的〈雜述五首〉所言:「清水有濁流,直木有曲枝;阿膠不能澄,斤斧難與治;事勢遞相因,轉變焉可知;東家驚里人,豈不緣西施;逐貌失本眞,淺見古所譏。」〔註86〕

另外在〈卷五‧灤陽消夏錄(五)〉中亦有類似的故事。紀昀藉由兩鬼對話,露骨的以「揣摩迎合之方」〔註87〕、「消弭彌縫之術」〔註88〕簡單的十二個字,盡現古今官場的求生文化。回顧《閱微草堂筆記》,此類譏諷的敘事手法,反映出隱藏在紀昀心中的反威權思想。如以此爲本,比對上述相關敘事的寫作手法,讀來更覺諷刺。

在上述的故事中,紀昀都使用「文學顛覆」(literary subversion)手法,以閻官、妖、鬼融入人類世界的不可靠敘事,巧妙地將虛構幻象與眞實世界相融合,製造了一個與當時官方意識形態完全背離的眾聲喧嘩的世界。寫作手法似乎更爲精巧。綜觀中國文學文學作品中,抨擊清官最甚,莫過於《老殘遊記》:

> 贓官可恨,人人知之;清官尤可恨,人多不知。蓋贓官自知有病,不敢公然爲非;清官則自以爲我不要錢,何所不可,剛愎自用,小則殺人,大則誤國,吾人親目所睹,不知凡幾矣。……歷來小說皆揭贓官之惡,有揭清官之惡者,自「老殘遊記」始。〔註89〕

劉鶚在書中直指清官之失,因此魯迅在評論《老殘遊記》時寫道:「摘發所謂清官之可恨,或尤甚于贓官,言人所未嘗言,雖作者亦甚自憙。」〔註90〕認爲劉鶚針對「清官」之惡,敢「言人所未嘗言」,直接以尖銳的譴責與批評,詳述清官之惡,相當大快人心。但是回顧〈爲官無功即有罪〉與〈縱惡就是害民〉兩則故事,則是以婉曲、戲謔的諷喻手法,反映現實社會中,所謂「清官」的虛僞與機巧,手法更是傳神。

〔註86〕 〔清〕紀昀,〈紀文達公遺集‧卷第九〉,詳見《續修四庫全書》第1435冊「集部‧別集類」,頁588。

〔註87〕 《閱微草堂筆記》〈卷五‧灤陽消夏錄(五)〉,頁57。

〔註88〕 《閱微草堂筆記》〈卷五‧灤陽消夏錄(五)〉,頁57。

〔註89〕 〔清〕劉鶚撰,《老殘遊記》,臺北:聯經出版事業公司,1976年8月,頁154。

〔註90〕 魯迅,《魯迅小說史論文集——中國小說史略及其他》,臺北:里仁書局,2003年2月,頁268。

第五節 俯仰之間的階級對話

在《閱微草堂筆記》中，提供題材觀看視角與語調的敘述者是不可忽視的角色。紀昀將其廣博的見識與家國、傳統的掌故與期望，以各類敘述者的口語風格寫入《閱微草堂筆記》故事。伊德瑪（W.L.Idema）認爲：「中國古典的作家們並不注重那些有著鮮明的歷史背景，使得個人化成爲可能的主要角色。反之，卻對那些角色如何以不同的方式體現一致的道德信條著墨甚多。」〔註91〕《閱微草堂筆記》確實是如此。

在《閱微草堂筆記》中，紀昀寫下許多以官民、主從與性別等不同社會階層間發生的故事，以對話形式呈現當時不同社會階級間，存在著明顯斷裂的階級意識。如〈余某〉的故事讓我們明暸，因爲思想普遍受到傳統威權社會箝制，造成上下階級間相當明顯的差異乃至衝擊。

一、官民對話

> 余某者老於幕府，司刑名四十餘年……夜夢數人浴血泣曰：「君知刻酷之積怨，不知忠厚亦能積怨也。……君試設身處地，如君無罪無辜，受人屠割，魂魄有知，旁觀讞是獄者，改重傷爲輕，改多傷爲少，改理曲爲理直，改有心爲無心，使君切齒之仇，從容脫械，仍縱橫於人世，君感乎怨乎？不是之思，而詡詡以縱惡爲陰功，被枉死者，不仇君而仇誰乎？」〔註92〕

紀昀在此篇並未如慣常提及何人所說，亦無發生地點，更未在敘述中加入慣用的個人主觀想法，相當啓人疑竇？嚴文儒先生認爲，這是一則談論人性與公平的故事。自有法律至今，「性善」與「縱惡」兩派即各持己見，始終無法達成共識。〔註93〕但回頭細視內容，我們卻無法得知紀昀的立場爲何？後人多以紀昀慣常的寫作手法，爲其補上評點及結論。但是換個角度思考，或許孰是孰非並不是紀昀在此表達的重點所在。

首先，紀昀以「余某」稱呼主角，讀者無從得知，此處的「余」是否化身爲詮釋語碼，與「我」畫上等號？如「余」果眞爲「我」，那此篇敘事應可

〔註91〕 伊德瑪（W.L.Idema）, *"Storytelling and the Short Story in China"*, T'oung Pao: T'ung pao. E. J. Brill.59（1965），p54.

〔註92〕 《閱微草堂筆記》〈卷九‧如是我聞（三）〉，頁118。

〔註93〕 《新譯閱微草堂筆記》（中），頁724。

視為紀昀回顧己身多年為官經歷的反省之作。藉由「官」、「民」對話的場景，直接透過受害人的視角，赤裸裸的點出官吏行事的機心所在。而「君試設身處地」一句，更直接指出不同階級間的思考斷裂問題，以此審視文本，或可對紀昀寫作的用心，更加瞭解。

眞正的受害者，不只有直接被害者，還包括他們的親友，在司法的面前，沒有發言權利，被迫退居至「旁觀讞是獄」的地位，只能受上位者的好惡左右。其中群鬼之諍言，不但指出「忠厚」之過，也表達了傳統威權社會，身在底層受統治階級控制的「無言」人民的心聲，從未被統治階級與執法者正視。

二、主僕對話

為何一生為官的紀昀，竟然如此看輕官吏地位？〈卷七·如是我聞（一）〉中有一則故事，開宗明義就寫出：「職官姦僕婦，罪止奪俸。以家庭匿近，幽暗難明，律法深微，防誣蔑反噬之漸也。然橫干強逼，陰譴實嚴。」〔註94〕官員即使犯下強暴婦女的罪行，只需罰款，不但不需要坐牢，甚至可以擔任原職，不受影響，封建制度的不平等，由此可見。而〈卷三·灤陽消夏錄（三）〉中，即記載一名僕人因為舞弊被主人打死，但心有不甘，而借他人之口，向主人提出抗議的故事：

> 某公嘗棰殺一幹僕，後附一癡婢，與某公辯曰：「奴舞弊當死，然主人殺奴，奴實不甘。主人高爵厚祿，不過於奴之受恩乎？賣官鬻爵，積金至鉅萬，不過於奴之受賂乎？某事某事，顛倒是非，出入生死，不過於奴之竊弄權柄乎？主人可負國，奈何責奴負主人？主人殺奴，奴實不甘。」某公怒而擊之仆，猶喋喋不已。後某公亦不令終。
> 因歎曰：「吾曹斷斷不至是，然旅進旅退，坐食俸錢，而每責僮婢不事事，毋乃亦腹誹矣乎？」〔註95〕

在其中僕人直接對主人提出三問，表示心中的不平：其一為主人可以賣官鬻爵，卻無法容忍僕人收受賄賂？其二為主人可以因利顛倒是非，決定他人生死，卻不許僕人擁有一點權力？其三則是主人可以不忠，卻不接受僕人的不忠？「死亡」打破固有階級的桎梏，僕人因「死亡」得到與主人對話的權力，

〔註94〕 《閱微草堂筆記》〈卷七·如是我聞（一）〉，頁87～88。
〔註95〕 《閱微草堂筆記》〈卷三·灤陽消夏錄（三）〉，頁28。

因此在閱讀故事時會帶給讀者「一種未經中介的直接敘述（narration directe）的印象。」〔註 96〕文本中對話的敘事基礎，明顯是架構在主與奴兩人因階級不同，所產生思想落差的鮮明對比上。

三、性別對話

〈卷十七・姑妄聽之（三）〉中記載一名男子，因無法忍受悍妻的虐待，逃進破廟，卻引起廟中眾狐與眾狐婦間爭執的故事：

> 康熙癸巳秋，宋村廠佃戶周甲，不勝其婦之箠楚，夜伺婦寢，逃匿破廟。將待曉，介鄰里乞憐。婦覺之，追跡至廟，對神像數其罪，叱使伏受鞭。廟故有狐。鞭甫十餘，方哀呼，群狐合噪而出曰：「世乃有此不平事！」齊奪甲置牆隅，執其婦，褫無寸縷，即以其鞭鞭之，至流血未釋。突狐婦又合噪而出，曰：「男子但解護男子！渠背妻私匿某家女，不應死耶？」亦奪其婦置牆隅，而相率執甲。群狐格鬥爭救，喧哄良久。守田者疑為劫盜，大呼鳴銃為聲援，狐乃各散。婦已委頓，甲竭蹶負以歸。〔註 97〕

上述相關故事中的狐語、冥府與先人之言構成一處專屬於世俗大眾的公共廣場，男女化身為狐男狐女站在平等的立場，盡情對話，呈現典型的狂歡化故事。其中多呈現出對當時「既立」（est-aablished）的權威官方語言，與菁英文化意識型態之反叛精神。此種文學充分表現眾聲喧嘩般自由且瑰麗多姿的大眾文化藝術色彩。

紀昀創作的《閱微草堂筆記》，應非真如前人所說，僅為封建制度下以倫理枷鎖奴役人民的工具。事實上紀昀在本書中，放棄編撰《四庫全書》時的御用文人立場，改採庶民的視角觀看世情，將這些對話的價值澄清於故事中並且相互交融，展現出一種最低限度的自覺意涵，希望藉此重建世人對人性和事實的衡量尺度。紀昀在此類故事中，表達的思想與當時社會的主流價值相背離，這種立場未必能被歷史學家接受。

遍觀同時期作品，許多身處言論箝制威權下的士子官吏，少有文人敢如此發聲，並將社會題材轉化為文學寫作的素材，有系統、長時間、大量呈現

〔註 96〕 〔法〕傑哈・簡奈特（Gérard Genette）著，廖素珊、楊恩祖譯，《辭格第三集》（Figures III），臺北：時報文化出版企業，2003 年 1 月，頁 245。
〔註 97〕 《閱微草堂筆記》〈卷十七・姑妄聽之（三）〉，頁 279。

乃至集結成冊。正因《閱微草堂筆記》以當代庶民生活爲敘事主軸，如實呈現正史中欠缺的社會面貌，應該是紀昀寫作此書的眞正目的，這部分的歷史敘事也成爲本書流傳後世的價値所在。

第參章 《閱微草堂筆記》的性別敘事

　　「飲食男女，人之大欲存焉。干名義，瀆倫常，敗風俗，皆王法之所必禁也。」〔註1〕這句話表達了紀昀創作《閱微草堂筆記》時，對於王法之外的男女民情，也有表達己見的微敘事存在。繼之提及：「若癡兒騃女，情有獨鍾，實非大悖於禮者，似不必苛以深文。」〔註2〕在此紀昀表明對男女間情感的抒發，抱持尊重天性的看法，以「發乎情，止於禮義」爲原則，只要不是「干名義、瀆倫常、敗風俗」的行爲，都是應該被接受的表現。

　　關於《閱微草堂筆記》裡的性別敘事篇章頗多，約有二百卅九篇，有時直敘男女情媚或鄰里私通，有時藉狐媚或人狐相戀的經過來鋪陳，其中的媚、淫、敗、亂等情事常託言民間傳說或狐鬼魅作祟，所述的男女情感與欲念百態有其獨到的敘事形式和見解。這些敘事觀點終不能登官學的「大雅之堂」，但卻是地方衙門裡屢見不鮮的民間公案，影響社會秩序顯著。紀昀將這些被隱匿於正史之外的巷語傳說和特有的男女隱情，以他獨特的微敘事來建構其男女觀。

　　統整《閱微草堂筆記》裡約有四個性別視角，包括：「媚」與「狎」的引誘敘事、拒誘之道、欲及男女情義、以及對當時傳統人倫規範的反省。分別敘述於後：

第一節 「媚」與「狎」的引誘敘事

　　「媚惑」是欲望之起，人性的原始慾望常起於生理需求，這個需求轉爲

〔註1〕 《閱微草堂筆記》〈卷五·灤陽續錄（五）〉，頁353。
〔註2〕 《閱微草堂筆記》〈卷五·灤陽續錄（五）〉，頁353。

心理的「媚惑」。男女情欲從這個媚惑的心思開始，繼之以「狎」的行動。對紀昀而言，「媚」的微敘事有內貪和外誘二大因素；「狎」則有親暱程度之別，「狎」的接近程度和禮教風俗有關，也成了官判的標準。統計《閱微草堂筆記》裡的狎昵敘事佔男女敘事約七十餘篇，爲數不少。

一、內貪的媚敘事

　　飲食男女的大欲是人性的底層需求，因此人本主義之父馬斯洛（Abraham Maslow, 1908～1970）的心理需求層次底層，就將生存與繁衍列在最基層需要〔註3〕；心理學大師佛洛伊德（Sigmund Freud, 1856～1939）更將生存本能激發的性驅力（sexual drives）看成心理治療的主要核心立論〔註4〕。足見飲食大欲的重要。但在文學形式上，男女情欲有其特殊的表現形式。「媚」的誘惑成了文學裡很美的描述，有時更會挑動讀者隱藏在內心深層的欲念。不過，有別於《金瓶梅》的美艷激情的媚惑敘述，《閱微草堂筆記》採用一種含蓄、點到爲止、道德味稍重的風格來描寫男女媚惑。

　　〈卷十六·姑妄聽之（二）〉有段「羅生娶狐女」的故事頗有發自內在貪念的媚惑敘事。故事說到一位羅姓書生從小說雜記讀到狐女姣麗，到狐狸洞窟求親，果然求得一位豔麗的狐婢爲妻。然而狐妻性情嗜吃，又會竊錢，自此財色消損，轉愛成仇。在故事裡，作者描繪這位狐妻：

> 一夕，獨坐凝思，忽有好女出燈下，嫣然笑曰：「主人感君盛意，卜今吉日，遣小婢三秀來充下陳，幸見收錄。」因叩謁如禮，凝眸側立，妖媚橫生。生大欣慰，即於是夜定情，自以爲彩鸞甲帳，不是過也。」
>
> 媚態柔情，搖魂動魄，低眉一盼，亦復回嗔。又冶蕩殊常，蠱惑萬狀，卜夜卜晝，靡有已時，尚嘖嘖不足。」〔註5〕

出現這位狐婢，認爲是「好女出燈下」；有「嫣然」的笑容，還能「叩謁如禮，凝眸側立，妖媚橫生。」既然是從自心興起的慾念，自然更爲迷情。

〔註3〕　馬斯洛把人類需求依次由較低層次到較高層次，分成生理需求、安全需求、社交需求、尊重需求和自我實現需求五類。摘錄自張春興著，《教育心理學》，臺北：東華書局，2009 年 2 月，頁 226～232。

〔註4〕　佛洛伊德著，宋廣文譯，《性學三論·愛情心理學》，臺北：志文出版社，2007 年 3 月，頁 45。

〔註5〕　《閱微草堂筆記》〈卷十六·姑妄聽之（二）〉，頁 218。

尤其是初識有禮，以嬌媚的眼神凝視羅生，體態顯露妖媚，自然會讓他投入情網。短短幾個字，清楚展露狐女的媚力，更留給讀者無限的想像空間。後來，因爲她的嗜食竊財，引來羅生斥責，這時狐妻的媚誘更加露骨：「媚態柔情，搖魂動魄」兩者的情欲互動更顯精彩；「低眉一盼，亦復回嗔」，這種撒嬌的媚態十分淋漓盡致。這個媚惑因爲狐妻的「嗜食竊財」產生了惡果：

> 以是家爲之凋，體亦爲之散。久而疲於奔命，怨詈時聞，漸起釁端，遂成仇隙，呼朋引類，妖祟大興，日不聊生。延正一眞人劾治，婢現形抗辯曰：「始緣祈請，本異私奔；繼奉主命，不爲苟合。手繫具存，非無故爲魅也。至於盜竊淫佚，狐之本性，振古如是，彼豈不知？既以耽色之故，捨人而求狐，乃又責狐以人理，毋乃誖歟？即以人理而論，圖聲色之娛者，不能惜畜養之費。既充妾媵，即當仰食於主人；所給不敷，即不免私有所取。家庭之內，似此者多；較攘竊他人，終爲有間。若夫閨房燕昵，何所不有？聖人制禮，亦不能立以程限；帝王定律，亦不能設以科條。在嫡配尚屬常情，在姬侍又其本分。錄以爲罪，竊有未甘。」眞人曰：「鳩眾肆擾，又何理乎？」曰：「嫁女與人，意圖求取。不滿所欲，聚黨喧哄者，不知凡幾。未聞有人科其罪，乃科罪於狐歟？」眞人俯思良久，顧羅生笑曰：「君所謂求仁得仁，亦復何怨？老夫耄矣，不能驅役鬼神，預人家兒女事。」後羅生家貧如洗，竟以瘵終。〔註6〕

這段敘述說到夫妻相處之道，足供世人警惕。羅生的貪念因狐女的美色而起。無論男女雙方如何情投意合，對方的生活習性常常無法被勉強改變。就在雙方不願因遷就對方而改變自己的生活情況下，悲劇之門也就隨之開啓。細細審視狐妻的話，其實也頗有道理：其一，人不能企望用人的法度規範狐的天性；其二，爲人夫婿當然有扶養妻兒的義務；其三，這份姻緣是羅生主動登門祈求而來，聖人制禮不能約束夫妻閨房燕昵。這些「合乎禮法」的辯駁讓禳法眞人無法招架。司馬遷的《史記·外戚世家》序曰：「《易》基〈乾〉、〈坤〉，《詩》首〈關雎〉，《書》美釐降，《春秋》譏不親迎，夫婦之際，人道之大倫也。禮之用，唯婚姻爲兢兢。夫樂調而四時合，陰陽之變，萬物之統也，可

不慎與？」〔註7〕以司馬遷談論夫妻之道的觀點，對照本處敘事，羅生因內貪而求來的婚姻，卻未以兢兢的態度經營，以致最後，無法通過生活「貧」、「瘵」的考驗而送命。

除了羅生之外，〈卷十六·姑妄聽之（二）〉中，也記載一個青年半路強拉美麗少婦回家，並由自己的妻子妹妹陪伴，沒想到美麗少婦卻是男子假扮，使年輕人受盡眾人恥笑的故事：

> 有少年觀燈。夜歸，遇少婦甚妍麗，徘徊歧路，若有所待，衣香鬢影，楚楚動人。初以為失侶之游女，挑與語，不答；問姓氏里居，亦不答。乃疑為幽期密約，遲所歡而未至者。計可以挾制留也，邀至家少憩，堅不肯。強迫之，同歸。……初甚靦覥，既而漸相調謔，媚態橫生，與其妻妹互勸酬。少年狂喜，稍露留宿之意，則微笑曰：「緣蒙不棄，故暫借君家一卸妝。恐伙伴相待，不能久住。」起解衣飾，卷束之，長揖逕行。乃社會中拉花者也（秧歌隊中作女妝者，俗謂之拉花。）。少年憤恚，追至門外欲與鬥。鄰里聚問，有親見其強邀者，不能責以夜入人家；有親見其唱歌者，不能責以改妝戲婦女，竟哄笑而散。此真侮人反自侮矣。〔註8〕

故事中的青年，面對美色起了貪念，邀請不成，甚至強迫少婦跟自己回家。紀昀以「計可以挾制留也」表現青年心中的企圖，所以最後發現美女竟然是男兒身時，即使心中「憤恚」，甚至「欲與鬥」，也只是落人笑柄。所以「此真侮人反自侮矣」，青年差點賠了夫人又折兵，「拉花」者，在此僅對青年施以薄懲。究其因由，還是因為無法控制心中貪念所導致的結果，也說明禍福自招的道理。和此相類似的故事，還有〈卷一·灤陽消夏錄（一）〉中以「無賴呂四」為主角的故事：

> 滄州城南上河涯，有無賴呂四，凶橫無所不為，人畏如狼虎。一日薄暮，與諸惡少村外納涼，忽隱隱聞雷聲，風雨且至。遙見似一少婦，避入河干古廟中。呂語諸惡少曰：「彼可淫也。」時已入夜，陰雲黯黑，呂突入，掩其口，眾共褫衣相嬲。俄雷光穿牖，見狀貌似是其妻，急釋手問之，果不謬。呂大恚，欲提妻擲河中，妻大號曰：

〔註7〕 〔漢〕司馬遷著，裴駰集解，司馬貞索隱，張守節正義，《史記》卷四十九〈外戚世家〉，北京：中華書局，1982 年 11 月，頁 1697。

〔註8〕 《閱微草堂筆記》〈卷十六·姑妄聽之（二）〉，頁 265。

> 「汝欲淫人，致人淫我，天理昭然，汝尚欲殺我耶？」呂語塞，急
> 覓衣褲，已隨風入河流矣。旁皇無計，乃自負裸婦歸。雲散月明，
> 滿村譁笑，爭前問狀。呂無可置對，竟自投於河。〔註9〕

在此，紀昀直接給呂四冠以無賴之名，並稱其「凶橫無所不為，人畏如狼虎」。
無惡不作的呂四，不但「貪」而且「橫」，帶著同夥四處為非作歹，甚至連自
己的妻子也受害，導致投河自盡，甚至死後還墮入畜生道的下場。與前則故
事的青年相較，實有天壤之別。如站在一般人的視角觀看兩則故事，恰恰順
應因果報應的勸善說法。《周易·繫辭下》云：「善不積，不足以成名；惡不
積，不足以滅身。」〔註10〕呂四的不幸，直接原因似乎是因無法面對別人的
嘲笑；但究其根本，應是呂四平日「積惡」的「內貪」縱己所造成。

　　紀昀在上述以內貪為故事主旨的敘事中，雖以男女間關係變化為敘事主
軸，但敘事焦點主要在對男性主角的行為描述與討論，不但未將婚姻的責任
一昧推給女性，反而跳脫出當時男尊女卑的固有性別窠臼，以故事為引，站
在同樣身為男性的立場，針對故事中男性的行為，就事論事，提出勸誡。並
直指身為丈夫的男性，外顯的想法與行為，對夫妻關係的成敗，實負有相當
的責任。紀昀在此部分敘事中表達的公平立論，值得讚許。

二、外誘的媚敘事

　　《閱微草堂筆記》中，除了內貪之外，還有以美色、錢財與修行為誘因
的外誘故事，如出現在〈卷二十一·灤陽續錄（三）〉，德州李秋厓的敘述，
即為一則以美色為誘因的故事：

> 主人曰：「是屋有魅，不知其狐與鬼。久無人居，故稍潔，非敢擇客
> 也。」一友強使開之，展襆被獨臥。臨睡大言曰：「是男魅耶？吾與
> 爾角力；是女魅耶？爾與吾薦枕。勿瑟縮不出也。」……此友將睡
> 未睡，聞窗外又小語曰：「薦枕者真來矣。頃欲相就，家兄急欲先角
> 力，因爾唐突，今渠已愧沮不敢出。妾敬來尋盟也。」語訖，已至
> 榻前，探手撫其面。指纖如春筍，滑澤如玉脂，香粉氣馥馥襲人心。
> 知其意不良，愛其柔媚，且共寢以觀其變。遂引之入衾，備極繾綣。

〔註9〕　《閱微草堂筆記》〈卷一·灤陽消夏錄（一）〉，頁2～3。
〔註10〕　〔漢〕孔安國傳，〔唐〕孔穎達等正義，〔清〕阮元校勘，《十三經注疏·周易
　　　　　尚書》〈繫辭下〉，頁162。

> 至歡暢極時，忽覺此女腹中氣一吸，即心神恍惚，百脈沸湧，昏昏
> 然竟不知人。比曉，門不啟，呼之不應，急與主人破窗入，噀水噴
> 之，乃醒，已儼然如病夫。送歸其家，醫藥半載，乃杖而行。自此
> 豪氣都盡，無復軒昂意興矣。力能勝強暴，而不能不敗於妖冶。歐
> 陽公曰：「禍患常生於忽微，智勇多困於所溺。」豈不然哉！〔註11〕

住在客舍裡，忽然有女子主動入內，「探手撫其面」。作者從肌膚接觸的感受
上，敘述這來自女性的體態、體味和溫柔情感等媚誘情節。李秋厓的友人自
然無法抗拒這種「柔媚」。「指纖如春筍，滑澤如玉脂，香粉氣馥馥襲人心。」
是李秋厓友人從膚觸與嗅覺接收到的受誘訊息，即使理性直覺提醒他「知其
意不良」，卻抵擋不住心中「愛其柔媚」的慾望增長，因此，所謂的「且共寢
以觀其變」，其實也是因無法招架這種肌膚相親的引誘的結果。最後導致「力
能勝強暴，而不能不敗於妖冶。」的結果，自是必然。

在此，紀昀引歐陽修（1007～1072）的《五代史・伶官傳序》名句：「禍
患常生於忽微，智勇多困於所溺。」其後還有「勝負之念不可太盛，恩怨之
見不可太明。道力深者，以定靜怯魔。小人之謀，無往不福君子也。」〔註12〕
其中「生」與「困」的癥結點即在於心，李秋厓之友怎會不知道危險，只是
警覺心在受到外誘下被蒙蔽，究其因由，還是因「勝負之念太盛」引起。如
果不是一開始以「是男魅耶？吾與爾角力；是女魅耶？爾與吾薦枕。勿瑟縮
不出也。」的話語挑釁，就不會有後續的遭遇了。

另一種引誘來自於重金誘姦。〈卷十五・姑妄聽之（一）〉有一則農家婦
孺拾穗的故事，內容提及撿拾麥穗的婦人露宿田野，她們遇見夜裡有「貴人」
舉辦宴會，經守門的下人進言，利用老婦人傳話，慫恿拾麥穗的少婦進去暫
充妓女陪酒，將會給予百金犒賞。結果：

> 媼密告眾，眾利得貲，慫慂幼婦應其請。遂引三人入，沐浴妝飾，
> 更衣裙侍客。諸婦女皆置別室，亦大有酒食。至夜分，三貴人各擁
> 一婦入別院，闔家皆滅燭就眠，諸婦女行路疲困，亦酣臥不知曉。
> 比日高睡醒，則第宅人物，一無所睹，惟野草芄芄，一望無際而已。
> 尋覓三婦，皆裸露在草間，所更衣裙已不見，惟舊衣拋十餘步外，

〔註11〕 《閱微草堂筆記》〈卷二十一・灤陽續錄（三）〉，頁333。
〔註12〕 〔宋〕歐陽修著，《新五代史》卷三十七〈伶官傳〉，臺北：鼎文書局，1977
年11月，頁397。

幸尚存。視所與金，皆紙鋌，疑爲鬼；而飲食皆眞物，又疑爲狐。
或地近海濱，蛟螭水怪所爲歟？貪利失身，乃只博一飽。想其惘然
相對，憶此一宵，亦大似邯鄲枕上矣。〔註13〕

三名寡婦因同行者「眾利得貲」，受到同行的眾人慫惠，答應陪宿。但是天亮
後，這些拾穗婦女卻發現自己赤身裸體的睡在荒野，吃的雖然都是眞實的食
物，但之前拿到銀兩卻全變成紙錠鬼物。紀昀站在衣食無虞者的男性視角，
忽略了窮苦生活的現實，說出：「貪利失身，乃只博一飽。」認爲失身是「貪
利」的報應，未免有失厚道。回顧故事開始的敍述：

「遺秉」、「滯穗」，寡婦之利，其事遠見於周雅。鄉村麥熟時，婦孺
數十爲群，隨刈者之後，收所殘剩，謂之拾麥。農家習以爲俗，亦
不復回顧，猶古風也。人情漸薄，趨利若鶩，所殘剩者不足給，遂
頗有盜竊攘奪，又浸淫而失其初意者矣。〔註14〕

畢竟凡事皆有因果，以站在幫助社會弱勢族群的立場，自周朝延續下來如「遺
秉」、「滯穗」等善良風俗，本具有施行仁道的美意。要不是「人情漸薄，趨
利若鶩，所殘剩者不足給」導致「遂頗有盜竊攘奪」在此紀昀點出當時社會
充斥著「貪」利的氛圍，使社會弱勢者無以安身，如果衣食足，豈會不知男
女榮辱？因此，究其因由，寡婦們被利誘失身應是社會「貪利」導致的結果。
由此看來，這種爲求溫飽而受外誘的境遇，其實是情有可原，值得同情與諒
解。

最經典的外在引誘是以邪理鉤心，同在〈卷十五・姑妄聽之（一）〉有一
段豔女誘僧的故事：

有浙僧立志精進，誓願堅苦，脅未嘗至席。一夜，有豔女窺戶，心
知魔至，如不見聞。女蠱惑萬狀，終不能近禪榻。後夜夜必至，亦
終不能使起一念。女技窮，遂語曰：「師定力如斯，我固宜斷絕妄想。
雖然，師忉利天中人也，知近我則必敗道，故畏我如虎狼。即努力
得到非非想天，亦不過柔肌著體，如抱冰雪；媚姿到眼，如見塵埃，
不能離乎色相也。如心到四禪天，則花自照鏡，鏡不知花；月自映
水，水不知月，乃離色相矣。再到諸菩薩天，則花亦無花，鏡亦無
鏡，月亦無月，水亦無水，乃無色無相，無離不離，爲自在神通不

〔註13〕 《閱微草堂筆記》〈卷十五・姑妄聽之（一）〉，頁242。
〔註14〕 《閱微草堂筆記》〈卷十五・姑妄聽之（一）〉，頁242。

> 可思議。師如敢容我一近，而真空不染，則摩登伽一意皈依，不復
> 再擾阿難矣。」〔註15〕

這位一心求道的浙江僧人，夜裡遇到「豔女窺戶」，心知魔至。紀昀形容這位女性「蠱惑萬狀」還是無法使僧人動心。直到豔女以「到菩薩天，則花亦無花，鏡亦無鏡，月亦無月，水亦無水，乃無色無相，無離不離，為自在神通不可思議。」之佛理和修行境界勸說僧人，鼓勵僧人以接受她的美色考驗修練自身，可由現在處在自律階段的「忉利天」，經不受色相誘惑的「非非想天」，至擺脫色相的「四禪天」，甚至可以進一步達到「諸菩薩天」的自在神通境界，她也就佩服他「真空不染」的定力了。但結局卻是：

> 僧自揣道力，足以勝魔，坦然許之。偎倚撫摩，竟毀戒體。懊喪失
> 志，侘傺以終。夫「磨而不磷，涅而不緇」，惟聖人能之，大賢以下
> 弗能也。此僧中於一激，遂開門揖盜。天下自恃可為，遂為人所不
> 敢為，卒至潰敗決裂者，皆此僧也哉！〔註16〕

故事情節隨著豔女一步步接近開展，紀昀在這個故事裡隱約地透露了媚誘的縝密形式，從遠距離的「窺戶」開始，繼之以「蠱惑萬狀」的形貌姿態媚誘；進一步用佛理論述動搖心智，最後狎近「偎倚撫摩」完成媚誘，使浙僧「毀戒體」。在此修行成了「外誘」的媚因，魔化身的艷女「投其所好」，以提供修行的捷徑引誘僧人，僧人因此「開門揖盜」，導致「潰敗決裂」的下場，都是因為「自恃可為，遂為人所不敢為」太過自信的結果。

　　紀昀在此類外誘故事中，勸誡世人，「投其所好」是最好的外誘方式，務以謹慎小心為原則，太過自信反而會引來相反的結果。不論目的是因色、因利，或是為求修行而受到引誘，都是一種考驗人性面對誘惑的反應表現。在此距離成了媚誘的重要敘事，也就是以下所提的「狎」敘事。

三、「狎」敘事

　　「豔女誘僧」就是以「狎」達成媚誘。故事也顯示即使是宗教修持，也不可避免男女的情欲際遇。「狎」敘事如果合乎情理，常是近水樓台的情節，禮俗、法度、人情世故，成了當時的標準。這個「標準」也常常成為官衙裡，判斷隱情的依據。而私奔情節便是太過於狎近而起。

〔註15〕《閱微草堂筆記》〈卷十五·姑妄聽之（一）〉，頁247。
〔註16〕《閱微草堂筆記》〈卷十五·姑妄聽之（一）〉，頁247。

　　文本中最常見的「狎」敘事是鄰居偷情的情節。偷情之事，鄉里頻傳；作者有時會假託狐與人交媾來描寫偷情，這或許是隱人之惡的寬恕敘寫。如〈卷十五・姑妄聽之（一）〉：

> 有約鄰婦私會而病其妻在家者，夙負妻家錢數千。乃遣妻齎還，妻欣然往。不意鄰婦失期，而其妻乃途遇強暴，盡奪衣裙簪珥，縛置秫叢。〔註17〕

紀昀本來是藉著這個故事來闡述，淫人妻女者的因果報應，勉人戒淫。但其敘述過程中，主人公與鄰婦的姦情卻是主要敘事的背景。此外，也從中窺見婦女在外的危險程度。與鄰婦私會是「狎」的寫實，「其妻途遇強暴」則是一種暴力形式的「狎」。這裡的「狎」，只是「私會」失敗，主人公的妄念因為妻子的遭遇而作罷。另外〈卷五・灤陽消夏錄（五）〉還有一則鄰居偷情的故事：

> 里婦新寡，狂且賂鄰媼挑之。夜入其閨，闔扉將寢，忽燈光綠黯，縮小如豆，俄爆然一聲，紅燄四射，圓如二尺許，大如鏡。中現人面，乃其故夫也。男女並嗷然仆榻下，家人驚視，其事遂敗。〔註18〕

故事主角是一位新寡的婦人，受到鄰居老婦的牽線，兩人私通。結果亡夫顯靈，紀昀以「忽燈光綠黯……俄爆然一聲，紅燄四射，……中現人面，乃其故夫也。男女並嗷然仆榻下，家人驚視，其事遂敗。」一連串如電影般的敘事手法呈現，故事戲劇張力十足。

　　除了鄰里男女相狎的故事之外，人狐狎邪也很常見。〈卷十六・姑妄聽之（二）〉有狐與村女夙緣相媚的故事：

> 聞有村女，年十三四為狐所媚，每夜同寢處笑語媟狎，宛如伉儷。然女不狂惑，亦不疾病，飲食起居如常人，女甚安之。狐恒給錢米布帛，足一家之用，又為女製簪珥衣裳，及衾枕茵褥之類，所值逾數百金。女父亦甚安之。〔註19〕

這段人狐相媚，還描述了雙方「每夜同寢」、「笑語媟狎，宛如伉儷」，足見親暱萬分。是兩情相悅，完全沒有距離的「狎」。

　　另一種「狎」敘事來自於家族亂倫與同性癖好。〈卷二十二・灤陽續錄（四）〉

〔註17〕　《閱微草堂筆記》〈卷十五・姑妄聽之（一）〉，頁246。
〔註18〕　《閱微草堂筆記》〈卷五・灤陽消夏錄（五）〉，頁55。
〔註19〕　《閱微草堂筆記》〈卷十六・姑妄聽之（二）〉，頁262。

有一則兄弟共狎一婦的亂倫事件，故事假託老狐自述，兄弟同時侵狎一個婦人。他抱怨弟弟不倫，想假借外人之手，殺了弟弟。結果當然兩敗俱亡：

> 月作人諾之，即所指處伏草間。既而私念曰：「其弟無禮，誠當死，然究所媚之外婦，彼自有夫，非嫂也。骨肉之間，宜善處置，必致之死，不太忍乎？彼兄弟猶如此，吾時與往來，倘有睚眥，慮且及我矣。」因乘其糾結不解，發一銃而兩殺之。〔註20〕

這個故事隱含著鄉里間的婦女不拒媚誘的隱情，來往恩客不拘倫理，全然接受。但爭風吃醋的事可能也屢見不鮮。這種「共狎」成了很特殊的社會飲食男女現象。

此外，《閱微草堂筆記》也記錄不少關於同性相狎的故事，如〈卷五・灤陽消夏錄（五）〉即記錄一則由李玉典轉述的故事：

> 海陽李玉典前輩言，有兩生讀書佛寺。夜方媟狎，忽壁上現大圓鏡，徑丈餘，光明如晝，毫髮畢睹，聞簷際語曰：「佛法廣大，固不汝嗔，但汝自視鏡中，是何形狀？」余謂幽期密約，必無人在旁，是誰見之？兩生斷無自言理，又何以聞之？然其事為理所宜有，固不必以子虛烏有視之。〔註21〕

兩名書生在佛門清淨之地「媟狎」，被牆上乍現的明鏡與人語窺見。紀昀以「然其事為理所宜有，固不必以子虛烏有視之。」責備兩人選擇的地點失當，但並未針對男男「媟狎」之事，提出任何非議，可知，當時此行為是受到社會接受的。紀昀曾在〈卷十二・槐西雜志（二）〉中簡單探討中國變童的由來：

> 雜說稱變童始黃帝（錢詹事辛楣如此說，辛楣能舉其書名，今忘之矣。），殆出依托。比頑童始見《商書》，然出梅賾偽古文，亦不足據。《逸周書》稱：「美男破老。」殆指是乎？《周禮》有不男之訟，注謂天閹不能御女者。然自古及今，未有以不能御女成訟者；經文簡質，疑其亦指此事也。凡女子淫佚，發乎情慾之自然。變童則本無是心，皆幼而受給，或勢劫利餌言。〔註22〕

文中提到四種關於中國變童緣由的說法：其一為錢辛楣之見，認為黃帝時即有變童；其二是梅賾的偽《古文尚書》「比頑童始見《商書》，然出梅賾偽古

〔註20〕 《閱微草堂筆記》〈卷十九・灤陽續錄（一）〉，頁319。
〔註21〕 《閱微草堂筆記》〈卷五・灤陽消夏錄（五）〉，頁60。
〔註22〕 《閱微草堂筆記》〈卷十二・槐西雜志（二）〉，頁182。

文，亦不足據。」此說法直接被紀昀否定；而其三《逸周書》與其四《周禮》
的溯源主張，紀昀則以「經文簡質，疑其亦指此事也。」提出疑慮。但是由
「變童則本無是心，皆幼而受給，或勢劫利餌言」可知，紀昀認爲變童是不
自然的現象，多是因爲受到欺騙，或是威逼利誘，被迫變成變童。在〈卷二
十‧灤陽續錄（二）〉中，即記載一則屬於同性戀中的戀童癖好，內容更奇特
的「狎」：

> 李南澗言，其鄰縣一生，故家子也。少年挑達，頗漁獵男色。一日，
> 自親串家飲歸……，見十許步外有燈光，遣僕往視，則茅屋數間，
> 四無居人，屋中惟一童一嫗。……童年約十四五，衣履破敝，而眉
> 目極姣好。試挑與言，自吹火煮茗不甚答。漸與諧笑，微似解意……
> 比醒，則屋已不見，乃坐人家墓柏下，狐裘貂冠，衣褲靴襪，俱已
> 褫無寸縷矣。裸露雪中，寒不可忍。〔註23〕

在此老婦幼子因衣履破敝成爲有錢人漁獵男色的對象，紀昀以嘲諷的敘事手
法，表達其對當時蓄養變童風氣的非議。重申「變童本無是心」的觀念，有
錢少年最後失財受辱，也是因其違反自然的作爲，導致咎由自取的結果。《閱
微草堂筆記》中類此近狎男童的敘事頗多，在財勢允許的階層生活，蓄養童
奴供主人狎昵的習俗，成爲禮教社會中不被承認卻普遍存在的社會現象。

　　不拘內貪或外誘的媚引，「狎」的出現開始縮短彼此的距離。禮教法度的
約束全在距離歸零時崩潰瓦解，男女、鄰婦、人狐、乃至眉目姣好的男童，
從媚到狎，開始了情欲的糾結與纏綿。這些欲的糾結開啓了拒受之間的抉擇
問題，也引出了許多人性冷暖和情義輕重，將分別在第二、三節闡述。

第二節　拒誘之道

　　在第一節中，紀昀認爲浙僧最後會拒誘失敗的癥結，導因於浙僧太過自
信而「開門揖盜」。紀昀更以此警惕讀者，不可爲的事必須絕止在初萌之時，
不管有多少蠱惑，都不能起心動念。生理大欲的媚誘其實很難抗拒，在《閱
微草堂筆記》裡，紀昀亦針對拒誘之道，提出立心端正、攝心清靜、真心拒
誘等個人見解。

　　立心端正與攝心清靜，兩者皆是以修練心法功夫，止住媚誘。心中不起

〔註23〕　《閱微草堂筆記》〈卷二十‧灤陽續錄（二）〉，頁324。

慾望的「內貪」，自然「外誘」也就無法乘虛而入。如〈卷十六·姑妄聽之（二）〉：

> 文水李秀升言，其鄉有少年山行，遇少婦獨騎一驢，紅裙藍帔，貌
> 頗嫻雅，屢以目側睨。少年故謹厚，慮或招嫌，恒在其後數十步，
> 俯首未嘗一視。至林谷深處，婦忽按轡不行。待其追及，語之曰：「君
> 秉心端正，大不易得。我不欲害君，此非往某處路，君誤隨行。可
> 於某樹下繞向某方，斜行三四里，即得路矣。」語訖，自驢背一躍，
> 直上木杪，其身漸漸長丈餘。俄風起葉飛，瞥然已逝。再視其驢，
> 乃一狐也。少年悸幾失魂。殆飛天夜叉之類歟？使稍與狎昵，不知
> 作何變怪矣。〔註24〕

說到一少年行經山徑，遇見一名「貌頗嫻雅，屢以目側睨」的騎驢少婦，這
名少年「謹厚，慮或招嫌，恒在其後數十步，俯首未嘗一視。」結果，得到
少婦指路，免於迷途。文末以驢是狐狸所變化，少婦「俄風起葉飛，瞥然已
逝」等玄怪情節作結。故事中的少婦一段話，說明了立心端正的拒誘避害的
道理，她說：「君秉心端正，大不易得。我不欲害君，此非往某處路，君誤隨
行。」作者以第三人稱敘事者的外聚焦視角強調立心端正的重要，說教意味
寓意其中。

另〈卷八·如是我聞（二）〉中，也提到一位孝廉舉人在嵩山遇見女子在
溪邊汲水，他以乞飲、問路來引誘女子。交談正當融洽狎近時，這名女子突
然起身止住自己的欲念：

> 赧然曰：「吾從師學道百餘年，自謂此心如止水。師曰：『汝能不起
> 妄念耳，妄念故在也。不見可欲故不亂，見則亂矣。平沙萬頃，中
> 留一粒草子，見雨即芽。汝魔障將至，明日試之當自知。』今果遇
> 君。問答流連，已微動一念；再片刻，則不自持矣。危乎哉，吾幾
> 敗！」〔註25〕

這是以攝心清靜作為拒誘之道的很好寫照。除了立心端正拒誘之外，以自我
控制來拒絕誘惑，也是道德修養的重要功夫。這不知名的修道女子自詡心如
止水不受誘惑，所幸她的老師告誡魔障將至，「見可欲」的內心稍有萌生欲念，
也就像草籽得到雨水滋潤，迅速發芽成長。因此，自我警惕差點敗了自己的
修行，起身遠離這個媚誘故事的場域。

〔註24〕 《閱微草堂筆記》〈卷十六·姑妄聽之（二）〉，頁258～259。
〔註25〕 《閱微草堂筆記》〈卷八·如是我聞（二）〉，頁101。

上述的故事內容，是講述主角已決心來抗拒媚誘，若是決心潰敗了，也只能靠懸崖勒馬的意志力，成為拒誘的最後一道防線。在〈卷十六・姑妄聽之（二）〉就記載這麼一段公案，即一個木工的兒子，聰慧皎麗，從鄉塾回家時遇到一位道士，引起道士心中欲念的故事：

> 道士對之誦咒，即惘惘不自主，隨之俱行。至山坳一草庵，四無居
> 人，道士引入室，復相對誦咒。心頓明瞭，然口噤不能聲，四肢緩
> 軃不能舉。又誦咒，衣皆自脫。道士挾伏榻上，撫摩偎倚，調以媟
> 詞。方露體近之，忽蹶起卻坐，曰：「修道二百餘年，乃為此狡童敗
> 乎！」沉思良久，復偃臥其側，周身玩視，慨然曰：「如此佳兒，千
> 載難遇，縱敗吾道，不過再煉氣二百年，亦何足惜！」奮身相逼，
> 勢已萬萬無免理，間不容髮之際，又掉頭自語曰：「二百年辛苦，亦
> 大不易！」掣身下榻，立若木雞，俄繞屋旋行如轉磨。突抽壁上短
> 劍，自刺其臂，血如湧泉。欹倚呻吟，約一食頃，擲劍呼此子曰：「爾
> 幾敗，吾亦幾敗，今幸俱免矣！」〔註26〕

二百年修行和皎麗佳兒的抉擇，是道行和慾望的掙扎。這種掙扎在理性與欲性之間的人物獨白，間敘著誦咒、解衣、撫摩偎倚、蹶起卻坐、周身玩視、奮身相逼、掣身下榻、立若木雞、繞屋旋行如轉磨、乃至最後抽劍自刺等等一連串動作描寫，是很精彩的獨白與角色走位、畫面拆搭的分鏡與蒙太奇運鏡寫法。

懸崖勒馬的拒誘之道最難，是因為主人公接受了媚誘，欲念也隨之興起。已經興起的欲念要被壓抑，就需要絕對的理性以及更大的意志力來遏止。這位以自戕來恢復理性的道士，紀昀稱讚：「此道士於欲海橫流，勢不能遏，竟毅然一決，以楚毒斷絕愛根，可謂地獄劫中證天堂果矣。其轉念可師，其前事可勿論也。」透過轉念來終結欲念，「地獄劫中證天堂果」是頗為貼切的讚賞。

上述故事中的女子，處在面對誘惑的當時，即使曾經意志動搖，仍堅持原則，做出即時懸崖勒馬的決定。除了依靠攝心清靜以拒誘外，更顯現著故事主人翁遠離誘惑的決心。但如以拒誘的標準審視書中男女，其中最受紀昀讚揚者，非平姐與杜奎莫屬。收錄在〈卷十八・姑妄聽之（四）〉中的平姐事蹟，即是真心拒誘的寫照：

〔註26〕《閱微草堂筆記》〈卷十六・姑妄聽之（二）〉，頁262～263。

滄州城守尉永公寧，與舅氏張公夢徵友善。余幼在外家，聞其告舅
氏一事曰：「某前鋒有女曰平姐，年十八九，未許人。一日，門外買
脂粉，有少年挑之，怒詈而入。父母出視，路無是人，鄰里亦未見
是人也。夜扃戶寢，少年乃出於燈下。知為魅，亦不驚呼，亦不與
語，操利剪偽睡以俟之。少年不敢近，惟立於牀下，誘說百端。平
姐如不見聞。少年倏去，越片時復來，握金珠簪珥數十事，值約千
金，陳於牀上。平姐仍如不見聞。少年又去，而其物則未收。至天
欲曙，少年突出曰：『吾伺爾徹夜，爾竟未一取視也！至人不可以利
動，意所不可，鬼神不能爭，況我曹乎？吾誤會爾私祝一言，妄謂
托詞於父母，故有是舉，爾勿嗔也。』斂其物自去。蓋女家素貧，
母又老且病，父所支餉不足贍，曾私祝佛前，願早得一婿養父母，
為魅所竊聞也。」然則一語之出，一念之萌，曖昧中俱有伺察矣。
耳目之前，可塗飾假借乎！〔註27〕

平姐的拒誘敘事有幾個層次鋪陳，先從白天在門外買脂粉的偶遇，被追求開
始；繼而夜晚寢居再受騷擾，平姐抓緊剪刀防身，拒絕少年侵擾，也不聽少
年的媚惑誘說；第三層說到少年用金珠簪珥利誘，平姐仍不為所動；最後天
明無功而去。這種敘事空間的層層迫近敘寫，讓「狎」誘出現了生動的少年
急切出入寢房的影像變化，也將平姐的扁平人物敘事寫的淋漓盡致。將少年
作圓形人物的鋪陳方式，凸顯平姐的穩定性格，是很成功的描寫手法，也清
楚描繪出平姐拒絕受誘惑的決心。

若說人性可以不被媚誘，那麼「無欲則剛」的修養當然可以被視為更高
尚的拒誘之道。既然無心，自然是「本來無一物」，當然無處可以惹塵埃。紀
昀在〈卷十七‧姑妄聽之（三）〉中，講述關於杜奎的故事，正是說明這個道
理：

方欲睡間，聞有哭聲。諦聽之，似在屋後，似出地下。……俄聲漸
近，已在窗外黑處嗚嗚不已，然終不露形。杜叱問曰：「平生未曾見
爾輩。是何鬼物？可出面言。」暗中有應者曰：「身是女子，裸無寸
縷，愧難相見。如不見棄，許入被中，則有物蔽形，可以對語。」
杜知其欲相媚惑，亦不懼之，微哂曰：「欲入即入。」陰風颯然，已
一好女共枕矣。羞容靦覥，掩面泣曰：「一語纔通，遽相偎倚。人雖

冶蕩，何至於斯？緣有苦情，迫於陳訴，雖嫌造次，勿訝淫奔。此
堡故群盜所居，妾偶獨行，爲其所劫，盡褫衣裳簪珥，縛棄澗中。
夏浸寒泉，冬埋積雪，沉陰沍凍，萬苦難名。後惡黨伏誅，廢爲墟
莽。無人可告，茹痛至今。幸空谷足音，得見君子，機緣難再，千
載一時。故忍恥相投，不辭自獻，擬以一宵之愛，乞市薄槥，移骨
平原。庶地氣少溫，得安營魄。倘更作佛事，超拔轉輪，則再造之
恩，誓世世長執巾櫛。」語訖拭淚，縱體入懷。杜慨然曰：「本謂爾
爲妖，乃沉冤如是！吾雖耽花柳，然乘人窘急，挾制求歡，則落落
丈夫義不出此。汝既畏冷，無妨就我取溫；如講幽期，則不如遄去。」
女伏枕叩額，亦不再言。杜擁之酣眠，帖然就抱。天曉，已失所在。
乃留數日，爲營葬營齋。越數載歸里，有鄰家小女，見杜輒戀戀相
隨。後老而無子，求爲側室。父母不肯，女自請相從，竟得一男。
知其事者，皆疑爲此鬼後身也。〔註28〕

西商杜奎「剛勁有膽，不畏鬼神」，在一次獨宿廢堡破屋時，有了遇鬼的經驗。
這則公案揭示了主人公杜奎面對女鬼的媚誘，絲毫不起欲念的描寫。但其中
還有幾個重點需要被關注：其一，杜奎平時就「耽花柳」，並非沒有男女慾望；
其二，杜奎以「如得其情，哀矜勿喜。」的體諒之心，感念女鬼的冤屈，是
以大慈悲心來轉欲念，難能可貴；古人所稱的「落落丈夫義」是俠義風範的
自我期許，而杜奎已經在這個公案裡，有了最眞的寫照。至於後來的善有善
報，其實是多餘的敘述。

第三節　欲及其情義

男女情欲邂逅，媚誘隨形，拒誘之後當然一片清靜，但如果接受了這份
媚誘，有了情感的交織和繫絆之時，「情義」便決定了情欲媚誘之後的情節方
向。情深義重，恩義得以延續，惠及親族，讓有情世間得到溫暖，令人感動
的故事序幕也就隨之開啓。

對於從欲念興起的媚誘和「狎」的歷程，男女關係並非單純以淫合交寢
做結束。《閱微草堂筆記》裡的男女敘事除了以「欲」的媚誘爲主的敘事之外，
也有因情義的出現取代欲媚的迷惑，轉而成爲某種姻緣的堅貞相守，引出許

〔註28〕　《閱微草堂筆記》〈卷十七・姑妄聽之（三）〉，頁280。

多令人動容的劇情。如〈卷九・如是我聞（三）〉有段再世夫妻的故事：

> 兩世夫婦如韋皋、玉簫者，蓋有之矣。景州李西崖言，乙丑會試，
> 見貴州一孝廉，述其鄉民家生一子，甫能言，即云：「我前生某氏之
> 女，某氏之妻，夫名某字某，吾卒時夫年若干，今年當若干，所居
> 之地，距民家四五日程耳。」此語漸聞。至十四五歲時，其故夫知
> 有是說，迺來尋問，相見涕泗，述前生事悉相符。是夕，竟抱被同
> 寢，其母不能禁。疑而竊聽，滅燭以後，已妮妮兒女語矣。母怒，
> 逐其故夫去，此子憤悒不食，其故夫亦棲遲旅舍不肯行。一日，防
> 範偶疏，竟相偕遁去，莫知所終。異哉此事，古所未聞也。此謂發
> 乎情而不止乎禮矣。〔註29〕

恩愛夫妻能超越生死界線，轉世投胎再續前世姻緣，紀昀頗為驚訝。所謂「發
乎情而不止乎禮」似乎對這對再世夫妻的私奔不以為然，但是禮法也不能束
縛這份男女愛戀。意愛終老的情節不多，還魂再續前緣的故事成了某種情緣
的奇蹟，寓含著對堅貞愛情的鼓勵。〈卷十五・姑妄聽之（一）〉也有一段妻
子死後借屍還魂的故事，說到張選人的妻子在京師喪妻，隔年婢女突然死亡，
死後復活時，透露了一段還魂的曲折經過：

> 方治椑，忽似有呼吸，既而目睛轉動，已復甦，呼選人執手泣曰：「一
> 別年餘，不意又相見！」選人駭愕。則曰：「君勿疑譫語，我是君婦，
> 借婢屍再生也。此婢雖侍君巾櫛，恒鬱鬱不欲居我下。商於妖尼，
> 以術魘我。我遂發病死，魂為術者收瓶中，鎮以符咒，埋尼庵牆下。
> 侷促昏暗，苦狀難言。會尼庵牆圮，掘地重築，圬者劚土破瓶，我
> 乃得出。茫茫昧昧，莫知所往，伽藍神指我訴城隍。而行魘法者皆
> 有邪神為城社，輾轉撐拄，獄不能成。達於東嶽，乃捕逮術者，鞫
> 治得狀，拘婢付泥犁。我壽未盡，屍已久朽，故判借婢屍再生也。」
> 闔家悲喜，仍以主母事之。〔註30〕

這段死後還魂，再續情緣，是作者描寫男女敘事的美好點綴。但是，從夫妻
的情意相續故事裡，透露一段婢妒婦，並且設計構陷的情節。警惕男女恩愛
容易遭人嫉妒的社會現象。

〔註29〕 《閱微草堂筆記》〈卷九・如是我聞（三）〉，頁130。
〔註30〕 《閱微草堂筆記》〈卷十五・姑妄聽之（一）〉，頁249。

　　還有因為有緣無份，導致彼此生死分離，但顧及對方的恩情與愛戀，甘願為對方付出一切，恩惠及其身家。如〈卷十一‧槐西雜志（一）〉有一則青樓女子因愛戀，幫助書生考取功名的故事：

> 同郡某孝廉未第時，落拓不羈，多來往青樓中。然倚門者視之漠然也。惟一妓名椒樹者（此妓佚其姓名，此里巷中戲諧之稱也。）獨賞之，曰：「此君豈長貧賤者哉？」時邀之狎飲，且以夜合資供其讀書。比應試，又為捐金治裝，且為其家謀薪米。孝廉感之，握臂與盟曰：「吾儻得志，必納汝。」椒樹謝曰：「所以重君者，怪姊妹惟識富家兒；欲人知脂粉綺羅中，尚有巨眼人耳。至白頭之約，則非所敢聞。妾性冶蕩，必不能作良家婦；如已執箕帚，仍縱懷風月，君何以堪？如幽閉閨閣，如坐囹圄，妾又何以堪？與其始相歡合，終致仳離，何如各留不盡之情，作長相思哉？」後孝廉為縣令，屢招之不赴。中年以後，車馬日稀，終未嘗一至其署。亦可云奇女子矣。使韓淮陰能知此意，烏有「鳥盡弓藏」之憾哉！〔註31〕

這名青樓妓女椒樹，欣賞書生的氣質，出資供他讀書、治家和應試。但是，她回絕了書生納她為妾的要求。後來，書生果然考取功名，但椒樹一生都堅持自己的決定，沒有改變。原因是：這種有情無緣的自我體認，把自己的身份、性格、習性說得清楚無隱諱。她清楚看待世間情事，沒有想飛上枝頭作鳳凰的念頭。紀昀將其與留名青史的大將軍韓信的事蹟相比，使出身青樓的椒樹更具傳奇色彩。

　　《史記‧淮陰侯列傳》：「上令武士縛信載後車。信曰：『果若人言，狡兔死，良狗烹，高鳥盡，良弓藏，敵國破，謀臣亡。天下已定，我故當烹。』」〔註32〕紀昀在此以淮陰侯韓信的遭遇，讚美椒樹雖身在青樓，卻具有洞悉世情的睿智眼光，面對眼前名利誘惑時，仍勇敢選擇做自己。

　　除了上述「椒樹」的故事外，還有記載在〈卷十二‧槐西雜志（二）〉中記載「張四喜」的故事：

> 狐女忽自外哭入，拜謁姑舅，具述始末。且曰：「兒未嫁，故敢來也。」其母感之，詈四喜無良，狐女俯不語。鄰婦不平，亦助之詈。狐女

〔註31〕　《閱微草堂筆記》〈卷十一‧槐西雜志（一）〉，頁170。
〔註32〕　〔漢〕司馬遷著，裴駰集解，司馬貞索隱，張守節正義，《史記》〈淮陰侯列傳〉，頁2627。

> 瞋視曰：「父母詈兒，無不可者。汝奈何對人之婦，詈人之夫！」振
> 衣竟出，莫知所往。去後，於四喜屍旁得白金五兩，因得成葬。後
> 四喜父母貧困，往往於盎中篋內，無意得錢米，蓋亦狐女所致也。
> 皆謂此狐非惟形化人，心亦化人矣。或又謂狐雖知禮，不至此，殆
> 平宇故撰此事，以愧人之不如者。〔註33〕

紀昀在此則敘事中，傳達「愛屋及烏」的觀念。即在無怨無悔的愛情之下，
恩惠也可以被澤對方的家人。張四喜原來家貧，出門謀生時不但被好心收留，
狐女的父母更作主，將狐女嫁予四喜。但是後來卻遭四喜嫌惡，引弓射妻，
導致狐女不得不離開他。等到四喜返鄉亡故後，無棺殮葬，狐女突然出現，
為四喜孝順父母。

　　這段描寫人狐姻緣的故事彰顯了「門戶」不相對的社會現實。不論張四
喜有多窮困，似乎還有階級之分，因此對於狐妻心生嫌惡。最可貴的是妻子
的「任怨」描寫，衷心夫妻之義，不敢忘記丈夫生前的嫌惡，卻又願意隨時
照顧張四喜死後的家人。夫妻之義寫的深刻眞實，藉此讚美貞潔良婦難能可
貴的情操，但也讓人有人心如流水的感慨。古往今來，多少糟糠妻，只因為
丈夫的想法改變，遭遇被離棄的命運。

　　所有相關的男女敘事中，最令人感到悲傷的，還是貧賤夫妻的悲涼故事。
在此，男女敘事的情義成了生死相許的悲劇，如〈卷二十三‧灤陽續錄（五）〉
中講述滄州董華鬻妻的故事，即為一例。董華貧困無立錐之地，聽說鄰村富
翁買妾，就和母親商量賣妻求活。董妻不肯，但為了孝順從夫，勉強答應，
悲慘的故事自此揭幕：

> 婦初不從。華告以失節事大，致母餓死事尤大，乃涕泗曲從，惟約
> 以儻得生還，乞仍為夫婦。華亦諾之。婦故有姿，富翁頗寵眷，然
> 枕席時有淚痕。富翁固問，毅然對曰：「身已屬君，事事可聽君所為。
> 至感憶舊恩，則雖刀鋸在前，亦不能斷此念也。」適歲再饑，華與
> 母並為餓殍。富翁慮有變，匿不使知。有一鄰嫗偶泄之，婦殊不哭，
> 癡坐良久，告其婢嫗曰：「吾所以隱忍受玷者，一以活姑與夫之命，
> 一以主人年已七十餘，度不數年，即當就木；吾年尚少，計其子必
> 不留我，我猶冀缺月再圓也。今則已矣。」突起開樓窗，踴身倒墜

〔註33〕　《閱微草堂筆記》〈卷十二‧槐西雜志（二）〉，頁174。

> 而死。此與前錄所載福建學使妾相類。然彼以兒女情深，互以身殉，
> 彼此均可以無恨。此則以養姑養夫之故，萬不得已而失身，乃卒無
> 救於姑與夫，事與願違，徒遭玷污，痛而一決，其齎恨尤可悲矣。
> 〔註34〕

因為窮困而賣妻求活，本是民不聊生的無奈。但是何其不幸的是，賣妻之後
婆婆和夫婿仍然餓死路上，更形悽慘。這段男女悲劇的敘寫，也有逐步染暈
的層次感，首先以無奈家貧，賣妻分離作第一層悲苦，間敘嫁入豪門仍懷著
念舊之情；第二層是被隱瞞董華與母親俱死的消息，讓董華的妻子「婦殊不
哭，癡坐良久」，至哀無淚的蒙太奇運鏡，將鏡焦集中在癡坐的表情上；最後
以表明自己的志節和深情後，「開樓窗，踴身倒墜而死」。作者說：「萬不得已
而失身，乃卒無救於姑與夫，事與願違，徒遭玷污，痛而一決，其齎恨尤可
悲矣。」是很貼切的結語。話語可說完，故事可以有個句號，留在讀者內心
的感傷卻持續迴盪著。

第四節　微觀男女之道與人倫的反省

　　從前述三節的討論中，我們可以概略透見男女之道其實並不只有欲望的
媚誘。對於媚誘的迷惑、拒誘的修養功夫，以及男女之間所發展出來的情義
都是很值得探討的議題，而對於《閱微草堂筆記》裡所表現出來的男女倫理
規範，形諸一種當時代的社會禮教，其實頗值得反省。這些社會禮教規範和
世俗觀點，有幾個令人關注的焦點，如：貞操的認定、禮教弒人公案、乃至
於民間盛行的私奔情節，都值得探討。如〈卷二十三・灤陽續錄（五）〉裡一
件子弒母之情夫的公案〔註35〕，以及繼子與後母間的姦盜之辯都透露了隱藏
在當時嚴苛禮教背景後，真實的人性展露。本節將以這些議題來反省文本裡
的男女之道與人倫反省。

一、貞操的認定

　　古人之重視女性的貞操，可謂無所不用其極。查閱關於女性貞操的歷史，
多充滿血淚和冤屈，少有圓滿的喜劇收場。中國歷代的女性直到今天，貞操

〔註34〕　《閱微草堂筆記》〈卷二十三・灤陽續錄（五）〉，頁361。
〔註35〕　《閱微草堂筆記》〈卷二十三・灤陽續錄（五）〉，頁358～359。

的陰影仍然深植在教養之中。不過，在《閱微草堂筆記》裡的貞操觀，有了許多「有趣」〔註36〕的轉變。

紀昀在〈卷七・如是我聞（一）〉裡一則紀錄貞烈湯氏婦的公案中，紀昀以湯氏託夢訴冤的方式，開啓對於旌表貞節標準的辯證：

> 恍惚見女子拜言曰：「妾黃保寧妻湯氏也。在此爲強暴所逼，以死捍拒，卒被數刃而死。官雖捕賊駢誅，然以妾已被污，竟不旌表。冥官哀其貞烈，俾居此地，爲橫死諸魂長，今四十餘年矣。夫異鄉丐婦，踽踽獨行，猝遇三健男子執縛於樹，肆行淫毒，除罵賊求死，別無他術。其齧齒受玷，由力不敵，非節之不固也。司讞者苛責無已，不亦冤乎？公狀貌似儒者，當必明理，乞爲白之。」〔註37〕

話說黃保寧妻湯氏生前遭強暴所逼，以死捍拒被殺，卻因爲生前已被玷污，官府也就不爲旌表。湯氏冤魂托夢給許官，期待有翻案的機會。這一則公案是對舊俗的「貞節牌坊」揭露第一個「革命」性辯護。

作者的第二個辯護是女性的貞操問題。〈卷十一・槐西雜志（一）〉裡一則交河節婦的話，開始以貼近人性的態度，來訴說貞節牌坊的孤獨和堅守。透過一段對話姊妹與節婦的對話闡述了守節的人性視角：

> 表姊妹自幼相謔者，戲問曰：「汝今白首完貞矣，不知此四十餘年中，花朝月夕，曾一動心否乎？」節婦曰：「人非草木，豈得無情。但覺禮不可逾，義不可負，能自制不行耳。」〔註38〕

這段話誠然是貼近人性的話語，後來更有一段命終前的敘述來增強證據：

> 一日，清明祭掃畢，忽似昏眩，喃喃作囈語，扶掖歸，至夜乃蘇。
> 顧其子曰：「頃恍惚見汝父，言不久相迎，且勞慰甚至，言人世所爲，鬼神無不知也。幸我平生無瑕玷，否則黃泉會晤，以何面目相對哉？」
> 越半載，果卒。〔註39〕

微觀這段守節的生活敘事，節婦所面對的已經不是世俗的牌坊名聲，而是不虧心，想對得起亡故的夫婿的深刻用意，這種守節之情是微行中見大節義的有力寫照。

〔註36〕 這裡的「有趣」，是戲謔紀昀以生理基礎看待貞操，顯得將這個認定定位在最原始的基礎，再也沒有太多的道德歷史包袱。其他對於貞操觀的敘事，個人仍覺得欠缺人性，遑論女性主義的批判。

〔註37〕 《閱微草堂筆記》〈卷七・如是我聞（一）〉，頁81。

〔註38〕 《閱微草堂筆記》〈卷十一・槐西雜志（一）〉，頁155。

〔註39〕 《閱微草堂筆記》〈卷十一・槐西雜志（一）〉，頁155。

　　第三層貞操觀是頗有爭議的。〈卷十六‧姑妄聽之（二）〉有一則狐狸侵女的敘事，談及一位年約十三四歲的村女，為狐所媚的故事。紀昀舉出此例，對當時封建社會，完全以保持原始的生理貞節，作為貞操有無的標準，提出其中的可議之處，讓社會大眾省思：

> 聞有村女，年十三四為狐所媚，每夜同寢處笑語媟狎，宛如伉儷。然女不狂惑，亦不疾病，飲食起居如常人，女甚安之。狐恒給錢米布帛，足一家之用，又為女製簪珥衣裳，及衾枕茵褥之類，所值逾數百金。女父亦甚安之。如是歲餘，狐忽呼女父語曰：「我將還山，汝女奩具亦略備，可急為覓一佳婿，吾不再來矣。汝女猶完璧，無疑我始亂終棄也。」女故無母，倩鄰婦驗之，果然。〔註40〕

所謂「完璧」的貞操認定，與〈卷二十二‧灤陽續錄（四）〉的河南巨室故事如出一轍。話說河南有一位富翁，年紀雖然逾花甲，卻是十分強健。他常蓄養三、四個妾，這些女人一到二十歲，富翁就幫她們準備嫁妝，將她們嫁出去。每個女妾都「宛然完璧」：

> 娶者多陰頌其德，人亦多樂以女鬻之。然在其家時，枕衾狎昵與常人同。……後其家婢媼私泄之，實使女而男淫耳。有老友密叩虛實，殊不自諱，曰：「吾血氣尚盛，不能絕嗜慾。御女猶可以生子，實懼為身後累；欲漁男色，又懼艾豭之事，為子孫羞。是以出此間道也。」
> 〔註41〕

富翁用這種「不生育、不讓子孫蒙羞」的滿足欲求方式，將女性物化成性工具的作法，其實也是將貞操標準下降到最原始的生理層次，有別於道德禮教對女性貞潔的嚴苛約束。紀昀難以判斷這種行為的對錯，他這麼分析：

> 此事奇創，古所未聞。夫閨房之內，何所不有？牀笫事可勿深論。惟歲歲轉易，使良家女得再嫁名，似於人有損；而不稽其婚期，不損其貞體，又似於人有恩。此種公案，竟無以斷其是非。〔註42〕

其實，這種將貞操標準下移至「貞體」判準，對於當時女性的嚴格行為規範具有相對的釋放。姑且不論對錯，至少對女性行誼有了較大的寬容。

〔註40〕　《閱微草堂筆記》〈卷十六‧姑妄聽之（二）〉，頁262。
〔註41〕　《閱微草堂筆記》〈卷二十二‧灤陽續錄（四）〉，頁350。
〔註42〕　《閱微草堂筆記》〈卷二十二‧灤陽續錄（四）〉，頁350。

二、禮教弒人公案

　　〈卷二十三‧灤陽續錄（五）〉的子弒母之情夫，開啓了愛情與親情的兩難情節。這種兩難情境是紀昀撰述道德故事的經典之作，故事說到一位年紀未滿二十歲的鮮卑族寡婦，無力撫養幼子。經某甲利誘，同意了「私昵」的情事。

　　然而，私情終究不免曝光。寡婦的兒子長大後，在私塾讀書常因此被嘲謔。兒子哭勸母親未成，於是：

> 子恚甚，遂白晝入某甲家，刲刃於心，出於背，而以「借貸不遂，遭其輕薄，怒激致殺」首於官。官廉，得其情，百計開導，卒不吐實，竟以故殺論抵。……鄉鄰哀之，好事者欲以片石表其墓，乞文於朱梅崖前輩。梅崖先一夕夢是子，容色慘沮，對而拱立。至是憬然曰：「是可毋作也。不書其實，則一凶徒耳，烏乎表？書其實，則彰孝子之名，適以傷孝子之心，非所以妥其靈也。」遂力阻罷其事。是夕，又夢其拜而去。是子也，甘殞其身以報父仇，復不彰母過以爲父辱，可謂善處人倫之變矣。或曰：「斬其宗祀，祖宗恫焉。盍待生子而爲之乎？」是則講學之家，責人無已，非余之所敢聞也。〔註43〕

這段凶案十分血腥，一把長刀刺心穿背，顯現作兒子的長年受羞辱的積怨成仇。故事沒有提及某甲爲何不「正娶」，男女往來原本只是愛戀私情的考量，沒有設想倫理規範，讓孩子失去顏面尊嚴，是寡婦始料未及之處。但想寡婦至此，倚靠的二個至親男性俱失，就女性的立場來說，備極可憐。而自首受刑的兒子，又何嘗不可悲？父仇、母過、以及自己忍辱生活，百般糾結的情緒全在故事情節裡鋪陳。更加遺憾的是，鄉里鄰居想要爲這個兒子留下墓誌，竟然無法著墨，成了一段難以留名的公案。另在〈卷二十三‧灤陽續夏錄（五）〉也記載一則主人以嚴苛的男女禮法，強拆散婢僕相戀的故事：

> 某公在郎署時，以氣節嚴正自任。嘗指小婢配小奴，非一年矣。往來出入，不相避也。一日，相遇於庭，某公亦適至，見二人笑容猶未斂，怒曰：「是淫奔也！於律姦未婚妻者，杖。」遂亟呼杖。眾言：「兒女嬉戲，實無所染，婢眉與乳可驗也。」某公曰：「於律謀而未

行，僅減一等。減則可，免則不可。」卒並杖之，創幾殆。[註44]

這對婢奴已經匹配，卻因為偶遇的笑容遭懲罰。彼此相顧情悅的笑容發乎自然，如何被視為「淫奔」？這種認定似乎很不近人情，即使眾人勸諫也無法阻止。而其實，在當時的社會環境，家宅之內只論情、禮，至於是否真可以用「法」來苛求家人，則是人性疑妒的遺憾。而悲慘的結局是：

> 自此惡其無禮，故稽其婚期。二人遂同役之際，舉足趑趄；無事之時，望影藏匿。跋前躓後，日不聊生。漸鬱悒成疾，不半載內，先後死。其父母哀之，乞合葬。某公仍怒曰：「嫁殤非禮，豈不聞耶？」亦不聽。[註45]

紀昀評斷這個公案認為，婢奴二人早已訂婚約，自然有情。平時沒有規範以禮，突然懲之以法，未免「本不正，故其末不端」；「是二人之越禮，實主人有以成之」，這是很公允的分析。當時婢奴地位低賤，官吏與主對待下人的嚴苛，常暗藏疑妒心理，並以名義上的禮教包裹。因此清代大儒戴震在《戴東原集·與某書》云：「聖人之道，使天下無不達之情，求遂其欲而天下治。後儒不知情之至於纖維無憾是謂理，而其所謂禮者，同於酷吏之所謂法。酷吏以法殺人，後儒以禮殺人。」[註46]一針見血地揭露當時當時統治者以理學之苛禮治民，就如同提出自己的見解。真正的禮教應有儒家寬恕仁厚的雅量，故事中的主人苛待，難掩其懷疑婢女不貞和嫉妒男奴的私心。由是造成許多悲劇和遺憾。誠如魯迅所說的「禮教殺人」，其原因也就來自於這種疑妒惡念。

三、禮教辯證

依男女禮法，明媒正娶當然可喜。但不見容於社會的鄉野男女私情，有時「私奔」亦成為不得不做的抉擇方式之一。審視《閱微草堂筆記》裡的私奔敘事，其浪漫與刺激不輸當年司馬相如之情事，深究其緣由，雖然不見容於當時的社會，但亦是情有可原。

在〈卷十七·姑妄聽之（三）〉中提及閩地一位女子死後，已經殮葬。但經過一年多，卻與親戚在他縣相遇的故事。家人開塚驗視，才發現實情。原來有這段隱情：

[註44]　《閱微草堂筆記》〈卷二十三·灤陽續夏錄（五）〉，頁353。
[註45]　《閱微草堂筆記》〈卷二十三·灤陽續夏錄（五）〉，頁353。
[註46]　〔清〕戴震著，《戴東原集》，臺北：臺灣商務印書館，1965年2月，頁12～13。

> 蓋閩中茉莉花根，以酒磨汁飲之，一寸可屍蹶一日，服至六寸尚可
>
> 蘇，至七寸乃眞死。女已有婿，而私與鄰子狎。故磨此根使詐死，
>
> 待其葬而發墓共逃也。婿家鳴官捕得鄰子，供詞與女同。〔註47〕

這個案件由當時縣官吳林塘斷案，雖然女子和鄰子同謀，仍然以姦拐的判例
來結案。仔細再想，女方沒有戀愛的自由，爲了長相廝守出此下策，其實很
不得已。爲了私奔，找到茉莉花根等毒藥，設法讓自己「假死」瞞騙家人。
再以「復活」來尋找屬於自己的愛情和幸福。遠走他鄉沒有被發現時，這對
男女應該是很幸福的，唯一遺憾的是，男方逃逸無蹤，未可得知故事之外，
有否增添一段爲愛闖天涯的後續情節。

上一段私奔故事是臨時起意，無法得知是否一見鍾情，劇情稍顯驚悚。
但是〈卷十八·姑妄聽之（四）〉中記載有數名屍體失蹤的案件，其中丐婦縊
屍失蹤的情節，讀來最令人稱奇：

> 城西某村有丐婦，爲姑所虐，縊於土神祠。亦箔覆待檢，更番守視。
>
> 官至，則屍與守者俱不見，亦窮治如河城。後七八年乃得之於安平
>
> （深州屬縣。）。蓋婦頗白皙，一少年輪守時，褫下裳而淫其屍，屍
>
> 得人氣復生，竟相攜以逃也。此康熙末事。〔註48〕

一個遭受婆婆虐待的媳婦上吊自殺，竟然因爲守屍少年的「淫屍」行爲獲救，
更離奇的是，媳婦死而復活之後，與少年兩情相悅，「相攜以逃」。用白話說，
這對男女手牽著手，遠走他鄉。「私奔」給讀者帶來的往往是一段未可得知的
浪漫遐想。紀昀紀錄這種故事的本意，或許只是判案的記事資料，讀者如果
換個視角來「微視」私奔故事，會有更不同的感受。這或許也是《閱微草堂
筆記》的弦外之音。

《閱微草堂筆記》的男女敘事中，最精彩之處，莫過於於男女辯證。這
些辯證常與其他的倫常道理糾結，不但成了趣味橫生的公案紀錄，也將人生
的複雜性寫實化。在〈卷二十二·灤陽續錄（四）〉中的姦盜辯證的故事，即
爲一則經典的辯證敘事。紀昀在故事之首，就先以懸虛的話語當作開場白：

> 九州之大，姦盜事無地無之，亦無日無之，均不爲異也。至盜而稍
>
> 別於盜，究不能不謂之盜；姦而稍別於姦，究不能不謂之姦，斯爲
>
> 異矣。盜而人許遂其盜，姦而人許遂其姦，斯更異矣。乃又相觸立

〔註47〕 《閱微草堂筆記》〈卷十七·姑妄聽之（三）〉，頁283。
〔註48〕 《閱微草堂筆記》〈卷十八·姑妄聽之（四）〉，頁299。

發，相牽立息，發如鼎沸，息如電掣，不尤異之異乎！〔註49〕

故事說到一位中年喪妻的男人，生前又娶繼室。死後，兒子與後母不合，亡父的積蓄落入後母手裡，當然不甘心。一天夜晚，兒子入內尋找，遭婦人大呼捉賊。這時，家族群起捉賊時，又發現了婦人的前夫藏匿在床下。這時，「奸」與「盜」的爭論由此進入熾熱化：

> 比燈至審視，則破額昏仆者其子，牀下乃其故夫也。其子蘇後，與
> 婦各執一詞。子云：「子取父財不爲盜。」婦云：「妻歸前夫不爲姦。」
> 子云：「前夫可再合而不可私會。」婦云：「父財可索取而不可穿窬。」
> 互相詬誶，勢不相下。次日，族黨密議，謂涉訟兩敗，徒玷門風。
> 乃陰爲調停，使盡留金與其子，而聽婦自歸故夫，其難乃平。〔註50〕

從文本中得知故事的結局，錢財歸兒子，婦人回到前夫，事件就此平息。決定的方式是「族黨密議」原因是擔心「涉訟兩敗，徒玷門風」。

審視《閱微草堂筆記》的男女倫理，我們可以看到隱含在紀昀內心，有幾個異於時代主流價值之外的潛意識：他試圖以更符合理性和人性來看待貞操；對於禮教苛待男女常情倍極不捨；偶然間，透露了私奔情節的存在；對於男女之情與倫理親情的兩難有許多的無奈；而奸盜之辯似乎透露了人世間紛擾不斷的複雜，備感嘆惋。

〔註49〕 《閱微草堂筆記》〈卷二十二・灤陽續錄（四）〉，頁 351～352。
〔註50〕 《閱微草堂筆記》〈卷二十二・灤陽續錄（四）〉，頁 352。

第肆章 《閱微草堂筆記》的女性敘事

　　《閱微草堂筆記》文本中與女性有關的故事，約有四百餘篇，具有相當份量；這些故事對明清封建社會女性的形象、社會地位、婚姻及生活風貌中，有著多方面的介紹、紀錄和剖析。要瞭解紀昀的博學，可以在《四庫全書》得到答案；但要透見他對女性的個人視角，就非《閱微草堂筆記》莫屬。書中記載了許多以女性為故事主體的陰性敘事，紀昀藉由此類文本的敘事，透露隱含其心中的女性意象。

　　如果我們以「樸實」風格的審美特徵來檢視文本中的女性角色，應可從中發掘儒家以倫理作為品鑒標準的「窖藏」，倫理雖是陳舊背景，但面對隱沒於儒教底的女性泣淚，仍應懷有惻隱之心吧？本論雖以品鑒與審美對《閱微草堂筆記》之記言敘事作考量依歸，但更注重文本裡以四德為首善標準所呈現的女性書寫，以及紀昀對機智女子的讚賞和女性不幸際遇的憐憫。

　　本章希望在前人的研究基礎上，重新審視《閱微草堂筆記》中以女性為故事主體的陰性敘事，配合西方夢、「他者」及異化的理論進一步加以細讀、分析，以瞭解隱含在紀昀心中的女性意象。因此本章將以《閱微草堂筆記》中，以女性為故事主體的陰性敘事為研究範圍，先從紀昀的敘事視角、所處的時代因素和當時人的意識形態出發，進一步探討女性倫理道德意識的形成，從中了解紀昀對女性傳統倫理道德的維護與反省。並深究《閱微草堂筆記》中的女性角色地位敘事，解析當時的女性處境。配合當時社會環境、時代因素等文化背景探索文本，以此掌握作者隱含在文本裡的深層意義。

　　研究分成四部份，分別為一、「孝」婦；二、「節」婦；三、「他者」的困境；四、「異化」的陰性敘事。由傳統婦德觀及紀昀個人品鑒觀點的特色開始，

先一一論析文本呈現的女性風貌，並結合性別、心理、階級、社會和歷史等多元視角切入，繼而從中辨析出身兼當代文化觀察者與敘述者角色的紀昀，在詮釋當代女性意象時，即使是同一人、同一事，卻仍會有不同的視角與聲音之間的敘事差異。希望能窺見故事的精神內涵和作者的思想，是否還有前人未察覺的意象隱含其中？以此檢視作者特有的陰性敘事手法，並整理作者心中的理想女性圖像。期許這些研究結果，供讀者與個人反思中國男權社會下的婦女問題，冀望能以此論為基礎，再加以深入探究。

第一節 「孝」婦

身處清代鉅觀倫理道德意識之中，紀昀最推崇「孝」道，認為「孝為德之至也。」〔註1〕在《閱微草堂筆記》中記載相當多的孝婦懿行。借助具體故事，對孝道進行宣揚，反覆申明孝的重要地位。在〈卷十一·槐西雜志（一）〉中紀昀寫出：「悲哉！父母之心，死尚不忘其子乎！人子追念其父母，能如是否乎？」〔註2〕這樣令人感懷的字句。孟子說：「大孝終身慕父母」〔註3〕，舜的孝順確實無人能比，所以說了這一番話，加以稱讚！表示終身都能眷念父母恩德的人，是具有最大孝心的人。舜雖然一直無法得到父母的真心喜愛，但卻不知埋怨，將一切歸咎於自己，這才是大孝的表現。論語曰：「孝弟也者，其為仁之本與。」〔註4〕孝經也有：「夫孝，德之本也，教之所由生也。」〔註5〕紀昀對婦德以「孝」為本的定義，應由此而生。如〈卷二·灤陽消夏錄（二）〉：

> 乾隆庚子，京師楊梅竹斜街，火所毀殆百楹。有破屋，巋然獨存。
> 四面穨垣，齊如界畫，乃寡媳守病姑不去也。此所謂孝弟之至，通
> 於神明。〔註6〕

〔註1〕《閱微草堂筆記》〈卷三·灤陽消夏錄（三）〉，頁35。

〔註2〕《閱微草堂筆記》〈卷十一·槐西雜志（一）〉，頁161。

〔註3〕孟子〈萬章句上〉：「人少則慕父母，知好色，則慕少艾。有妻子則慕妻子。仕則慕君。不得於君則熱中。大孝終身慕父母：五十而慕者，予於大舜見之矣。」詳見〔漢〕趙歧注，〔宋〕孫奭疏，〔清〕阮元校勘，《十三經注疏8論語孝經爾雅孟子》，臺北：藝文印書館，2001年12月，頁160。

〔註4〕《十三經注疏8論語孝經爾雅孟子·論語》，頁5。

〔註5〕《十三經注疏8論語孝經爾雅孟子·孝經》〈孝經疏卷第一·開宗明義章第一〉，頁10。

〔註6〕《閱微草堂筆記》〈卷二·灤陽消夏錄（二）〉，頁24。

在此紀昀以僅僅五十二字，直接述明「孝」在品鑒標準中可直達天聽，崇高
地位無可撼動。另〈卷五・灤陽消夏錄（五）〉也記錄一則孝婦救姑的故事，
在結尾部分，紀昀從隱身於後的第三人稱的敘述者，轉變成直接站上第一線，
以第一人稱「余」的認知性視角肯定「孝」的至高地位：

> 褚寺農家有婦姑同寢者，夜雨牆圮，⋯⋯以背負牆，而疾呼姑醒，
> 姑聞匍匐墮炕下，婦竟壓焉，其屍正當姑臥處。是真孝婦，⋯⋯余謂
> 忠孝節義，歿必為神。天道昭昭，歷有證驗，此事可以信其有。即
> 曰一人造言，眾人附和，天視自我民視，天聽自我民聽。人心以為
> 神，天亦必以為神矣，何必又疑其妄焉？〔註7〕

本來是「客觀」的第三人稱敘述者，隱身於文本之中，彷彿人物、事件自行
呈現，營造出一種真實的「幻覺」。有如西方歌劇的戲劇性，故事中的鄰人、
鄉之父老及「或曰」先登場，雖然有「此鄉鄰欲緩其慟，造是言也。」來表
達對故事真實性的合理懷疑，但紀昀的「干預」敘述者角色才登場加入評論，
變化成第一人稱「天視自我民視，天聽自我民聽。」結尾雖然是問句，但卻
是敘述者直接站上第一線，表明不容置疑的立場。

此外〈卷三・灤陽消夏錄（三）〉也云：「人生以孝弟為本，二者有慚，
則不可以為人。」〔註8〕，紀昀在此假託仙判之言，來表現他對孝道的強烈
主觀意識。而〈卷一・灤陽消夏錄（一）〉〔註9〕中的老農婦雖目不識丁，
但因其出自本心的「純孝」表現，在閻王眼中，地位比一生清廉的官吏還
高尚。由上述故事可知，紀昀藉著上述神蹟、求道、與冥府審判等例子，
傳遞「孝」道的思想。雖然文本中的人稱交替變化，視角雖一再轉換，不
變的是，這些故事中的孝子、孝婦定會得到鬼神、狐妖的尊重和保佑。在
此類故事中，〈卷五・灤陽消夏錄（五）〉則記載一則敘事手法相當特殊的
故事：

> 佃戶二曹，婦悍甚，動輒訶詈風雨，詬誶鬼神。⋯⋯一日，乘陰雨
> 出竊麥，忽風雷大作，巨雹如鵝卵，已中傷仆地。忽風捲一五斗栳
> 栳，墮其前，頂之得不死。豈天亦畏其橫歟？或曰：「是雖暴戾，而
> 善事其姑。每與人計，姑叱之輒弭伏，姑批前顙，亦跪而受，然則

〔註7〕　《閱微草堂筆記》〈卷五・灤陽消夏錄（五）〉，頁59。
〔註8〕　《閱微草堂筆記》〈卷三・灤陽消夏錄（三）〉，頁35。
〔註9〕　《閱微草堂筆記》〈卷一・灤陽消夏錄（一）〉，頁3～4。

遇難不死有由矣。孔子曰：『夫孝，天之經也，地之義也。』豈不然
乎？」〔註10〕

紀昀在故事前半部以精簡的文筆，掌握曹二妻外在表現的行止與情緒性格，
將悍婦原型在「動輒訶詈風雨，詬誶鬼神。……奮呼跳擲如雌虎。」敘述中
表露無遺，加上偷竊的行為，絕非品鑒良善之人，受到天譴好像是理所當然
的事。只是這樣的婦人卻能「遇難不死」避開災罹，「豈天亦畏其橫歟？」身
為敘述者的紀昀當然知道答案，只是在此刻意以懸念的敘事方法，針對敘述
接受者，運用反問句轉達敘述接受者的疑團，並為後續的轉折留下伏筆，試
圖以這種強調方式製造高潮，再以填充倒敘的方式，追敘填補故事的空白部
分，補強敘述論證的正當性，在強迫敘述接受者接受敘述者的看法同時，一
併回答之前的疑問。引出接續道德視角代表的「或曰」，及不容質疑的聖賢權
威代表──孔子，藉此強調「孝」的至高地位。

　　故事前後落差雖大，但是紀昀猶如先知一般，運用「上帝的眼睛」，以無
所不知的視角，對曹二妻作全景式的鳥瞰。文本精簡，卻使用了延遲與詰問
的語言節奏，讓故事出現緩急快慢的速度發展，敘事形式更超脫客觀事物的
庸俗反映，將寫實主義美學充分表露。敘述者最後再從幕後跳到幕前，直接
以「豈不然乎？」否定式詰問激起敘述接受者的反應，試圖排除敘述接受者
先入為主的成見，並挑戰個別讀者的女性道德視角。

　　另一則〈卷九‧如是我聞（三）〉中以李福妻子為主角的故事，則是對照
上述「曹二妻」的反面例子：

奴子李福之婦，悍戾絕倫，日忤其姑舅，面詈背詛，無所不至。或微
諷以不孝有冥謫，輒掉頭哂曰：「我持觀音齋，誦觀音咒，菩薩以甚深
法力消滅罪愆，閻羅王其奈我何？」後嬰惡疾，楚毒萬端，猶曰：「此
我誦咒未漱口，焚香用灶火，故得此報，非有他也。」愚哉！〔註11〕

此章講述一個雖吃齋念佛卻生性不孝且悍戾的農婦，遭到上天懲罰的故事。
敘事方式巧妙地與「曹二妻」互為對照，故事中先點明此婦不孝，主角以神
明為自己背書毫無慚悔之意，結尾紀昀則直接以「愚哉！」二字論。兩者皆
為悍婦，但是孝行造成兩人不同的境遇。另外〈卷一‧灤陽消夏錄（一）〉中
也有相當怵目驚心的描述：

〔註10〕　《閱微草堂筆記》〈卷五‧灤陽消夏錄（五）〉，頁63。
〔註11〕　《閱微草堂筆記》〈卷九‧如是我聞（三）〉，頁124～125。

雍正壬子，有宦家子婦，素無勃谿狀。突狂電穿牖，如火光激射，
雷楔貫心而入，洞左脅而出，其夫亦為雷燄燔燒，背到尻皆焦黑，
氣息僅屬，久之乃蘇，顧婦屍泣曰：「我性剛勁，與母爭論或有之；
爾不過私訴抑鬱，背燈掩淚而已，何雷之誤中爾耶？」是未知律重
主謀，幽明一也。〔註12〕

媳婦不時「素無勃谿狀」，只是暗地「私訴抑鬱，背燈掩淚」，並未實際做出任何不孝的行為，就遭受此種待遇，反觀「與母爭論或有之」的兒子卻能存活，紀昀沒有在文本中加入其他證據支持這樣的結論，就直接在故事結尾以「幽明」之說判定婦為主謀，此種說法很難讓人信服，也令人懷疑，博學善辯的紀昀，為何會在面對男性及女性時，出現標準不一的敘事結果？

　　事實上，紀昀在《閱微草堂筆記》的許多故事中，努力打破許多如官高於民、士優於農、男貴於女……等，中國長久存在的階級意識。在紀昀的筆下，雖然其中許多的女性，紀昀沒有為她們多花筆墨描述，甚至沒有留下姓名，社會地位也相當卑賤，但是因具備高尚婦德，所以能在文本中得到尊崇。

　　惟獨對婆、媳這部份的敘事，紀昀的表現完全截然不同。即使婆婆的作為暴虐，媳婦都不能有任何異議，甚至必須全心順從，否則天地不容，必有「惡報」。為何紀昀在這部份的女性敘事，會和其他部分有如此截然不同的意象表現？

　　筆者認為，會讓紀昀有如此根深柢固的女性階級視角，隱藏其後最大的因素，或許是源自對早逝母親及愛子汝佶的懷念。〈卷十‧如是我聞（四）〉中記載一名婦人死後，仍會出現在自己兒女身邊，照護他們的故事：「一宦家婦臨卒，左手挽幼兒，右手挽幼女，嗚咽而終，力擘之乃釋，目炯炯尚不瞑也。後燈前月下，往往遙見其形。」〔註13〕描寫母愛之深厚，敘述淺白扣動人心。

　　自古以來，婆媳問題就層出不窮。因此，《閱微草堂筆記》中，當然也有相關的記載，如〈卷四‧灤陽消夏錄（四）〉裡就記載一則媳婦被婆婆逼死，卻無法訴冤的故事：

里有婦為姑虐而縊者，先生以兩家皆士族，勸婦父兄勿涉訟。是夜，
聞有哭聲遠遠至，……先生叱之曰：「姑虐婦死，律無抵法」鬼仍絮

〔註12〕　《閱微草堂筆記》〈卷一‧灤陽消夏錄（一）〉，頁4。
〔註13〕　《閱微草堂筆記》〈卷十‧如是我聞（四）〉，頁139～140。

> 泣不已。先生曰：「君臣無獄，父子無獄。人憐汝枉死，責汝姑之暴
> 戾則可。汝以婦而欲訟姑，此一念已干名犯義矣。任汝訴諸明神，
> 亦決不直汝也。」鬼竟寂然去。謙居先生曰：「蒼嶺斯言，告天下之
> 爲婦者可，告天下之爲姑者則不可。」姚安公曰：「蒼嶺之言，子與
> 子言孝；謙居之言，父與父言慈。」〔註14〕

故事描寫一個被婆婆逼死，卻不能申訴的故事。紀昀對當時女性地位的低下，
即使是官宦人家出身的女子亦無法倖免，有深刻的描述。「婦」成爲文本中的
陰性她者及隱藏主體，從頭至尾都以一種非傳統的異質聲音壟罩全文，是其
中敘事手法較特別的部分。我們雖然無法從丈夫對妻子的言論中，得知丈夫
對此事眞正的看法爲何，但在「汝以婦而欲訟姑，此一念已干名犯義矣。任
汝訴諸明神，亦決不直汝也。」爲夫者已經清楚展現了當代男權社會下爲媳、
爲婦的女性視角。

　　因此「化鬼」成爲受虐而死之媳，在無力抵抗現實下反抗主流文化壓逼
的方式。先生連絲毫安慰及歉疚之心皆無；且說出：「人憐汝枉死，責汝姑之
暴戾則可。」如此絕情的話語。並在句中連續以五個「汝」字稱呼妻子，面
對結髮妻子的稱謂，竟以「汝」代「婦」，由敘述過程中稱謂的變化，巧妙表
現出兩人前後關係的轉變。而「婦鬼」也可能是丈夫潛意識中罪惡感的投射
（projection）途徑。「鬼竟寂然去」的結果，也代表女性終需屈從於此種不公
平的女性視角之下。顯示當時女性所受到的壓迫，不只來自於男性，更多是
來自同爲受壓迫階層的女性，尤其是曾有過相同境遇的年長女性，似乎女性
在由媳升爲姑的同時，就自然得到如同父權一般的女權地位。

　　接續故事之後謙居先生和姚安公的論述，雖提出有別於前述男性本位的
主張，刻意忽略文本中的男性敘事部份，改將敘事評論的焦點轉回女性角色
間的衝突關係上。但仍是以男性居高臨下的角度觀看，先說明這則故事是警
惕爲人妻子、晚輩，必須委屈自己，求全孝道；對爲長不慈者卻無責難。故
事雖結束，但卻似有未竟之言。因此在憐憫「婦」的同時，不禁令筆者感到
好奇，到底紀昀本人是以何種立場觀看文本中的女性？

　　在此則故事中，紀昀試圖站在客觀敘述者的角度，使用純敘述的寫作手
法，以最樸素的方式和風格講述單純事實。並將情境、氣氛、人物的對話、
動作，以戲劇式的敘述方式呈現，但是卻刻意忽略人物的心理狀態；即使講

〔註14〕　《閱微草堂筆記》〈卷四・灤陽消夏錄（四）〉，頁48～49。

到傷心處，也保持不介入的態度。使讀者經由敘述者對主角言行的描述，進入文本的世界裡，但不再加入自己的評論及立場。筆者發現，紀昀在此少見的成爲失聲的評論者，隱身在故事的敘事中。這樣刻意迴避的敘事手法，在上述被婆婆逼上絕路故事裡，此種近似劇本的鋪陳方法中，雖然我們沒有看到紀昀提出自己的論斷，但由文本中紀昀以自己父親和老師的漸進式議論作結，尤其是將父親姚安公：「蒼嶺之言，子與子言孝；謙居之言，父與父言慈。」置於最終，應是紀昀敘述時的默許之論。

　　「姑虐婦死」畢竟是不容忽略的事實。如果讀者仔細審視《閱微草堂筆記》中的女性敘事文本，可以發現下列現象：即當故事情節描寫到關於婆媳問題中，牽涉身爲長輩的婆婆，卻有行爲失當的部份時，紀昀原本強烈的道德是非理念，就開始表現出不確定的退縮態度。這樣的表現，難道是紀昀只相信有不孝的媳婦；卻不信天下也有不是的婆婆？如果紀昀眞的不信，又爲何要以如此生動的文筆，寫下此類無法自圓其說的故事？因此，我們必須再仔細探究，紀昀如何站在敘述者的觀看角度，將自己心中眞正的意念投射到文本的敘事方式，從中解開所隱含的女性意象之關鍵。

　　前者的答案應是否定的。紀昀在文本一開始的敘事就直接寫明：「里有婦爲姑虐而縊者」此後「先生以兩家皆士族，勸婦父兄勿涉訟。」就暗示確實是婆婆犯錯，所以身爲兒子的先生以孝爲重，只能用其他理由避訟。婆媳問題難解、也無解，古今中外皆然。「天下無不是的父母！」是儒家基本思想，也是紀昀認爲無可動搖的信念。應是「母親」意象的美好令他無法面對此截然不同的表現，以致不能也不願評斷。所以「不可解者，不解解之」成爲紀昀晚年的口頭禪，所以，紀昀在〈卷十二・槐西雜志（二）〉中清楚傳達：只有「恕」才能解不可解者的人生難題。

> 戈荔田言，有婦爲姑所虐，自縊死。……後其翁納一妾，更悍於姑，翁又愛而陰助之；家人喜其遇敵也，又陰助之。姑窘迫無計，亦羞而自縊；……語曰：「爾勿爲厲，吾今還爾命。」婦不答，逕前撲之。……夜夢其婦曰：「姑死我當得代；然子婦無仇姑理，尤無以姑爲代理，是以拒姑返。……」戈傅齋曰：「此婦此念，自足生天，可無煩追薦也。」〔註15〕

〔註15〕　《閱微草堂筆記》〈卷十二・槐西雜志（二）〉，頁186。

此故事全由女性角色掌控全場，雖然寫在前述「姑虐婦死」的故事之後，兩則故事的情節鋪陳卻往完全相反的方向進行。或許是紀昀刻意安排，希望從完全不同的敘事角度鋪陳，以彌補其之前未完的論述。前述「姑虐婦死」中，站在媳婦視角觀看的社會圖景是黑暗、充滿痛苦的，她也因此被逼上絕路。身爲控制行動者的婆婆，本應是具有決定權的主要配角，但卻喪失發言權。作者從男權視角切入，故事中男性掌握了所有發言的權利。所以表面上雖爲女性敘事，但姑與婦同被忽視，旁人論理再多，都是無解。

　　榮格（C.G.Jung, 1875～1961）認爲夢源自人格中的陰影部份，是一種自衛機轉，它可以調節人類心理的偏差，有助平衡情緒及心情。因此，榮格提出夢具有補償心理偏差的功能，即與現實相反之夢境，所以此類夢的功能就在「通過形成一種互補的或補償性的內容，從而在精神平衡方面矯正這種失調。」〔註16〕若以此角度觀看上述兩則故事，應可將具補償心理偏差的功能的後者，視爲前者的續篇。紀昀在此不但以虛幻的敘事對遭虐死之婦進行心理補償，以抵消悲劇氣氛的圓滿方式結束。並利用兩故事間之差異傳達對世間虐婦之姑的諷刺，間接表達出紀昀不同於父執輩的女性視角，即孝、恕並存才是完美。

　　「幸我平生尙無愧色，汝等在世，家庭骨肉，當處處留將來相見地也。」〔註17〕是紀昀紀錄自己的母親臨死之前所說的話。在紀昀筆下的母親張氏，總是寬厚待人，並期待子孫能處處爲人設想。甚至其他紀家的年長女子，都讓紀昀讚譽有佳。「孝」和「恕」的不同，在於「孝」是晚輩對長輩的態度，而「恕」卻是沒有年齡、階級的限制的雙向交流。在《閱微草堂筆記》的故事中，可謂隨處皆傳達「寬厚」與「有餘」等「恕」的意象。由此可見，紀昀品鑒女性孝道的重要信念中：「孝」需含括發自內心的「恕」，兩者一般重要。所以在他留下的留耕硯銘：「做硯者誰？善留餘地。忠厚之心，廣延于世。」〔註18〕也傳達相同的理念。

〔註16〕〔瑞士〕卡爾·古斯塔夫·榮格（C.G.Jung, 1875～1961）著，儲昭華、王世鵬譯，《象徵生活》（*THE SYMBOLIC LIFE*），北京：國際文化出版公司，2011年5月，頁163。

〔註17〕《閱微草堂筆記》〈卷七·如是我聞（一）〉，頁90。

〔註18〕詳見《紀曉嵐的老師們、紀曉嵐硯銘詳注》宋人賀仙翁詩云：「有客來相問，如何是治生。但存方寸地，留與子孫耕。」，頁134。

第二節　「節」婦

　　《閱微草堂筆記》對女性敘事品鑒的標準：首為「孝」，其次為「節」。宋明以降女子皆以三從四德作為行為規範。三從是指，未嫁從父、出嫁從夫、夫死從子〔註19〕；四德又稱四教或四行，指婦德、婦言、婦容、婦功。《周禮·天官·九嬪》：「掌婦學之法，以教九御，婦德、婦言、婦容、婦功，各帥其屬。而以時御敘于王所。」鄭玄注：「婦德謂貞順，婦言謂辭令，婦容謂婉娩，婦功謂絲枲。」〔註20〕漢班昭《女誡·婦行》：「女有四行，一曰婦德，二曰婦言，三曰婦容，四曰婦功。……此四者，女人之大德，而不可乏之者也。然為之甚易，唯在存心耳。古人有言：「仁遠乎哉？我欲仁，而仁斯至矣。」此之謂也。」〔註21〕

　　董家遵先生針對《古今圖書集成》一書的節烈婦女作統計，結果顯示宋以前的節婦人數僅占百分之零點二六，而宋以來占百分之九九點七四，其中明朝就占百分之七二點九，清朝因為收集資料的時期較短，所以較少，但也占百分之二十五點四七。〔註22〕可知明清時期對女性貞節的要求，遠遠高於元代及元代以前，對婦女貞節研究有很大的幫助。《大清會典》規定：節婦（三十歲以前守寡，至五十歲不改節者）及殉家室之難或拒姦致死的烈婦、烈女，均在旌表的範圍之中。〔註23〕但是被迫受辱的女性，卻被拒於門外。紀昀注意到這個問題，因此在〈卷七·如是我聞（一）〉中，以湯氏為例，說明自己的看法：

　　　　許南金先生言，康熙乙未，過阜城之漫河。夏雨泥濘，馬疲不進，息路旁樹下，坐而假寐。恍惚見女子拜言曰：「妾黃保寧妻湯氏也。在此為強暴所逼，以死捍拒，卒被數刃而死。官雖捕賊駢誅，然以

〔註19〕　詳見《儀疏三十·喪服》：「婦人有三從之義，無專用之道，故未嫁從父，既嫁從夫，夫死從子，故父者子之天也，夫者妻之天也。」收錄於〔漢〕鄭玄注、〔唐〕賈公彥疏，〔清〕阮元校勘，《十三經注疏4·儀禮》，臺北：藝文印書館2001年12月，頁359。
〔註20〕　詳見〔漢〕鄭元注，〔唐〕賈公彥疏，〔清〕阮元校勘，《十三經注疏3周禮·周禮注疏卷七》，臺北：藝文印書館2001年12月，頁116。
〔註21〕　〔東漢〕班昭著，范曄撰，李賢注，《新校後漢書注》第四冊〈卷84·烈女傳74〉，臺北：世界書局，1974年5月，頁2789。
〔註22〕　董家遵著，〈歷代節列婦女的統計〉，收入王承先編，《董家遵文集》，廣州：中山大學出版社，2004年11月，頁132。
〔註23〕　鮑家群《中國婦女史論年》，板橋：稻鄉出版社，1999年5月，頁108～109。

> 妾已被污，竟不旌表。冥官哀其貞烈，俾居此地，為橫死諸魂長，
> 今四十餘年矣。……其齩齒受玷，由力不敵，非節之不固也。司讞
> 者苟責無已，不亦冤乎？公狀貌似儒者，當必明理，乞為白之。」
> 〔註24〕

此故事恰與嘉慶八年，紀昀上奏〈請敕下大學士九卿科道詳議旌表案折子〉：
「伏查定例，凡婦女強姦不從因而被殺害，皆准旌表。其猝遭強暴，力不能
支，捆縛捽抑，竟被姦污者，雖始終不屈，仍復見戕，則例不旌表。」〔註25〕
內容相呼應。表達婦女是因以孤弱臨眾強、受污見戕者，其心與前述拒姦致
死者無異，建議皇帝對被姦污的烈女「略示區別，量予旌表，使人人之聖朝
獎善。」得到嘉慶皇帝批准。畢竟時代不同的情況下，我們當然不能也不應
以現代人的標準看待此事。以當時的背景，比起當代男性，紀昀確實以較寬
容的態度看待女性視角，且勇於為女性發聲，應是受到恩師許南金的啟發：
認為女性守貞與否，應從動機而非結果去評斷，才合情合理。但是紀昀本人
又是以何種標準看待女性的貞節？或可在〈卷二·灤陽消夏錄（二）〉紀昀記
載東岳冥官之語中，略見端倪：

> 冥司重貞婦，而亦有差等。或以兒女之愛，或以田宅之豐，有所繫
> 戀而弗去者，下也；不免情慾之萌，而能以禮義自克者，次也；心
> 如枯井，波瀾不生，富貴亦不睹，饑寒亦不知，利害亦不計者，斯
> 為上矣。如是者千百不得一，得一則鬼神為起敬。〔註26〕

冥官簡單將貞婦分成三等，上者無視生死、富貴一心守節，使「鬼神為起敬」；
恪守禮義的節婦為次；而為重情、財而守節者為下。雖是託顧員外之言，但
紀昀並無一詞反對。陰間在此處成為陽世的反照，而陰律也化身成能真實映
照人心的魔鏡，警惕世人謹言慎行。只是起心動念乃人之常情，用不食人間
煙火的標準要求女性守節，未免落於不近人情的嚴厲窠臼。站在教化人心的
角度看待此例，實有斟酌修正的必要。另外〈卷八·如是我聞（二）〉中記載
一則與第二章「荼人」類似，但卻更突顯人性陰暗的故事：

> 奇節異烈，湮沒無傳者，可勝道哉！……有客在德州景州間入逆旅
> 餐，見少婦裸體伏俎上，繃其手足，方汲水洗滌。恐怖戰慄之狀，

〔註24〕　《閱微草堂筆記》〈卷七·如是我聞（一）〉，頁81。
〔註25〕　《紀曉嵐的老師們：附紀曉嵐硯銘詳注》，頁6。
〔註26〕　《閱微草堂筆記》〈卷二·灤陽消夏錄（二）〉，頁22。

不可忍視。客心惘惘，倍償贖之。釋其縛，助之著衣，手觸其乳。
少婦艴然曰：『荷君再生，終身賤役無所悔。然為婢媼則可，為妾媵則必不可，吾惟不肯事二夫，故鬻諸此也，君何遽相輕薄耶？』解衣擲地，仍裸體伏俎上，瞑目受屠。屠恨之，生割其股肉一臠，哀號而已，終無悔意。惜亦不得其姓名。」〔註27〕

紀昀直接開宗明義以「奇節異烈，湮沒無傳者，可勝道哉！」寫出對守節的婦人予以崇高的讚賞，但身在社會最底層的烈女節婦也成了我們觀看亂世與當代女性地位的媒介。在此被宰割的不只是少婦的身體，更是對最後一絲人性的宰割。女性在此被視為財物，人被物化之後，還要遵守三從四德之規。不禁令人感嘆：到底是「人吃婦」或是「禮教吃婦」？

但在《閱微草堂筆記》其他女性敘事中，尤其是「因果」類的相關敘事，處處可發現紀昀對女子貞潔有著不一的標準，並因此在敘事過程中，產生敘理矛盾之處。如〈卷二·灤陽消夏錄（二）〉中青縣少婦的故事：

青縣農家少婦，性輕佻，隨其夫操作，形影不離。互相對嬉笑，不避忌人，或夏夜並宿瓜圃中。皆薄其冶蕩。然對他人，則面如寒鐵。或私挑之，必峻拒。後遇劫盜，身受七刃，猶詬詈，卒不污而死。又皆驚其貞烈……：「冥官以我貞烈，判來生中乙榜，官縣令，我念君不欲往，乞辭官祿為遊魂，長得隨君，冥官哀我，許之矣。」夫為感泣，誓不他偶。自是晝隱夜來，幾二十載。〔註28〕

紀昀以純屬虛構的「大團圓」結局，淡化故事的無奈氣氛，不幸的遭遇，成了天道循環的過程中的一個過渡環節。夫妻倆人堅守自己對對方的堅貞承諾，令人動容。當時女性雖無地位，但人有七情六慾本屬天生，所以強求女性，不論夫的品行，只單方面要求女性必須守貞節，當然是不太可能。或許紀昀也心有所感，所以在之後的〈卷十四·槐西雜志（四）〉就記載一則以妾為主的故事：

親串中有歿後妾改適者，魂附病婢靈語曰：「我昔問爾，爾自言不嫁，今何負心？」妾殊不懼，從容對曰：「天下有夫尚未亡，自言必改適者乎？公此問先憒憒，何怪我如是答乎？」〔註29〕

〔註27〕 《閱微草堂筆記》〈卷八·如是我聞（二）〉，頁106～107。
〔註28〕 《閱微草堂筆記》〈卷二·灤陽消夏錄（二）〉，頁19。
〔註29〕 《閱微草堂筆記》〈卷十四·槐西雜志（四）〉，頁219。

男權統治下的女性，本來就沒有地位，更何況是妾。而妾的所有生活，都必須仰仗主人的喜惡而定，又怎麼敢當面說出眞心話。紀昀在此以「公此問先憒憒，何怪我如是答乎？」發自肺腑之言，勸告天下男性，眞是巧答。

　　另外〈卷十一・槐西雜志（一）〉敘事中，紀昀也對身爲人夫的男性提出諫言：

> 《隋書》載蘭陵公主死殉後夫，登於《列女傳》之首，頗乖史法。……滄州醫者張作霖言，其鄉有少婦，夫死未週歲輒嫁，越兩歲，後夫又死，乃誓不再適。竟守志終身。嘗問一鄰婦病，鄰婦忽瞑目作其前夫語曰：「爾甘爲某守，不爲我守，何也？」少婦毅然對曰：「爾不以結髮視我，三年曾無一肝鬲語，我安得爲爾守？彼不以再醮輕我，兩載之中，恩深義重，我安得不爲彼守？爾不自反，乃敢咎人耶？」鬼竟語塞而退。〔註30〕

紀昀先以《列女傳》蘭陵公主死殉後夫的故事代表當時社會主流文化基調，之後再以婦言：「爾不以結髮視我，三年曾無一肝鬲語，我安得爲爾守？」對照「彼不以再醮輕我，兩載之中，恩深義重，我安得不爲彼守？」此處之婦言不正是表現出對男權社會主流文化的一種挑戰與反抗？紀昀在此下筆未帶責難，意味在此處的紀昀，改以人性的視角觀看女性，爲女性發聲，並警惕天下男性，禮教也開始有了體溫。

　　上述故事皆爲以女性貞節爲主軸的半虛構敘事，紀昀在其中都是以生動且帶戲謔的文學敘事手法描繪，作者在故事中構造了一個和現實世界平行，但獨立的時空結構，並放入敘述者對現實世界的隱喻關係。作者透過對角色異質化的流動處理，以「魅」裝扮成她（他）的內在，渴望認同或抗拒的異己形象，同時也揭露了人性多元的面貌。

　　由以上的女性敘事，我們看到紀昀對女性貞節的標準雖高，但將女性視爲擁有自我意識的「人」而非「物」。並從男性長者的角度，教導男性經營夫妻之道的重要。踏出了尊重與關懷女性的一大步。

第三節　「他者」（the other）的困境

　　「他者」（the other）一詞是相對於男性來定義及區分，較早見於西蒙・

波娃（Simone de Beauvoir, 1908～1986）的《第二性》（Le Deuxième Sexe）。「他是絕對的主體，而她只是他者。」〔註 31〕即女性不是女性自己的女性，而是扮演男性中心給予她們的物化角色。

左拉（Emile Zola, 1840～1902）則相信人性完全決定於遺傳，整個社會都是遺傳和環境的產物，遵照永恆不變的自然鐵律與生物性的慾望支配。〔註 32〕「他者」的困境故事，恰與左拉的論述不謀而合。《閱微草堂筆記》的「他者」女性故事悲多喜少，紀昀在敘事過程中刻意迴避女性的自我意識，以非文學角度投視女性迎合倫理觀念和男權利益。〈卷九・如是我聞（三）〉中論述《血盆經懺》的一則故事中，開宗明義就寫出：「帝王以刑賞勸人善，聖人以褒貶勸人善。刑罰有所不及，褒貶有所弗恤者，則佛以因果勸人善。其事殊，其意同也。」〔註 33〕就清楚表達紀昀認為「因果律」當作教化工具，可以收到極大效益。在〈卷四・灤陽消夏錄（四）〉紀昀舉陳四的際遇為例，云：

> 土神嘉其不辭自污以救人，達城隍，城隍達東嶽。東嶽檢籍，此婦當老而喪子，凍餓死。以是功德，判陳四借來生之壽，於今生俾養其母。〔註 34〕

母親的一念之善，不但救人，還改變自己的命運，甚至恩德澤於子，這是一個典型「善有善報」的例子。可惜《閱微草堂筆記》中像「陳氏之母」頭尾一致的善因善果的敘事並不多見。如〈卷十五・姑妄聽之（一）〉中，紀錄一則以怨報怨的故事：

> 小時聞某大姓為盜劫，懸賞格購捕。半歲餘，悉就執，亦俱引伏。而大姓恨盜甚，以多金略獄卒，百計苦之。……盜恨大姓甚，私計強劫得財，律不分首從斬；輪姦婦女，律亦不分首從斬。二罪從一科斷，均歸一斬，萬無加至磔裂理。……法所應受也。至虐以法外，

〔註 31〕西蒙・波娃著，歐陽子譯，《第二性・第一卷：形成期》，臺北：志文出版社，1994 年 9 月，頁 18～19。
〔註 32〕左拉在泰納的環境決定論和克羅德・貝爾納的遺傳學說的影響下，形成其自然主義理論：主以科學實驗方法寫作，對人物進行生理學和解剖學的分析；作家在寫作時應無動於衷地記錄現實生活中的事實，不必攙雜主觀感情。是法國重要的批判現實主義作家，與自然主義文學理論的主要宣導者，一生寫成數十部長篇小說，代表作為《萌芽》。
〔註 33〕《閱微草堂筆記》〈卷九・如是我聞（三）〉，頁 132。
〔註 34〕《閱微草堂筆記》〈卷四・灤陽消夏錄（四）〉，頁 46。

> 則其志不甘。擲石擊石，力過猛必激而反。取一時之快，受百世之
> 污，豈非已甚之故乎？然則聖人之所慮遠矣。〔註35〕

故事中大戶與強盜爲彼此都因報復心太強烈，而作了過份之事、說過頭之言。紀昀舉此實例闡述二千多年前孟子：「仲尼不爲已甚」的道理。「擲石擊石，力過猛必激而反。取一時之快，受百世之污，豈非已甚之故乎？」畢竟給人留餘地，就是給自己留餘地。人們總要被反撲而受傷後才能有深刻的體會。

此類故事中受苦的女性角色大多只是一個無名的「他者」，承擔男權中心論述下的因果報應。紀昀刻意將此類女性敘事營造成沒有自我意願、自我決策權予自我行爲體現的「物化」附庸，形成女性形象「自我」的空洞化。另外〈卷十·如是我聞（四）〉也說：

> 有善訟者，一日，爲人書訟牒，將羅織多人，端緒繳繞，猝不得分
> 明。欲靜坐構思，乃戒母通客，並妻亦避居別室。妻先與鄰子目成，
> 家無隙所窺，伺歲餘無由一近也，至是，乃得間焉。後每構思，妻
> 則嘈雜以亂之，必叱其避出，襲爲例。鄰子乘間而來，亦襲爲例，
> 終其身不敗。歿後歲餘，妻以私孕，爲怨家所訐，官鞫外遇之由，
> 乃具吐實。官拊几喟然曰：「此生刀筆巧矣，烏知造物更巧乎？」
> 〔註36〕

旨在表達訟師巧計構陷人入罪，卻無法防堵妻子暗中與人私通，紀昀認爲這就是上天對訟師的報應，有勸人向善的寓意。不過，主體敘述的角度在訟師的「刀筆巧」的報應，鄰子偷其妻成了附屬的情節。卻完全沒有隻字半語提及訟師妻子的心路歷程，訟妻在此扮演完全受生物性慾望支配的「他者」，即爲以男性中心給予她們的物化角色。而〈卷八·如是我聞（二）〉中，除了說明「刀筆」一辭的演進歷史，也舉了類似的例子：

> 文安王岳芳言，其鄉有搆陷善類者，方具草，訝字皆赤色，視之乃
> 血自毫端出。投筆而起，遂報是業，竟得令終。余亦見一善訟者，
> 爲人畫策，誣富民誘藏其妻。富民幾破家，案尚未結，而善訟者之
> 妻竟爲人所誘逃。不得主名，竟無所用其訟。〔註37〕

兩則故事，都是紀昀以當時的訟師爲敘述媒介，間接對當時官府判案的黑暗

〔註35〕 《閱微草堂筆記》〈卷十五·姑妄聽之（一）〉，頁250。
〔註36〕 《閱微草堂筆記》〈卷十·如是我聞（四）〉，頁144～145。
〔註37〕 《閱微草堂筆記》〈卷八·如是我聞（二）〉，頁104。

面加以嘲諷。由《閱微草堂筆記》中，提及訟師的部份，對照紀昀寫給哥哥晴湖的信件中，以「今人稱裁寫狀詞者曰刀筆。言其筆鋒銳利如刀，能殺人也。母舅所言殆指寫狀詞耶！則非阿兄所宜爲。緣此事不僅造孽，並且犯法。」〔註38〕紀昀在信中以「筆鋒銳利如刀，能殺人也。」形容裁寫狀詞之筆，並勸告兄長，執刀筆乃罪孽深重之行爲。信中視「寫狀詞」、「造孽」、「犯法」三者爲同義詞，由此，我們可以更加確定，紀昀本人對於「興訟」，抱持著負面的看法。

> 河間一婦佚蕩，然貌至陋。日靚妝倚門，人無顧者。後其夫隨高葉飛官天長，甚見委任，豪奪巧取，歲以多金寄歸。婦藉其財，以招誘少年，門遂如市。迨葉飛獲譴，其夫遁歸，則囊篋全空，器物斥賣亦略盡，唯存一醜婦，淫瘡遍體而已。人謂其不擁厚貲，此婦萬無墮節理。豈非天道哉！〔註39〕

此篇〈卷六·灤陽消夏錄（六）〉裡的故事，雖以河間佚蕩之婦做爲主體敘述，但敘事重心仍舊放在其夫因身爲貪官，多積不義之財而使醜婦因金錢而淫蕩，到頭來人財兩空，遭受果報，這就是上天對其夫巧取豪奪的報應。並以「不擁厚貲，此婦萬無墮節理。豈非天道哉！」作結，紀昀在敘事過程中符合左拉的說法，刻意忽視女性自我意識，將醜婦物化爲丈夫惡行的產物。另〈卷一·灤陽消夏錄（一）〉亦云：

> 有某生在家，偶晏起，呼妻妾不至。問小婢，云：「並隨一少年南去矣。」露刃追及，將駢斬之，少年忽不見。有老僧衣紅袈裟，一手托缽一手振錫杖，格其刀曰：「汝尚不悟耶？汝利心太重，忮忌心太重，機巧心太重，而能使人終不覺。鬼神忌隱惡，故判是二婦，使作此以報汝。彼何罪焉？」言訖亦隱。生默然引歸。……其爲神譴，信矣，然終不能名其惡，眞隱惡哉。〔註40〕

某生犯下不爲人知的惡行，雖能欺騙世人，卻瞞不過天地，所以上天派妖物迷惑其二妻，使書生受果報卻不敢報復的故事。紀昀以此故事諷刺天下隱惡之人，輕浮少年變身爲道貌岸然的老僧的表相變化，即是對書生表裡不一的反諷。書生所見之妖物正是自己呈現在哈哈鏡中的變形身影。而故事中的二

〔註38〕　《紀曉嵐家書、林則徐家書、張之洞家書》，頁 11。
〔註39〕　《閱微草堂筆記》〈卷六·灤陽消夏錄（六）〉，頁 78～79。
〔註40〕　《閱微草堂筆記》〈卷一·灤陽消夏錄（一）〉，頁 10。

婦，成為上天懲罰書生的工具，只是沒有自我意志的「他者」。為何此類「他者」女性敘事中的妻妾角色得不到紀昀的悲憫？

仔細閱讀上述這些「他者」的女性敘事，可以發現都與當時整個社會現象密切相關。「在傳統經濟中，女人對男人而言只有使用價值（use-value），以及交換價值（exchange-value）；換言之，她是一項商品。」〔註41〕女性被視為男性的「財產」，身為敘述者的紀昀很自然地將女性人物依附在社會階層底下的命運，完全歸結到歷史環境與丈夫特定的社會地位。女性在此成為懲罰男性（罪人）的物化工具，只能聽憑命運的擺佈。紀昀巧妙的顛倒此處男女地位對立的關係，女性從誘惑者變為被誘惑者，不能決定自己的命運。男性無德造就了女性的毀滅。可知紀昀在此製造了以「性別」特徵為因果論述的敘事特徵，男性為惡，改變女性的命運。女性成為男權文化的實踐者與被消費對象，紀昀以「環境決定論」作為女性敘事的理論基礎，使其迎合當時男權文化意識。

第四節 「異化」的女性敘事

本節主要探究存在於《閱微草堂筆記》裡為數不多，卻能令讀者留下深刻印象的「異化」女性敘事。「異化」在此即是對本該有親密關聯的人、自己、物與自然感到疏離，因而覺得生命缺乏一種意義。異化就是對本該有親密關聯的人、自己、物與自然感到疏離，因而覺得生命缺乏一種意義。本書中大部份的女性多半是沒有名字、聲音的「他者」，我們只能從第三者即紀昀的男性敘述角度了解事件始末。但是其中少數的篇章中，作者難得以歌劇文本的敘事方式，並非只有單一敘述模式或情節的發展，還原事件當時的人物及事件波折經過，運用不同的小說技巧，塑造人物及烘托氣氛，在理性與感性的交戰下，我們會聽到不同觀點的聲音層層交織，使這類女性敘事佔據異質的空間，以偏離敘事思想主軸的變調發展。不論結局為何，過程已為讀者製造深刻的閱讀經驗痕跡。本章節主要探究「異化」的女性敘事，筆者認為此部分突顯出專屬於紀昀本人獨有的女性視角。或許是令紀昀遲遲無法作結的原因之一。

〔註41〕露西·伊瑞葛來（Luce Irigaray）著，李金梅譯，《此性非一》（This Sex Which Is Not One），臺北：桂冠圖書公司，2005年2月，頁57。

紀昀的〈連環硯銘〉云：「連環可解，我不敢知；不可解者，以不解解之。」
〔註42〕在此紀昀以歷史做爲見證，藉由齊王后巧妙應對秦始皇使者難題的睿智回答，來證明自己對此信念的憑據。另外在〈題瑤華道人・如四相圖〉中，紀昀也寫下：「誰與此間，得不二門。不解解之，滿紙煙雲。」〔註43〕此外，紀昀晚年常掛嘴邊的〈解錐銘〉：「不可解者，不解解之；可解而不解，乃借力於斯。其釋爾躁，無棼爾絲。」〔註44〕回顧《閱微草堂筆記》，我們確實可以看到不少此類「不可解者，不解解之。」的例子。如〈卷五・灤陽消夏錄（五）〉：

> 應山明公晟，健令也，嘗曰：「吾至獻即聞是案，思之數年，不能解。
> 遇此等事，當以不解解之，一作聰明，則決裂百出矣。人言粟公憒
> 憒，吾正服其憒憒也。」〔註45〕

紀昀假縣令之言，對於「不能解」的難題提出告誡，認爲千萬不要自作聰明，「當以不解解之」才是面對生命時適當的對應方式。紀昀在此的說法，正是援引自《世說新語》〈政事第三〉：「丞相末年，略不復省事，正封籙諾之。自歎曰：『人言我憒憒，後人當思此憒憒。』」〔註46〕中，記載王導所言：有時糊塗的應對，會比表現聰明更適當的說法：

> 吳惠叔言，太湖有漁戶嫁女者，舟至波心，風浪陡作，舵師失措，
> 已欹仄欲沉。眾皆相抱哭。突新婦破簾出，一手把舵，一手牽篷索，
> 折戧飛行，直抵婿家，吉時猶未過也。洞庭人傳以爲奇。或有以越
> 禮譏者，惠叔曰：「此本漁戶女，日日船頭持篙櫓，不能責以必爲宋
> 伯姬也。」……然危急存亡之時，有不得不如是者。講學家動以一
> 死責人，非通論也。〔註47〕

〔註42〕 《紀曉嵐的老師們：附紀曉嵐硯銘詳注》，頁137。「不可解者」案：詳見《戰國策・齊策》；「以不解解之」案：《呂氏春秋》卷十七〈宙分覽〉，頁951。

〔註43〕 《紀文達公遺集》〈題瑤華道人・如四相圖〉，頁95。

〔註44〕 詳見《紀曉嵐的老師們：附紀曉嵐硯銘詳注》，頁179。「其釋爾躁，無棼爾絲」案《左傳・隱公四年》：「臣聞以德和民，不聞以亂。以亂，猶治絲而棼之也。」頁28。絲，雙關，既指絲繩，又喻思緒。

〔註45〕 《閱微草堂筆記》〈卷五・灤陽消夏錄（五）〉，頁65。

〔註46〕 〔南朝宋〕劉義慶著，〔南朝梁〕劉孝標注，余嘉錫箋疏，周祖謨、余淑宜、周士琦整理，《世說新語》〈政事第三〉，上海：上海古籍出版社，1996 年 8 月，頁178。

〔註47〕 《閱微草堂筆記》〈卷十三・槐西雜志（三）〉，頁194～195。

看完〈卷十三‧槐西雜志（三）〉中，因太湖漁女的果決表現，而拯救全船人，卻還被人批評、譏笑的故事。令人不禁感嘆：禮教與生命孰輕孰重？整船人的性命就在漁戶女的一念之間，紀昀之所以會寫出這樣的故事，應是以此例批評當時講學家的不通情理，表面上將忠孝節義、三綱五常的教條喊得震天價響，私底下卻是冷漠又勢利。同時對明清時代統治者和偽君子歪曲儒家倫理思想麻醉人民的反思表現。

在〈卷三‧灤陽消夏錄（三）〉中，另有一則以農婦郭六的悲慘遭遇為主軸的敘事。其中相當引人注意的部份是，紀昀運用異化的手法，製造兩難的情節，藉此探索故事女性人物的矛盾情緒：

> 雍正甲辰、乙巳間，歲大饑。其夫度不得活，出而乞食於四方。……縣令來驗，目炯炯不瞑。縣令判葬於祖墳，而不祔夫墓。曰：「不祔墓，宜絕於夫也；葬於祖墳，明其未絕於翁姑也。」目仍不瞑。其翁姑哀號曰：「是本貞婦，以我二人故至此也。子不能養父母，反絕代養父母者耶？況身為男子不能養，避而委一少婦，途人知其心矣。是誰之過而絕之耶？此我家事，官不必與聞也！」語訖而目瞑。
>
> 〔註48〕

文本就如中使用了書中少見多元視角的敘事手法，如郭六、翁姑、縣官、先祖寵予公和紀昀都表達了自己的看法，甚至連邑人都議論不一，反而郭六夫的聲音是缺席的。整篇故事中，除了一開始的：「瀕行，對之稽顙曰：「父母皆老病，吾以累汝矣。」外，沒有以他的視角為中心的內容，因此我們無從瞭解他的內心世界。他乞食的想法，獨自離家後的心境，以及回家後面對雙親及妻子的感覺，甚至是妻子自縊等等，都是作品中的空白，或許是作者認為此人應自慚形愧，表現根本無足輕重，因此在此刻意忽略。但是這些未被表達的東西正是聲音受到視角限制的結果。

由此，我們可以清楚的觀察到，因感知焦點位置的不同，所形成的多元認知性視角。在文本中雖然人物各自發聲、褒貶不一，但卻巧妙地交融，將讀者引入敘事者的布置的結論中。在統計學有一悖論叫做「辛浦森詭論」（Simpson's Paradox），這個悖論在二十世紀初就有人討論，但直到 1951 年才被統計學家辛普森正式提出來。所謂辛普森悖論是說，原先看起來在概率上是正相關的兩個變量，一旦引入另外一個取決於隱藏因素的關鍵性的變量以

〔註48〕 詳見《閱微草堂筆記》〈卷三‧灤陽消夏錄（三）〉，頁31。

後，有可能會變成負相關，反之亦然。〔註49〕面對丈夫的去而復返，苦守多年的妻子卻放棄一家重聚的圓滿結局，選擇結束生命。此時隱藏在妻子內心深處的意念，成了關鍵性的變量，決定結局的方向。所以縣令的判決：「不祔墓，宜絕於夫也；葬於祖墳，明其未絕於翁姑也。」表達了知識分子從男性權力的至高點對此事的看法，即使有冤，但是性別成為正相關的當然變量，決定無是非的結果，准其葬於祖墳，已是無上恩德。郭六雖死卻無法闔眼的表現，雖無淚無聲，卻能觸動人心，表現其認知自己生為女性的宿命；此時作者引入另一關鍵性變量，即翁姑所言：「途人知其心矣。是誰之過而絕之耶？」加入負相關的變量條件，鮮明刻畫出了紀昀心中明理的翁姑意象，暗喻子不如媳，成為從人性出發，扭轉男權至上的定律悖論。並以反諷的方式讓人們重新思考：是否要以性別、階級為判斷是非的依歸？

　　或許真有其事，但這篇故事值得注意的部份，並不止於此。首先郭六為農家婦，翁姑或許明理，但是何能說出如此睿智之語？另外，即使不護短，但畢竟是普通人，又怎敢對縣官說出「此我家事，官不必與聞也！」此等冒犯的話？所以，合理的推論：這些話語，應該都是紀昀本人所言，表達的應該也是紀昀的想法。而最後紀昀本人雖說「節孝不能兩全也，此一事非聖賢不能斷，吾不敢置一詞也」。但是我們已看到紀昀站在至高點，用"上帝的眼睛"從所有的角度觀察，以「吾不敢置一詞也」暗喻：郭六雖身為女子，行誼卻可與聖賢媲美。

　　而〈卷三・灤陽消夏錄（三）〉中，也有一則描寫孟村女子因為遇賊，不願聽從父母命令，最後皆遭殺害的故事：

> 女請縱父母去，乃肯從……遂奮擲批賊頰，與父母俱死，棄屍於
> 野……或謂：「女子在室，從父母之命者也。父母命之從賊矣，成一
> 己之名，坐視父母之慘酷，女似過忍。」或謂：「命有治亂，從賊不
> 可與許嫁比。父母命為娼，亦為娼乎？女似無罪。」先姚安公曰：「此
> 事與郭六正相反，均有理可執，而於心終不敢確信。不食馬肝，未
> 為不知味也。」〔註50〕

〔註49〕辛浦森詭論（Simpson's Paradox），亦有人譯為辛普森悖論，為英國統計學家
　　　　E. H. Simpson 1951 年提出一篇關於兩組不同變數之間的相關性研究的論文，
　　　　文中指出：當數組資料合併成一組資料時，相關本質可能會改變，甚至轉換
　　　　方向。摘自墨爾（David S. Moore）、諾茨（William I. Notz）著，鄭惟厚譯，《統
　　　　計學的世界：III》，天下文化出版社，2012 年 9 月，頁 704。
〔註50〕《閱微草堂筆記》〈卷三・灤陽消夏錄（三）〉，頁 32。

貞節與孝道皆爲婦德之本，但是到底是孰重孰輕？連身爲男性的紀昀也不敢妄下定論，只好寫下各自的論點，留給讀者評斷。毫無疑問，這樣的矛盾是顯而易見且確實存在，只以「不解解之」的評論態度作結，怎能滿足讀者。存在主義學者維克多・弗蘭克曾說：「有待抉擇的事情，隨時隨地都會有的。每個日子，無時無刻不提供你抉擇的機會。而你的抉擇，決定了你究竟會不會屈從於強權，任其剝奪你的眞我及內在的自由，也決定了你是否將因自願放棄自由與尊嚴，而淪爲境遇的玩物，成爲槁木死灰般的典型俘虜。」〔註51〕孟村女子不畏強權與死亡的陰影，仍堅持自己的信念，勇氣令人讚嘆。

由上述相關故事中，雖然女性主角們，因爲做了不同的人生選擇遭受苦難，使故事多朝背離土流的變調發展，而迥異於文本中其他女性敘事的論理基調，在文本中自成一種不和諧的對位方式，使讀者在閱讀的過程，留下無法磨滅的經驗痕跡。由紀昀書寫的這些敘述差異及其特徵，即可窺見紀昀表現敘事藝術手法的精微之處。

所以紀昀在這類故事的敘述內容中，雖然表現其自身的高度興趣，也加入多方說法，但是卻將自己的想法隱身於文本後，此種欲言又止的敘事方式，呈現出一種感情及人生極度狀態的象徵表達，同時使敘述接受者產生對應的強烈感受。存在主義學者弗蘭克（Viktor E .Frankl, 1905～1997）曾說：「人是『有限』的，因此他的自由也受到限制。但是人並非具有脫離情境的自由，而是面對各種情境時，他有採取立場的自由。」〔註52〕不論是喜劇或是悲劇，從這些女性敘事中，我們確實可以透過紀昀的筆觸，看到許多不同於當代女性形象的另類特質，或許她們沒有能力脫離外在環境的箝制，但最後都勇敢地選擇以性命換取立場的自由。「他們的痛苦與死亡，在在都證明了一個事實：人最後的內在自由，絕對不可喪失。」〔註53〕由此類故事中，我們可以窺探深埋在紀昀心中，面對禮教窠臼而生的人性掙扎。

布希亞（Jean Baudrillard, 1929～2007）：「操縱的法則就是要同時編織著正面性與否定性的隨機，讓它們互相碰撞且彼此交疊。」〔註54〕由故事中因

〔註51〕〔奧〕維克多・弗蘭克著，趙可式、沈錦惠合譯，《活出意義來　從集中營說到存在主義》，臺北：光啓出版社，2001年3月，頁88。

〔註52〕《活出意義來・從集中營說到存在主義》，頁155～156。

〔註53〕《活出意義來・從集中營說到存在主義》，頁89。

〔註54〕〔法〕尚・布希亞（Jean Baudrillard）著，洪凌譯，《擬仿物與擬象》，臺北：時報文化出版企業股份有限公司，1998年6月，頁42。

性別不同而產生的角色對立關係，製造衝突的場景往往令人印象深刻，《閱微草堂筆記》中，大部分的女性角色並未擁有理所當然的幸福快樂，反而雖是處於被壓迫的框架之下，但仍有像「某女」、「孟村女」……等角色出現，紀昀在文中對女性人物形象，以貼近的敘事手法和同理心的態度，呈現出她們的行爲、想法，雖與整個社會潮流誠然背道而馳，卻仍堅持自己的想法，表現出一種「雖千萬人，吾往矣！」的悲劇人物氣勢。如布希亞所言，創造此類女性形象與男權主流思想相撞擊，使讀者產生共鳴，成爲紀昀作品中少數具有靈魂的獨特女性角色。

　　面對一部文學作品，我們應聚焦在閱讀的過程，而非結果。探討人類生活本質的文學，表現出人間的複雜與多變，不可能忽略現實加諸於眾人的苦難，生命的能量從故事主角面對考驗時顯現。在紀昀筆下有許多的女性敘事呈現對稱或相似圖像。這些女性圖像反覆重現，雖然美麗炫目卻只是某種破碎。這種破碎感不時穿梭其中，引人側目。讀者可藉著這些變化萬千的女性敘事做爲媒介，進一步透見世道人心，更可近看紀昀的瞳孔中，映出當時社會各種光怪陸離的面貌。透過敘述，陌生的創傷性經驗漸漸被收攏到一個我們熟悉的故事原型裡，最後變得看似合理的書寫。經由這樣的過程，創傷性的經驗不再被排斥，而我們得以克服最初的傷痛而繼續存活。

　　《閱微草堂筆記》的女性敘事，是借用現存故事加入虛構的情節，並習慣給予每個女性人物一個過分戲劇性而且不眞實的結局，以此吸引讀者的注意。他將女性的不幸歸咎於命運，這無非是一種透過男性控制女性主體權力的視角下的「合理化」遁詞。於是「生爲女性」變成原罪，「苦媳婦」只有「熬成婆」時，才能脫離苦難，但即使脫離所謂的威權社會的苦海，婆婆對媳婦的壓抑和控制仍舊因襲著男性威權的意識流肆意而爲。這種階級觀念的泥淖，在當時一直無法被扭轉，更成了無解的難題。至此，紀昀的思想是什麼？紀昀思想不就是耽溺在威權社會底層裡，紀昀對自己的人生，對別人的人生，以及決定自己和別人的社會文化教條的反思和批判嗎？這個反思和批判仍脫離不了原來的禮教窠臼。

　　當然，在這個反思質疑和批判的過程中，紀昀大量地借鑒了古今賢人德士的思想，並且大膽的加入自己與時不同的見解，使讀者在閱讀《閱微草堂筆記》文本時可以有不同的思考角度。只是在紀昀企圖以敘事方式改變世俗價值觀，彰顯人性品鑒美好的同時，不也是另一種威權的表現，站在文本創

作者的地位決定是非、真理為何，文本中隨處可見紀昀憑藉掌握絕對的發言權告訴敘述接受者何為善行？何又為惡行？在女性的敘事部份，尤其無法跳脫取代父權地位的母權箝制。

《閱微草堂筆記》中所建構的清代平民社會形貌，充斥各種迫害、剝削、歧視及超乎現實的描述，女性又多處於其中的最下層，受盡各種不平的待遇。轉述的故事本就具有虛構的成分，但虛實情境的交錯穿雜，明顯顛倒了紀昀「再現真實」的說法。文本中有許多身份不同的女性，她們變化多端的行事模式讓書中的內容充滿許多變數。隨著小說文類特性及寫作深層機制的改變，讓故事劇情有了不同的轉換。隨著紀昀鋪陳的不同環境、不同類別故事作發展，以文本中的女性人物展現出迥然不同的女性視角及文化意義。

紀昀將個人的女性敘事及時代背景融入《閱微草堂筆記》，使其幻化為生命鏡像，看似老舊平淡的外觀，因時空與不同的讀者心象，可以讓後人窺見文本中各種虛實交錯的女性敘事方式；作者將筆下的女性角色，「轉」成萬花筒內各形各色的人物鏡像。每轉動一次的《閱微草堂筆記》萬花筒，隨著外在光線（視角）的投射，穿過萬花筒中的「品鑒」三稜鏡。我們得以析出各式各樣的對稱、不協調乃至扭曲怪異的女性形貌。讀者透過自我意識流來轉動筒身，自會從不同角度觀看到來自不同社會階層的女性，在紀昀筆下輪轉登台。

第伍章　夢敘事及其儀式

　　《閱微草堂筆記》中約有三百餘篇關於「夢」的敘事〔註1〕，在這些以夢為敘事主體的故事中，夢境形成橫跨虛幻與真實的模糊空間。紀昀以夢敘事為中介或引子，利用虛實互滲的寫作手法鋪陳故事，宣傳思想。紀昀以釋夢者的角度說夢、解夢，並透過釋夢的敘寫過程，將個人的生命經驗與意念，包裹在夢境的敘事儀式中，傳達給讀者。

　　細觀《閱微草堂筆記》的夢敘事，紀昀在「夢因」與「釋夢」頗多著墨。從釋夢中提出疑問，藉夢的迷離幻境，呈現所見聞的世情。由「夢」敘事來瞭解紀昀，應是相當適合的切入點。

　　本章試從三個面向來瞭解紀昀的夢意識：（一）審視《閱微草堂筆記》論及前人占夢文獻的敘事觀點，以透解《閱微草堂筆記》的夢因觀點；（二）借用布雷蒙（Claude Bremond, 1929～1973）的序列（sequence）邏輯概念，以夢的位置和敘事序列，分析夢的敘事結構；（三）以中國傳統夢文化觀點為主軸，兼採醫學及心理學來探析夢敘事的意涵。藉此探究作者的內心世界、特殊的情思和意志。

第一節　《閱微草堂筆記》的夢因敘事

　　文明發展之初，「夢被認為是神為了把自己的意志通知人們最常用的方

〔註1〕　此統計結果，以《閱微草堂筆記》中出現「夢」字的故事為統計依據，審視浙江古籍出版社於 2010 年 1 月出版的《閱微草堂筆記》中，共有 304 篇夢故事。

法。」〔註2〕歷代文人及思想家常以夢作爲符徵，傳達個人的思想、信仰、情感和想像。因此瞭解夢因，將成爲我們解讀作品情境與作者意志的重要線索。

《閱微草堂筆記》的三百餘篇夢敘事裡，先後從《周官》六夢、《列子》〔註3〕的蕉鹿之夢與《世說新語》衛玠問夢等文獻記載中，對夢因的緣由加以探研，與我國歷來的各種夢因文獻密切關涉。本節將根據《閱微草堂筆記》所提及的夢因與釋夢文獻，瞭解紀昀在文本中的夢因分類方式，作爲本章後續探究夢敘事的分類基礎。

一、《閱微草堂筆記》之夢佔溯源

中國先民覺知「夢」因的存在，可追溯至殷商時代。有關占夢與釋夢的歷史亦相當久遠。〈殷人占夢考〉的引言即有：「周禮太卜，掌三夢之源，一曰致夢、二曰綺夢、三曰咸陟。」〔註4〕說明夏、商、周三代不同的致吉夢之法。〔註5〕殷墟出土卜辭裡，就記載中國最早的夢兆，如：

　　壬午卜，王曰貞，又夢。（鐵二六三）

　　庚辰卜，貞多鬼夢，不至因。

　　貞王夢不隹（唯）兄戌。（佚一七四）〔註6〕

最早的夢字，由殷墟出土甲骨文 ﹝甲骨文﹞、﹝甲骨文﹞ 觀之，左旁是一張床，右方則爲一人，以一手指目，躺臥床上代表目有所見。〔註7〕當時占夢，專屬於統治階級所擁有，被視爲神聖的活動，需配合宗教儀式進行，君王每每通過占夢以預測人事吉凶，因此，夢境與夢兆在當時極受重視。所以《詩經・鴻雁之什・無羊》記載：「牧人乃夢，眾維魚矣，旐維旟矣。大人占之：眾維魚矣，實維

〔註2〕　〔法〕列維・布留爾（Lucien Levy Bruhl，1857～1939）著，丁由譯，《原始思維》（primitive mentality），臺北：臺灣商務印書館，2001 年 2 月，頁 49。

〔註3〕　〔戰國〕列御寇撰，《列子》（以《四部叢刊》本《沖虛至德眞經》爲底本，《二十二子》本所輯《世德堂本》爲參校本）。收錄於《四庫家藏》「子部・諸子六九」，濟南：山東畫報出版社，2004 年 9 月。

〔註4〕　胡厚宣著，《甲骨學商史論叢初集》「殷人占夢考」，收錄於《民國叢書》「第一編・82・歷史・地理類」，上海：上海書局，1989 年 10 月，頁一。

〔註5〕　鄭注：「致夢，夏後氏所作；綺夢，商人所作；咸陟者，言夢之皆得，周人作焉。」詳見《十三經注疏》〈周禮・春官〉卷第二十五「占夢」，頁 381。

〔註6〕　胡厚宣著，《甲骨學商史論叢初集》「殷人占夢考」，收錄於《民國叢書》「第一編・82・歷史・地理類」，頁四～八。

〔註7〕　楊健民著，《中國夢文化史》，福建：福建教育出版社，1997 年 9 月，頁 18。

豐年；旐維旟矣，室家溱溱。」〔註 8〕另《詩經‧小雅‧正月》也說：「召彼故老，訊之占夢。」鄭玄則箋曰：「召之不問政事，但問占夢，不尙道德而信徵祥之甚。」〔註 9〕而《楚辭》載有：「昔余夢登天兮，魂中道而無杭。」〔註 10〕「夢」被視爲靈魂出遊的表徵，更是神鬼向世人傳遞訊息的管道，釋夢的觀點也由此而生。先秦時期的夢故事，也因爲與統治者的生活密切相關，而被流傳下來。

回顧先秦典籍，與夢兆有關的記載，以《左傳》〔註 11〕最多，所以《晉書‧藝術列傳》曰：「丘明首唱，敘妖夢以垂文。」〔註 12〕點出「夢」在《左傳》中佔有相當的份量。清代汪中（1745～1794）也提及：「左氏所書，不專人事。其別有五：曰天道、曰鬼神、曰災祥、曰卜筮、曰夢。其失也巫，斯之謂歟？」〔註 13〕書中紀錄相當多與夢及占夢的歷史故事，相當地反映出夢對當時社會的影響力。

《左傳》夢敘事雖然份量最多，但最早針對「夢因」提出分類說明的則是《周禮》。根據《周禮‧春官‧占夢》記載：「占夢，掌其歲時，觀天地之會，辨陰陽之氣，以日月星辰佔六夢之吉凶：一曰正夢，二曰惡夢，三曰思夢，四曰寤夢，五曰喜夢，六曰懼夢。」〔註 14〕文中指出占卜夢境，必須依據四季變化，觀察天地的上下清濁之氣的交會，明辨陰陽順逆的道理，配合日月星辰的位置變遷，預占六種夢象和夢兆所顯示的吉凶禍福。

〔註 8〕　《毛詩正義》卷第十一～二「鴻雁之什‧無羊」。詳見〔漢〕毛亨傳，鄭元箋，〔唐〕孔穎達疏，《十三經注疏‧詩經》（影印清嘉慶二十年阮元重刊宋本十三經注疏本），臺北：藝文印書館，2001 年 12 月，頁 389。

〔註 9〕　《毛詩正義》卷第十二～一「小雅‧正月」。詳見〔漢〕毛亨傳，鄭元箋，〔唐〕孔穎達疏，《十三經注疏》「詩經」，臺北：藝文印書館，2001 年 12 月，頁 399。

〔註 10〕　楊金鼎等編注，《楚辭注釋》「九章‧惜誦」，臺北：文津出版社，1993 年 9 月，頁 310。

〔註 11〕　〔周〕左丘明傳，〔晉〕杜預注，〔唐〕孔穎達疏，《十三經注疏‧左傳》（影印清嘉慶二十年阮元重刊宋本十三經注疏本），臺北：藝文印書館，2001 年 12 月。

〔註 12〕　陸費達總勘，《四部備要‧晉書》卷九十五，臺北：中華書局，1971 年臺二版，頁 1。

〔註 13〕　〔清〕汪中著，《述學》「內篇二‧左氏春秋釋疑」，臺北：廣文書局，1970 年 12 月，內篇二，頁二。

〔註 14〕　〔漢〕鄭元注，〔唐〕賈公彥疏，《十三經注疏‧周禮》〈春官〉卷第二十五「占夢」，頁 381。

六種夢象的原因和道理，分別是：一、正夢，就是日有所思，夜有所夢的結果；二、噩夢，也就是怪奇驚愕的夢境；三、思夢，由思念所引起的夢境；四、寤夢，也就是神智清明，悟道的夢；五、喜夢，即因喜悅而得到的夢境；六、懼夢，也就是因為恐怖懼怕而產生的夢。這六種作夢的原因必須被理解，不能理解的部分也就以前述的夢占卜來問吉凶，判斷禍福。中國後來的夢因敘事，多以此六夢為研究基礎。

先秦時期的占夢文化因與政治結合而興盛，備受統治者推崇。但從秦漢時期，由於政治動亂，占夢儀式開始在民間流傳，地位也不再崇高。班固的《漢書‧藝文志》，即視占夢為迷信之一，將其列在〈術數略〉中的「雜占」類〔註15〕。另外《晉書》更稱占夢為「詳觀眾術，抑惟小道，棄之如或可惜，存之又恐不經。」〔註16〕自此，占夢被視為方術小道，迷信的產物。

東漢王符（約公元85～163）作《潛夫論》，其中卷七〈夢列〉中對夢因的說法，亦多為後人引用。書中將夢因由《周禮》的六種擴至下列十種：「凡夢：有直，有象，有精，有想，有人，有感，有時，有反，有病，有性。」〔註17〕自此夢因中開始加入「病」與「性」的因素。代表釋夢的基礎已逐漸擺脫所謂的神秘力量，轉向探討夢者的生理與心理狀態。此時的古人認為夢因，多是受到現實生活中的想望、修養、節氣、性情、乃至於疾病等影響所致。另外《世說新語》中也記載衛玠（286～312）問「夢因」的故事，文中樂廣主張夢因為「是想」〔註18〕。

唐《酉陽雜俎》中，亦有為數不少的夢故事，《四庫全書總目提要》中，紀曉嵐這樣評價該書：「其書多詭怪不經之談、荒渺無稽之物，而遺文秘籍亦往往錯出其中，故論者雖病其浮誇而不能不相徵引，自唐以來推為小說之翹

〔註15〕　《漢書‧藝文志》〈數術略〉內容又分成天文、歷譜、五行、著龜、雜占、形法六類。其中著龜、雜占被視為迷信的作品。詳見〔漢〕班固著，楊家洛主編《新校本漢書并附編二種》，卷三十〈藝文志第十〉，臺北：鼎文書局，1997年10月。

〔註16〕　〔唐〕房玄齡撰，《晉書》卷九十五〈列傳第六十五‧藝術傳〉，臺北：鼎文書局，1976年10月。

〔註17〕　〔東漢〕王符撰，〔清〕汪繼培箋，《潛夫論箋》〈夢列篇〉，臺北：世界書局，1975年11月，頁132。

〔註18〕　〔南朝宋〕劉義慶撰，〔南朝梁〕劉孝標注，余嘉錫箋疏，周祖謨、余淑宜、周士琦整理，《世說新語箋疏》「文學第四」，上海：上海古籍出版社，1996年8月，頁203。

楚」〔註19〕，在〈卷二十一・灤陽續錄（三）〉〔註20〕中，紀昀即舉書中夢故事為例，佐證自己對夢因的看法。

到了宋朝，邵雍（1011～1077）纂輯《夢林玄解》。針對釋夢儀式也有相關記載：「自人有夢，不能無占，夢占之說非於軼近，蓋自隆古聖王，亦已作圖列職，其所從來遠矣。」〔註21〕承繼先賢理念，全書針對夢因到占夢、釋夢的過程與原則分析說明。何棟如的序曰：「一夢占，一夢禳，一夢原，一夢徵。蓋謂無占，是無以知休咎也；而無禳，猶無以辟不祥也；無原，是無以探本原也；而無徵，猶無以決信從也。」〔註22〕清楚將夢因與釋夢的關聯區分成夢占、夢禳、夢原及夢徵四類。

〈卷十三・槐西雜志（三）〉曰：「《列子》謂蕉鹿之夢，非黃帝孔子不能知。」〔註23〕《列子・周穆王卷第三》除延續《周官》六夢的「夢因」說法外，亦有將「夢」視為病徵的記載，〔註24〕與中醫典籍《黃帝內經》中〈素問〉與〈靈樞〉兩篇說法近似，書中將夢與生理變化相互串聯，在此夢因與夢象被視為人體生理變化的表徵。如《黃帝內經・素問・脈要精微論篇》曰：

> 是知，陰盛則夢涉大水恐懼，陽盛則夢大火燔灼，陰陽俱盛則夢相
> 殺毀傷。上盛則夢飛，下盛則夢墮。甚飽則夢予，甚飢則夢取。肝
> 氣盛則夢怒，肺氣盛則夢哭。短蟲多則夢聚眾，長蟲多則夢相擊毀
> 傷。〔註25〕

此處記載多種因生理變化導致的夢象，供醫者參考。醫生問診應該考慮病者的夢境內容，來了解病人的身體狀況。另外《皇帝內經・靈樞・淫邪發夢篇》中也記載一段岐伯為黃帝解說的例子，說明由夢觀察生理健康的方法：

〔註19〕　《欽定四庫全書簡明目錄》卷十四「子部十二・小說家類」，頁 1214。

〔註20〕　《閱微草堂筆記》〈卷二十一・灤陽續錄（三）〉，頁 341。

〔註21〕　〔宋〕邵雍纂輯，〔明〕陳士元增刪，〔明〕何棟如重輯，《夢林玄解》三十四
　　　　卷。收錄於《續修四庫全書》第 1034～1035 冊「子部・數術類」（據上海辭
　　　　書出版社圖書館藏明崇禎刻本影印），頁 602。

〔註22〕　〔宋〕邵雍纂輯，〔明〕陳士元增刪，〔明〕何棟如重輯，《夢林玄解》三十四
　　　　卷。收錄於《續修四庫全書》第 1034～1035 冊「子部・數術類」（據上海辭
　　　　書出版社圖書館藏明崇禎刻本影印），頁 605。

〔註23〕　《閱微草堂筆記》〈卷十三・槐西雜志（三）〉，頁 213。

〔註24〕　《四庫家藏》「子部・諸子六九」，頁 275～276。

〔註25〕　〔唐〕王冰編次，〔宋〕高保衡、林億校正，吳潤秋整理，《皇帝內經》「素問
　　　　卷第五・脈要精微論篇第十七」，收錄於《四庫家藏》子部・醫家」，濟南：
　　　　山東畫報出版社，2004 年 9 月，頁 25。

> 陰氣盛，則夢涉大水而恐懼；陽氣盛，則夢大火而燔灼；陰陽俱盛，
> 則夢相殺。上盛則夢飛，下盛則夢墮，甚飢則夢取，甚飽則夢予。
> 肝氣盛，則夢怒；肺氣盛，則夢恐懼、哭泣、飛揚；心氣盛，則夢
> 善笑、恐畏；脾氣盛，則夢歌樂、身體重不舉；腎氣盛，則夢腰脊
> 兩解不屬。凡此十二盛者，至而瀉之，立已。厥氣客於心，則夢見
> 丘山煙火；客於肺，則夢飛揚，見金鐵之奇物；⋯⋯凡此十五不足
> 者，至而補之立巳也。〔註26〕

文中提到「十二盛」與「十五不足」的現象，「盛」則「實」，不足則「虛」，
都會導致不同夢境的發生。人體的陰陽之氣，會直接影響夢境，後來的中國
醫書，如《諸病源候總論》〔註27〕、《千金方》〔註28〕、《內經》〔註29〕等，
在討論夢象與病徵的關係時，亦多採用此觀點。盛與不足、實與虛，身心因
素影響造成夢境中的不同情境，生理變化成了夢因之一，夢與健康、生活等
息息相關。這些觀點不但符合《潛夫論》的「病夢」說法，也影響《閱微草
堂筆記》中的夢敘事。

二、《閱微草堂筆記》的夢因敘事

　　細觀《閱微草堂筆記》中的夢因敘事，多以《周禮》與《潛夫論》爲論
述基礎。如〈卷二十一・灤陽續錄（三）〉中，紀昀以汪守和早年夢見紀昀的
「應夢」爲引言，輔以《周禮》分類夢境的說法，再「以理推求」，對產生夢
境的原因加以論述：

> 按人之有夢，其故難明。⋯⋯戊午夏，扈從灤陽，與伊子墨卿以理
> 推求，有念所專注，凝神生象，是爲意識所造之夢，孔子夢周公是
> 也。有禍福將至，朕兆先萌，與見乎蓍龜、動乎四體相同，是爲氣
> 機所感之夢，孔子夢奠兩楹是也。其或心緒督亂，精神恍惚，心無

〔註26〕〔宋〕史崧重編，胡郁坤、劉志龍整理，《皇帝內經》「靈樞第七卷・淫邪發
　　　　夢第四十三」，收錄於《四庫家藏》子部・醫家」，濟南：山東畫報出版社，
　　　　2004 年 9 月，頁 61～62。

〔註27〕〔隋〕巢元方等奉敕撰，《諸病源候總論》，收錄於《景印文淵閣四庫全書》
　　　　第 734 冊，上海：上海古籍出版社，2002 年 3 月。

〔註28〕〔唐〕孫思邈撰，劉更生、張瑞賢等點校，《千金方》，北京：華夏出版社，
　　　　1993 年 6 月。

〔註29〕〔明〕張景岳等奉敕撰，《類經》，收錄於〔明〕張景岳撰，李志庸編，《張景
　　　　岳醫學全書》，北京：中國中醫藥出版社，1999 年 8 月。

定主，遂現種種幻形，如病者之見鬼，眩者之生花，此意想之歧出
者也。或吉凶未著，鬼神前知，以象顯示，以言微寓，此氣機之旁
召者也。雖變化杳冥，千態萬狀，其大端似不外此。〔註30〕

紀昀先舉《世說新語》中衛玠問樂令，成夢的緣由爲例，說明成夢的原因，
確實是相當難以瞭解。故事接著記載自己與伊墨卿先生以「理」爲基礎，推
求成夢的原因，兩人將夢的成因分成下列四大類：1.日有所思，意識造夢；2.
氣機所感，朕兆禍福；3.意想歧出，病眩生幻；4.氣機旁召，象示言寓。認爲
成夢的原因雖多，卻都可以包含在上述四種中。論說至此，紀昀也將自己對
夢境的分類方法，做個人的獨到見解：

倉卒之患，意外之福，有忽至而不知者，則氣機有時不必感。且天
下之人如恒河沙數，鬼神何獨示夢於此人？此人一生得失，亦必不
一，何獨示夢於此事？且事不可泄，何必示之？既示之矣，而又隱
以不可知之象，疑以不可解之語（如《酉陽雜俎》載夢得棗者，謂
棗字似兩來字，重來者，呼魄之象，其人果死。《朝野僉載》崔湜夢
座下聽講而照鏡，謂座下聽講，法從上來；鏡字，金旁竟也。小說
所說夢事，如此迂曲者不一。），是鬼神日日造謎語，不已勞乎？事
關重大，示以夢可也；而猥瑣小事，亦相告語……不亦褻乎？〔註31〕

在此紀昀對「夢」功能的被濫用提出質疑，以「事不可泄，何必示之？」的
說法，認爲如果任何人、大小事都可藉由夢來傳遞訊息，未免降低夢的莊重
性。紀昀將敘事焦點放在對「釋夢」與「占夢」儀式的討論上，並舉出《酉
陽雜俎》〔註32〕和《朝野僉載》的占夢故事，說明自己認爲故事中鬼神的表
現，確實有悖常理之處。

大抵通其所可通，其不可通者，置而不論可矣。……此類由於記錄
者欲神其說，不必實有是事。凡諸家所占夢事，皆可以是觀之，其
法非大人之舊也。〔註33〕

最後，紀昀提出自己的看法，認爲占夢的說法，只是釋夢者爲增添故事戲劇

〔註30〕《閱微草堂筆記》〈卷二十一・灤陽續錄（三）〉，頁341。
〔註31〕《閱微草堂筆記》〈卷二十一・灤陽續錄（三）〉，頁341。
〔註32〕〔唐〕段成式撰，芮傳明整理，錢杭審閱，《酉陽雜俎》「卷之八・夢」。收錄
　　　於《四庫家藏》「子部・隋唐筆記」，濟南：山東畫報出版社，2004年月，頁
　　　117～119。
〔註33〕《閱微草堂筆記》〈卷二十一・灤陽續錄（三）〉，頁341。

性，而展現創意的寫作手法之一，所以才會說出「由於紀錄者欲神其說，不必實有其事。」依據前述二段的敘述，釋夢者的視角立場，常常左右占夢的結果。當釋夢者以測字方式臆測夢的意義，或是造夢者與釋夢者同時能對夢做出解釋，夢的意涵也就可以被確立了，但是對於夢的徵驗部份，紀昀還是存有疑慮。

對夢的表象成因與驗證，紀昀提出諸多疑問，希望「以理推求」合理的夢因，可惜他並沒有針對推理的立論多做說明，面對無法說明的夢驗結果，也以「其不可通者，置而不論可矣。」的「不解解之」的說法帶過。在《閱微草堂筆記》中的夢故事，幾乎都與神靈信仰、神話、葬禮儀式、崇拜儀式、先民占卜感應的巫術等緊密結合，所以與其說此結論是個人推理的產物，不如將其視為集體信仰所致，更為合適。

第二節　《閱微草堂筆記》的夢敘事分析

《閱微草堂筆記》的敘事多是形式簡潔的筆記作品，其夢故事也常以粗陳梗概的方式簡略介紹人物，甚至刻意忽略細節的描寫，將內容描述聚焦在「夢」與發生的事件身上。本節借用布雷蒙的邏輯序列概念，透過分析《閱微草堂筆記》夢敘事的序列關係，來呈現「夢」事件裡的組合型態，分析其中的敘述循環。藉此瞭解其敘述手法，從「夢」的中介性探析隱身在作品背後的創作意念。

一、夢敘事的序列邏輯理論

布雷蒙承繼普羅普（Vladmir Prop, 1895～1970）《故事形態學》的思想：「功能指的是從其對於行動過程意義角度定義的角色行為。」〔註34〕將事件或動作的功能視為其敘述的最小單位，並針對普羅普敘事的邏輯性不足部分加以改良，提出序列理論。而序列理論又可略分為基本序列與複合序列兩種類型：

（一）基本序列

一組基本序列由三個行動功能組合而成。三個功能組成的序列，功能與功能間存在著緊密的邏輯關係：

〔註34〕　〔俄〕弗拉基米爾·雅可夫列維·普羅普著，賈放譯，《故事形態學》，北京：中華書局，2006年11月，頁18。

1. 情況形成：以將要發生的事件或行動為第一個功能，表示可能發生的變化。
2. 行動：以進行中的事件或行動為一個功能，讓這個可能變化成為事實。
3. 達到目的：以事件結果為一個功能結束過程。

這些功能並非只有被導向單一功能的可能性，而是出現兩種選擇，使故事被導向完全不同的發展，所以這三個功能不一定都會發生。首先，情況形成，卻未採取行動，故事即在此終止；再來，即使選擇採取行動；也會有兩種結果，可能成功，也可能失敗。上述即為敘事的基本序列，事件的可能性如下圖所示：〔註35〕

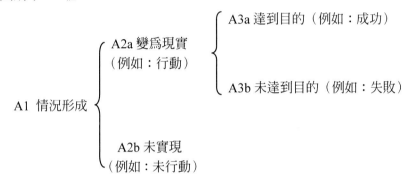

A1 提供了一種情形，可能形成 A2a 與 A2b 兩種面向；若沿 A2a 成真的模式發展，則又會衍生出 A3a 與 A3b 兩種可能的結果。

（二）複合序列

複合序列是由上述基本序列，進一步加以不同的組合方式，以繁衍出不同的敘事循環。分別是：

1. 首尾連續式：即序列 A 的結果同時是序列 B 的開端。
2. 中間包含式：從序列 A 中的功能中，又展開另一個序列 B。
3. 左右並連式：序列 A 與序列 B 實為一體，只不過是由不同的角度所呈現出來的不同序列。VS.（versus）用來表示兩種序列所持有的相反角度，上述三類如下圖所示：〔註36〕

〔註35〕〔法〕布雷蒙（Claude Bremond）著，張寅德譯，〈敘述可能之邏輯〉，收於張寅德編選《敘述學研究——法國現代當代文學研究資料叢刊》，北京：中國社會科學出版社，1989 年 5 月，頁 176～187。

〔註36〕傅修延著，《講故事的奧秘——文學敘述論》，南昌：百花洲文藝出版社，1993年 1 月，頁 77。

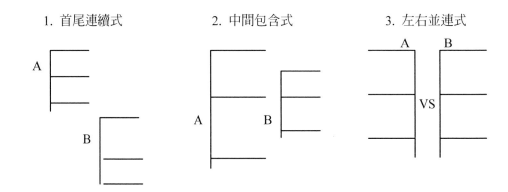

1. 首尾連續式　　　　2. 中間包含式　　　　3. 左右並連式

　　上述是基本序列與其所衍生出來的複合序列，較適合運用在大篇幅或情節複雜的敘事，反觀基本序列邏輯則適合用來分析精巧短篇故事。利用夢敘事來擴展故事的進行方向，將夢置於故事的首、中、尾，各有其不同的意涵，《閱微草堂筆記》的夢敘事就有類似的組合形式。

二、《閱微草堂筆記》的夢敘事分析

　　《閱微草堂筆記》的夢是改變故事行進方向的主要力量，以上述的三種情形，配合布雷蒙的序列理論分析夢敘事，這有助於瞭解以「夢」作為主要功能的敘事結構中，「夢」所寓含的意義與價值。依夢的結構位置來分，可分為置於故事之首，稱做「導引夢」；置中的「中介夢」和置於故事結尾的「結尾夢」。

（一）導引夢

　　夢境置首，導引出故事的主要情節，並衍生後續的影響與結果，即為此類故事特徵。故事由夢境而生，夢在此擁有主導故事情節的力量，直接預言事件的結果，具有前後呼應的特色。

　　《閱微草堂筆記》中的兆夢與占夢故事多為此類。以〈卷九‧如是我聞（三）〉〔註37〕中記載侄兒汝備的故事為例，為夢者夢見別人對自己吟詩，最後亦在真實生活得到驗證的故事：

　　　　亡侄汝備，字理含，嘗夢人對之誦詩，醒而記其一聯曰：「草草鶯花
　　　　春似夢，沉沉風雨夜如年。」以告余。余訝其非佳讖，果以戊辰閏
　　　　七月夭逝。後其妻武強張氏，撫弟之子為嗣，苦節終身，凡三十餘

<hr />

〔註37〕　《閱微草堂筆記》〈卷九‧如是我聞（三）〉，頁119。

年，未嘗一夕解衣睡。至今婢媼能言之。乃悟二語爲嬬閨獨宿之兆
也。〔註38〕

此處，夢者爲紀昀的姪兒紀汝備。紀昀採取直接簡述的方式，回憶並記錄下
三十多年前亡侄生前的夢境。並藉由夢兆與夢應的順時敘事，將夢中詩文「草
草鶯花春似夢，沉沉風雨夜如年。」歸類爲不祥的讖夢。紀昀在此運用「果」
字，配合肯定的語氣鋪陳敘述，以內容對照夢應，使夢呈現出神奇的靈驗性，
成爲紀昀見證夢兆的證據之一。分析此處的敘事邏輯，可得到一個核心的基
本序列如下：

> A1 汝備夢到誦悲詩 → A2 作者認爲不祥 → A3 汝備亡，妻終身守寡。
> 　　（造夢）　　　　　　（釋夢）　　　　　　　（應夢）

此爲夢故事中前兆後驗的典型例子。夢者在夢中做詩，釋夢者將夢詩直
接與現實世界的人事作連結做出預言，故事結果一一應驗預言的內容。

另外一則〈卷四・灤陽消夏錄（四）〉中以孫峨山先生爲主角的夢故事，
亦爲導引夢的敘事形式：

> 宋蒙泉言，孫峨山先生嘗臥病高郵舟中，忽似散步到岸上，意殊爽
> 適。俄有人導之行，恍惚忘所以，亦不問。隨去至一家，門徑甚華
> 潔，漸入內室，見少婦方坐蓐，欲退避，其人背後拊一掌，已昏然
> 無知。久而漸醒，則形已縮小，繃置錦襁中，知爲轉生，已無可奈
> 何。……至三日，婢抱之浴，失手墜地，復昏然無知，醒則仍臥舟
> 中。〔註39〕

此故事應爲複合序列結構，可分成三個核心序列。試分析其結構如下：

〔註38〕　《閱微草堂筆記》〈卷九・如是我聞（三）〉，頁119。
〔註39〕　《閱微草堂筆記》〈卷四・灤陽消夏錄（四）〉，頁43。

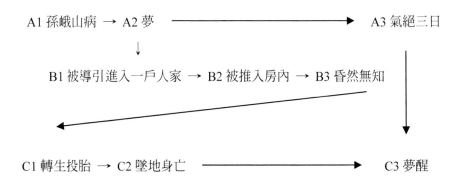

峨山在夢中經歷投胎轉世的歷程，故事從入夢作爲開端，並在夢醒時結束。短短三日，夢境開門見山地直接點出事件的發生也預告改變，延續夢境的釋夢過程，不論預言爲祥或不祥，都具有決定夢應結果的力量。這則夢敘事在形式上呈現了一段完整的茫然生死的經歷，在此紀昀採用了以生夢生、以生夢死的層疊包含的敘事形式，這格形式之中採以夢的虛幻做首，以現世實情接尾的首尾連續序列手法，有如「鬼工毬」般分層精巧，層層引人入勝。

（二）中介夢

夢境置中的夢故事，大多夾在故事的因、果之間。此類夢故事中，夢境成爲連接因與果，人神、陰陽兩界的橋樑，接續原來現實的狀況，具有解釋或是消解前段故事情境的功能。如：〈卷十五‧姑妄聽之（一）〉中：

> 外祖安公，前母安太夫人父也。歿時，家尚盛，諸舅多以金寶殉。……或曰：「是樹幟招盜也。」，亦不省。既而果被發。……一含珠巨如龍眼核，亦裂頤取去。先聞之也，告官。大索未得間，諸舅同夢外祖曰：「吾夙生負此三人財，今取償捕亦不獲。惟我未嘗屠割彼，而橫見酷虐，刃劃斷我頤，是當受報，吾得直於冥司矣。」後月餘獲一盜，果取珠者。……其二盜灼知姓名，而千金購捕不能得，則夢語不誣矣。〔註40〕

紀昀記載一則自己的舅舅們，不接受規勸，厚葬外祖父，造成外祖父屍骨因盜墓受損的故事。由其序列結構分析，此故事具有兩個核心序列，爲首尾連續式敘事結構：

〔註40〕《閱微草堂筆記》〈卷十五‧姑妄聽之（一）〉，頁254～255。

A1 外祖父亡　→　A2 厚葬　→　A3 被毀身盜墓。

B1 外祖託夢，償還三人前世債　→　B2 毀屍身者被捕　→　B3 另兩人逃脫。

外祖父在故事中段部份託夢，交代自己因為前世欠盜墓賊金錢，所以必須償還；但也預告損壞屍骨的盜賊會受到懲罰，結果應夢的故事。故事中段出現的夢境，具備解釋因由的功能，形成人、鬼間溝通的橋樑，並將前後兩個核心序列串聯起來，形成一個完整的因果故事。在 B1 的外祖託夢情節開始，是中間包含式的複合序列，雖說是人鬼溝通的橋樑，卻隱含著某種選擇和決定，作者的寫作意向其實已經在此做了「定向」描寫。

另外，〈卷十·如是我聞（四）〉[註41] 裡，有一則弟弟侵吞亡兄財產，但亡兄不計前嫌，借夢示警救了弟弟一家，感動弟弟，將財產歸還的故事。而同在〈卷十·如是我聞（四）〉[註42] 中，記載崔某因官司敗訴，心中無比憤恨，但亡父入夢，以陰間業鏡的說法，消解他仇恨之心的故事。兩則故事皆為單一核心序列，即：

現狀→夢→結果。

由上述「中介夢」的邏輯分析可知，因為故事人物在開始時的作為，就埋藏了變化的因子。所以夢的出現，帶領主角步向改善或惡化的過程中。故事以夢來塑造變化和轉向，在此「夢」扮演了扭轉的現狀，將後果導引至不同方向的中介力量。讀者可以從這個中介力量預知故事的未來發展或結局。

（三）結尾夢

「結尾夢」代表夢境位在故事的尾端，此類故事較不多見。夢境在此主要具有傳達訊息，乃至統整故事情節混亂的狀況，讓故事圓滿結束的功能。如〈卷十五·姑妄聽之一〉載一縣令，生前對待部下很好，但是死後，部下卻都忘恩負義。縣令夫人因此在棺木前痛哭，結果夢見縣令，消解心中怨恨的故事：

獻縣一令，待吏役至有恩。歿後，眷屬尚在署，吏役無一存問者。

〔註41〕　《閱微草堂筆記》〈卷十·如是我聞（四）〉，頁 140。
〔註42〕　《閱微草堂筆記》〈卷十·如是我聞（四）〉，頁 144。

強呼數人至,皆猙獰相向,非復曩時。夫人憤恚,慟哭柩前。倦而假寐,恍惚見令語曰:「此輩無良,是其本分。吾望其感德,已大誤,汝責其負德,不又誤乎?」霍然忽醒,遂無復怨尤。〔註43〕

以布雷蒙序列形式分析,發現其為具有一個核心序列的基本敘事:

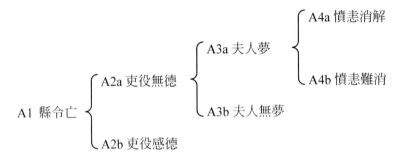

本故事的重點雖然是在講述當時吏役的現實無情,但夢境在此,傳達了「此輩無良,是其本分」的訊息使縣衙夫人認清事實,藉由夢的提醒,使夫人平息心中的怨恨。當然,在故事的影響方面是無法在文本看得到的,不過很清楚可以想像,紀昀或許有藉夢敘事惕勵吏役的寫作意圖。至少,這個夢已經發揮了使故事由混亂回復平靜的功能。

在敘事結構上,A1→A2a→A3a→A4a 的形式,代表了敘事者的某種反省架構;A1→A2b 是主僕兩善,但紀昀似乎對此無所期待;另 A1→A2a→A3b 則屬「兩絕」敘事結構,顯露釋夢者紀昀本人對吏役等人的主觀刻板印象,直接從故事開端就否定改變結果的可能。但是 A1→A2a→A3a→A4b 難免不會發生,在故事中這個恚恨也確實存在著,只是紀昀選擇略過這個情節發展。這意味著此時的夢敘事,具有恩怨兩忘的意志表現,表示在作者心中,藉由縣令的形象傳達,善念由心和不求回報的認知。

另外,〈卷九·如是我聞(三)〉〔註44〕中也記載,因平時馴服的驢忽然不受控制,農家婦迷路至異地,被迫與陌生的乞丐共宿。農婦的丈夫一氣之下,要將驢賣到屠宰場。敘事至此,因為無法解釋的突發事件,呈現混亂的場面。緊接著夢境出現,說明前世因由,農夫驚醒而懺悔,驢子也突然暴斃。夢境在故事最後出現,亦有傳達訊息,平復混亂的功能。

因此,我們可知,在《閱微草堂筆記》的夢敘事中,導引夢多為命定敘

〔註43〕《閱微草堂筆記》〈卷十五·姑妄聽之(一)〉,頁246。
〔註44〕《閱微草堂筆記》〈卷九·如是我聞(三)〉,頁118。

事，預言夢具有決定夢應結果的力量；而中介夢則具備扭轉現狀的力量，勸誡世人須謹慎決定的行動方向。另外結尾夢多具有說明與消解恩怨的功能。三種不同的位置，各自表現出紀昀看待世情的視角。

第三節　釋夢的儀式

夢是作者內心世界的投射，人們如果習慣以某種固定的行為來詮釋夢的內涵，就會形成一種釋夢的儀式：

> 至占夢之說，見於《周禮》，事近祈禳，禮參巫覡，頗為攻《周禮》
> 者所疑。然其文亦見於《小雅》「大人占之」，固鑿然古經載籍所傳，
> 雖不免多所附會，要亦實有此術也。〔註45〕

紀昀對「占夢」的釋夢方式提出個人的見解：占夢者即為夢的「敘述者」，除了依照夢書判斷夢意，更需考慮到夢者的外在環境變化與心理狀態，所以經驗是相當重要的因素之一。在《閱微草堂筆記》中，紀昀將敘述者化身為占夢者，持續強調夢的靈驗，藉此宣揚「神道設教」的理念。以夢的儀式呈現其象徵意涵，夢就開始了某種集體意識。紀昀在《閱微草堂筆記》裡詮釋各種夢境，也是透過某種儀式在進行集體意識的異化表現。

個體心理學家阿德勒（Alfred Adler, 1870～1937）說：「夢是人類心靈創造活動的一部分，假使我們發現出人們對夢有些什麼期待，我們便可以相當準確地看出夢的目的。」〔註46〕對夢者而言，夢境經過釋夢的儀式產生意義，讓造夢者達到慰藉、自我詮釋、情感釋放、……等目的。所以釋夢的功用並非只是要瞭解夢，而是致力於平復人類心理上「本我」與「自我」的矛盾，支持夢者堅定態度，以尋求夢境對夢者的啟示，達到追尋完善人生的價值目的。

本節討論《閱微草堂筆記》以「夢」為母題的各故事，採用〈卷二十一・灤陽續錄（三）〉〔註47〕紀昀談論夢因之言，將夢敘事分成：意識夢、氣機所感之夢、幻形夢、氣機旁召之夢四大類，並分析其原夢與釋夢儀式之間的關聯，冀望以此瞭解作者的釋夢儀式，考量其追求的個人價值所在。

〔註45〕《閱微草堂筆記》〈卷二十一・灤陽續錄（三）〉，頁341。
〔註46〕〔奧〕阿德勒著，黃光國譯，《自卑與超越》，臺北：志文出版社，1996年11月，頁93。
〔註47〕《閱微草堂筆記》〈卷二十一・灤陽續錄（三）〉，頁341。

一、意識夢

「夫爲夢之說者，曰想曰因而已。」〔註48〕佛洛伊德在《夢的解析》第五章〈夢的材料與來源〉中提出：「在每一個夢中，我們都可能發現與前一天（previous day）經驗的接觸點……我將把這一天稱爲『夢日』（dream day）。」〔註49〕

針對此類夢境，〈卷三·灤陽消夏錄（二）〉中也有相關的探討：「有念所專注，凝神生象，是爲意識所造之夢，孔子夢周公是也。」〔註50〕紀昀借狐友之口，提出夢即明鏡，能反映眞實的人性：

> 睡則神聚於心，靈光與陽氣相映，如鏡取影。夢生於心，其影皆現於陽氣中，往來生滅，倏忽變形一二寸小人，如畫圖，如戲劇，如蟲之蠕動，即不可告人之事，亦百態畢露，鬼神皆得而見之。……鬼神鑒察，乃及於夢寐之中。〔註51〕

「你命運的星宿在你自己的胸中，」〔註52〕代表夢境發生的事，相當可能是夢者本身的主觀願望。一旦對人、事、物、欲等有過多的想望，則容易在睡眠中產生夢境。畢竟事情想得多，一旦進入睡眠狀態後，思緒還是會繼續在腦海中翻動，這個現象中外皆然。東漢王符曾云：「人有所思，即夢其到；有憂，即夢其事。」〔註53〕西洋俗諺也有「What you are thinking in the day will come out in your dreams at night.」（日有所思，夜有所夢）的說法。紀昀也曾提及「事皆前定，豈不信然。」〔註54〕即以「命定」立場的角度看待夢敘事。仔細閱讀《閱微草堂筆記》後，發現此類爲數不少的應夢故事中，「夢境」成爲預示想望實現的工具，如〈卷一·灤陽消夏錄（一）〉中記載：

> 景州李露園基塙，康熙甲午孝廉，余僚婿也。博雅工詩，需次日，

〔註48〕〔宋〕邵雍纂輯，〔明〕陳士元增刪，〔明〕何棟如重輯，《夢林玄解》三十四卷。收錄於《續修四庫全書》第 1034～1035 冊「子部·數術類」（據上海辭書出版社圖書館藏明崇禎刻本影印），頁 618。

〔註49〕〔奧〕西格蒙德·佛洛伊德（Sigmund Freud）著，孫名之譯，《夢的解析》，臺北：貓頭鷹出版社，2002 年 5 月，頁 116～117。

〔註50〕《閱微草堂筆記》〈卷二十一·灤陽續錄（三）〉，頁 341。

〔註51〕《閱微草堂筆記》〈卷三·灤陽消夏錄（三）〉，頁 39。

〔註52〕〔瑞士〕卡爾·古斯塔夫·榮格（Carl Gustav Jung）著，馮川、蘇克譯，《心理學與文學》，臺北：久大文化股份有限公司，1990 年 10 月，頁 26。

〔註53〕《潛夫論》「夢列第二十八」，頁 133。

〔註54〕《閱微草堂筆記》〈卷一·灤陽消夏錄（一）〉，頁 10。

　　夢中作一聯曰：「鸞翮毿中散，蛾眉屈左徒。」醒而不能自解。後得

　　湖南一令，卒於官，正屈原行吟地也。〔註55〕

此則故事簡單紀錄，一名舉人在未得到官職前，先在夢中做了一個聯句，出現嵇康與屈原。雖然當時不瞭解句中的意思為何，但卻在真實生活中得到應驗，如願得到官職，也如聯中所預示，死在當年屈原被放逐之地的故事。

　　上述故事是夢者自己的創作聯句，詩句中暗示夢者的企圖與想望，所以結果與詩句內容相符，可說是夢者努力的成果。另在〈卷十二・槐西雜志（二）〉裡，也記載一則與意識造夢有關的故事：

　　龐雪崖初婚日，夢至一處，見青衣高髻女子，旁一人指曰：「此汝婦

　　也。」醒而惡之。後再婚殷氏，宛然夢中之人。故《叢碧山房集》

　　中有悼亡詩曰：「漫說前因與後因，眼前業果定誰真？與君琴瑟初調

　　日，怪煞箜篌入夢人。」記此事也。〔註56〕

故事主人翁龐雪崖新婚，因為自己的妻子不是夢中的模樣，所以嫌惡自己的妻子，並且另娶她人。但前妻死後，或許是良心不安，在為前妻作的悼亡詩中，將一切歸咎於夢，並流露出悔恨之意的故事。此處的夢境，應是由主角龐生的「想」念而生，即意識的表現，與命運無關。所謂的「夢」在此化身成代罪羔羊的角色，夢境也變成屈從於慾望者的最佳藉口。就如同《夢的解析》中，佛洛伊德說：「夢在展示它們欲望的滿足時往往是不加掩飾的。」〔註57〕由「怪煞箜篌入夢人。」一句，我們看到主角托夢行事的表現，舉前人「箜篌入夢」的例子，作為合理化自己行為的藉口。

　　魯迅曾說：「作夢，是自由的，說夢，就不自由。作夢，是作真夢的，說夢，就難免說謊。」〔註58〕以此論點觀看文本中描述的夢象，我們觀察到紀昀在此處的敘事焦點並非是夢境，而是針對夢者自身遇事卸責的態度加以評論，直指釋夢者面對夢境抱持的立場，才是左右解讀夢兆方向的關鍵。

　　回顧《閱微草堂筆記》夢敘事中，我們也可找到與此說法相呼應的例子，如〈卷九・如是我聞（三）〉中，記載出生書香門第的方俊官，因為一

<hr>

〔註55〕　《閱微草堂筆記》〈卷一・灤陽消夏錄（一）〉，頁8。

〔註56〕　《閱微草堂筆記》〈卷十二・槐西雜志（二）〉，頁189。

〔註57〕　〔奧〕西格蒙德・佛洛伊德著，孫名之、顧凱華、馮華英譯，《夢的解析》，
　　　　北京：國際文化出版公司，2007年3月，頁125。

〔註58〕　魯迅著，《南腔北調集》「一九三三年・聽說夢」，收錄於《魯迅全集》第四卷，
　　　　北京：人民文學出版社，1998年12月，頁467。

個夢境，被引誘成為伶人的故事。其中倪餘疆即引用《世說新語》中樂廣的說法：「衛洗馬問樂令夢，樂云：『是想汝。』〔註 59〕殆積有是想，乃有是夢；既有是想是夢，乃有是墮落。果自因生，因由心造，安可委諸夙命耶？」〔註 60〕認為夢境的產生，是因為方俊官本人有這樣的想法，與命運無關。

另外〈卷五・灤陽消夏錄（五）〉中，羅仰山的故事，亦為想夢的實例之一：

> 羅仰山通政，在禮曹時，為同官所軋，動輒掣肘，步步如行荊棘中，性素迂滯，漸恚憤成疾。一日，鬱鬱枯坐，忽夢至一山，花放水流，風日清曠，覺神思開朗，壘塊頓消。……羅具陳所苦。老翁太息曰：「此有夙因，君所未解。……大抵無往不復者，天之道；有施必報者，人之情。既已種因，終當結果。其氣機之感，如磁之引鐵，不近則已，近則吸而不解；其怨毒之結，如石之含火，不觸則已，觸則激而立生。其終不消釋，如疾病之隱伏，必有驟發之日；其終相遇合，如日月之旋轉，必有交會之纏。然則種種害人之術，適有自害而已矣。吾過去生中，與君有舊，因君未悟，故為述憂患之由。君與彼已結果矣，自今以往，慎勿造因可也。」羅瀟然有省，勝負之心頓盡。數日之內，宿疾全除。〔註 61〕

故事一開始，以「為同官所軋，動輒掣肘，步步如行荊棘中，性素迂滯，漸恚憤成疾。」描述主角羅仰山因為無法擺脫現實生活的困境，導致憂憤成疾，為夢因提供背景與線索。緊隨其後的夢故事分成兩階段進行：其一為「忽夢至一山，花放水流，風日清曠，覺神思開朗，壘塊頓消。」此時夢境暗示夢帶領造夢者離開困境。

第二段故事由夢中老翁請羅仰山進入茅屋相談開展，此處的老翁，擔任將羅仰山由現實導引入潛意識的媒介角色，呈現出智慧老人（the Wise Old Man）的原型。「夢中的他，可能扮成巫師、醫生、僧侶、老師、祖父，或其他任何有權威的人。每當主角面臨絕境，除非靠睿智與機運無法脫困時，這位老人便出現。主角往往由於內在或外在的原因，力有未逮，智慧便會以人

〔註 59〕 《世說新語箋疏》「文學第四」，頁 203。
〔註 60〕 《閱微草堂筆記》〈卷九・如是我聞（三）〉，頁 117。
〔註 61〕 《閱微草堂筆記》〈卷五・灤陽消夏錄（五）〉，頁 56。

的化身下來幫助他。」〔註62〕文學作品中有無數這樣的例子，尤其當主角遊地獄或夢遊時，指點他的都是這位老人。〔註63〕

周禮六夢中的「思夢」，也是《潛夫論》十夢中的「想夢」，兩者皆認為夢境內容是由生活與生理現象共同作用的結果。因此羅仰山夢中的老翁，或許只是夢者本身「超我」的幻形，將困擾自我多日的所思所想，以化零為整的反芻方式，呈現其內心求解脫的想望。一念之間，夢境解開病者的心結，展現自體療癒的功用。

二、氣機感夢

在《閱微草堂筆記》中，「夢」故事幾乎都具有靈驗的特質，而且與現實世界的社會現況互滲聯結。「有禍福將至，朕兆先萌，與見乎蓍龜、動乎四體相同，是為氣機所感之夢，孔子夢奠兩楹是也。」〔註64〕在夢中經歷的境象，經若干日之後，卻與發生的事情相符。從內容與形式觀察，夢象與預兆兩者相符無礙。即王符所說：「先有所夢，後無差忒，謂之直。」〔註65〕此類夢境多為直夢。在此筆者以上述紀昀所言：「有禍福將至，朕兆先萌」為分類依據，將此類夢敘事再分成致福、致禍兩部份，加以探討。

（一）致福之夢

〈卷十七・姑妄聽之（三）〉記載一則找替身的縊死鬼，卻巧遇恩人遇鬼，因此救了恩人一命的故事：

> 從姪秀山言，奴子吳士俊嘗與人鬥，不勝，恚而求自盡。欲於村外
> 覓僻地，甫出柵，即有二鬼邀之。一鬼言投井佳，一鬼言自縊更佳，
> 左右牽掣，莫知所適。俄有舊識丁文奎者從北來，揮拳擊二鬼遁去，
> 而自送士俊歸。士俊惘惘如夢醒，自盡之心頓息。文奎亦先以縊死
> 者。蓋二人同役於叔父栗甫公家。文奎歿後，其母嬰疾困臥，士俊
> 嘗助以錢五百，故以是報之。此余家近歲事，與《新齊諧》所記鍼

〔註62〕卡爾・古斯塔夫・榮格著，馮川、蘇克譯，《心理學與文學》，臺北：久大文化股份有限公司，1990 年 10 月，頁 59。

〔註63〕張漢良著，《比較文學理論與實踐》，臺北：東大圖書股份有限公司，2004 年 1 月，頁 176～177。

〔註64〕《閱微草堂筆記》〈卷二十一・灤陽續錄（三）〉，頁 341。

〔註65〕〔漢〕王符撰，〔清〕汪繼培箋，《潛夫論箋》「夢列篇」，臺北：世界書局，1975 年月，頁 133。

> 工遇鬼略相似，信鑿然有之。而文奎之求代而來，報恩而去，尤足
> 以激薄俗矣。〔註66〕

作者以吳士俊爲例，傳達「善有善報」的爲善理念。縊死鬼丁文奎爲報恩，
打敗兩鬼，救回恩人性命。敘述前段爲夢故事，以記錄事件爲主要內容，一
直線的敘述手法簡明扼要，沒有浪費隻字片語在事件以外的事物上。文字堆
砌的夢境，創造一個實構世界的生者與虛幻空間的亡者交流的場域。但是爲
了交代事件的前因後果，在故事的後半段，針對吳士俊與丁文奎之間的關係
加以補充說明。最後，紀昀甚至以「余家近歲事」的說法，由紀錄者變身爲
敘述者，用「信鑿然有之」，使故事的眞實性更加具有說服力。類似的情節，
也出現在〈卷十八・姑妄聽之（四）〉王發的故事中：

> 奴子王發，夜獵歸。月明之下，見一人爲二人各捉一臂，東西牽曳，
> 而寂不聞聲。疑爲昏夜之中，剝奪衣物，乃向空虛鳴一銃。……婦
> 云：「姑命晚餐作餅，爲犬銜去兩三枚。姑疑竊食，痛批其頰。冤抑
> 莫白，癡立樹下。俄一婦來勸：『如此負屈，不如死。』猶豫未決，
> 又一婦來慫慂之。恍惚迷瞀，若不自知。遂解帶就縊，二婦助之。
> 悶塞痛苦，殆難言狀，漸似睡去，不覺身已出門外。……忽霹靂一
> 聲，火光四照，二婦驚走。我乃得歸也。」……然則救人於死，亦
> 招欲殺者之怨，宜袖手者多歟？此奴亦可云小異矣。〔註67〕

夢者因王發被救，而王發與夢者素昧平生，雖因救人招來怨恨，正義之心還
是沒有動搖，相當難得，可惜未得到紀昀的讚美，只是說他的行爲與大部分
的人不同。其中「宜袖手者多歟」的「宜」字，與「小異」的結論，透露出
作者心中似乎另有主張。丁文奎報恩救人是正當的行動；而王發面對素昧平
生陌生人落難，採取見義勇爲的行爲，反而引起紀昀的疑慮。紀昀在此表現
不同的分析立場，期間差異產生的原因，相當啓人疑竇，只可惜故事簡短，
無法得知箇中因由。

（二）致禍之夢

中國的「反夢」敘事，最早出現在《莊子・齊物論》：「夢飲酒者，旦而
哭泣；夢哭泣者，旦而田獵。」〔註68〕「反夢」之名，則首見於《潛夫論・

〔註66〕《閱微草堂筆記》〈卷十七・姑妄聽之（三）〉，頁282。
〔註67〕《閱微草堂筆記》〈卷十八・姑妄聽之（四）〉，頁302。
〔註68〕楊柳橋著，《莊子譯詁》〈齊物論〉，臺北：書林出版有限公司，1995年8月，
　　　　頁50。

夢列》：「晉文公於城濮之戰，夢楚子伏己而鹽其腦，本大惡也。及戰，乃大勝。此謂極反之夢也。」〔註69〕以此審視《閱微草堂筆記》，亦可發現類似的「反夢」例子，如〈卷七‧如是我聞（一）〉記載一則亡魂經歷多年，且離鄉萬里，終於尋找到兇手，且順利報仇的故事：

> 烏魯木齊遣犯劉剛，驍健絕倫，不耐耕作，伺隙潛逃。至根克忒，將出境矣。夜遇一叟，曰：「汝遁亡者耶？前有卡倫（卡倫，戍守瞭望者，克之地也。），恐不得過，不如暫匿我室中，候黎明耕者畢出，可雜其中以脫也。」剛從之。比稍辨色，覺恍如夢醒，身坐老樹腹中，再視叟，亦非昨貌，諦審之，乃夙所手刃棄屍深澗者也。錯愕欲起，邏騎已至，乃弭首就擒。〔註70〕

這可說是另一則典型的「因果」故事。故事開始的敘事手法，與前述羅仰山有諸多相似之處，一樣是有老翁出現，並引至屋中。紀昀以「比稍辨色，覺恍如夢醒」，讓夢故事在此之後迅速往不同的方向進行。冤魂幻形成叟，當亡者回復被害者原形時，逃犯劉剛也由夢境回到現實，並被困於樹中。

犯罪者由禍轉福的夢境，對照現實生活中的由福轉禍處境，即夢象的內容跟後來現實的轉變間，形成彼此相反的關係。此處的「反兆」成為表現紀昀支持善惡報應的重要論證之一。

此部份論述的說法，與《左傳‧昭公七年》中一段關於鄭人夢到伯有鬼魂故事的記載有異曲同工之妙：

> 鄭人相驚以伯有，曰「伯有至矣」，則皆走，不知所往。……人生始化曰魄，既生魄，陽曰魂。用物精多，則魂魄強。是以有精爽至於神明。〔註71〕

故事中記載有伯的鬼魂入他人之夢復仇的故事，令大家子產也對此提出「靈魂不滅」的說法，主張人是由肉體與魂魄共組而成，所以肉體雖然死亡，但是魂魄依然存在，自然可以來去自如。此外〈卷十六‧姑妄聽之（二）〉中，也有一則「反夢」的例子：

> 從孫樹寶，鹽山劉氏甥也，言其外祖有至戚，生七女皆已嫁。中一婿夜夢與僚婿六人，以紅繩連繫，疑為不祥。會其婦翁歿，七婿皆

〔註69〕　《潛夫論》〈夢列第二十八〉，頁133。
〔註70〕　《閱微草堂筆記》〈卷七‧如是我聞（一）〉，頁96。
〔註71〕　〔周〕左丘明傳，〔晉〕杜預注，〔唐〕孔穎達疏，《左傳》，收錄於《十三經注疏‧左傳》卷第四十四，頁763～764。

赴弔，此人憶是靈夢，不敢與六人同眠食。偶或相聚，亦稍坐即避
出。怪詰之，具述其故，皆疑其別有所嗛，托是言也。一夕，置酒
邀共飲，而私鍵其外戶，使不得遁。突殯宮火發，竟七人俱燼。乃
悟此人無是夢則不避六人，不避六人則主人不鍵戶，不鍵戶則七人
未必盡焚。神特以一夢誘之，使無一得脫也。此不知是何夙因？同
爲此家之婿，同時而死，又不知是何夙因？七女同生於此家，同時
而寡，殆必非偶然矣。〔註72〕

故事主人翁因爲夢見與其他六名連襟，被紅繩繫在一起，醒來後懷疑是不祥
的預兆，後來因爲岳父去世，所以七人聚在一起。雖然他將夢境告知大家，
但是沒人相信他。後來，靈堂失火，七人竟然眞的全部被燒死，「殆必非偶然
矣」。紀昀在此以「神特以一夢誘之，使無一得脫也。」命定論解釋，使夢境
就如同詛咒的繩索一般，將這一家女婿們的命運緊緊地纏繞在一起，無法逃
脫。在此紀昀以主角心中的不安爲主軸解釋夢境，「夫占夢必謹其變，故審其
徵候，內考情意，外考王相，吉凶之符，善惡之效，庶可見也。」〔註73〕說
明釋夢時，需參酌夢者內心的因素一併考慮，較爲恰當。

《閱微草堂筆記》中，除上述以「反說」手法寫作的致禍夢敘事外，當
然也有「直驗」夢敘事。如〈卷九・如是我聞（三）〉，記載獻縣大盜李金梁、
李金桂兄弟，夢見亡父勸告應盜亦有道，否則禍不遠矣！一年後，兩人果然
應夢伏法。〔註74〕〈卷十五・姑妄聽之（一）〉中，一名游士，也夢到神諭其
「惡貫將滿，當伏天誅」，雖然到寺廟求懺悔，仍然死於雷擊。〔註75〕……等
等，這些夢中的預言，經由紀昀的文字轉述，在書中一一得到驗證。

三、幻形夢

〈卷二十一・灤陽續錄（三）〉曰：「其或心緒瞀亂，精神恍惚，心無
定主，遂現種種幻形，如病者之見鬼，眩者之生花，此意想之歧出者也。」
〔註76〕即指不只疾病會產生夢境，不同的心情也會產生各式夢境，如恐怖、
悲哀、驚悸而作惡夢，喜悅歡欣而作吉祥之夢等，即屬於這一類。此類夢

〔註72〕 《閱微草堂筆記》〈卷十六・姑妄聽之（二）〉，頁 262。
〔註73〕 《潛夫論》〈夢列第二十八〉，頁 135。
〔註74〕 《閱微草堂筆記》〈卷九・如是我聞（三）〉，頁 120。
〔註75〕 《閱微草堂筆記》〈卷十五・姑妄聽之（一）〉，頁 254。
〔註76〕 《閱微草堂筆記》〈卷二十一・灤陽續錄（三）〉，頁 341。

敘事，對魂與夢之間的關聯，多所著墨。傅正谷在《中國夢文化》中也說：
「夢魂指入夢之魂，它可以是生魂，也可以是死魂，因爲人活著時離形之
魂可以成夢，人死後離形之魂也可以入夢、托夢，在夢中顯靈。」〔註 77〕
在此，在此筆者依據傅正谷先生的說法，將此類夢敘事分成生魂、死魂兩
類，加以探討。

（一）生魂

　　「人活著時離形之魂可以成夢。」〔註78〕《原始思維》一書，也提出：「在
同一時刻裡，他既認爲自己是作爲一個有生命有意識的個人而實際存在著，
又認爲自己是作爲一個可以離開身體而以『幻象』的形式出現的單獨的靈魂
而存在著。」〔註 79〕此處的『幻象』即是以生魂的形式存在，對照此處的生
魂敘事。在〈卷十五・姑妄聽之（一）〉中，即記載一則魂離開肉身，在夢中
與鄰人巧遇，發生生魂與生者對談的敘事：

> 魂與魄交而成夢，究不能明其所以然。先兄晴湖，嘗詠高唐神女事
> 曰：「他人夢見我，我固不得知；我夢見他人，人又烏知之？……奴
> 子李星，嘗月夜村外納涼。遙見鄰家少婦，……詰屈行，顛躓者再。
> 知其迷路，乃遙呼曰：「幾嫂深夜往何處？迤北更無路，且陷淖中矣。」
> 婦回頭應曰：「我不能出，幾郎可領我還。」急赴之，已無睹矣。知
> 爲遇鬼，心驚骨栗，狂奔歸家。乃見婦與其母坐門外牆下，言：「適
> 紡倦睡去，夢至林野中，迷不能出。聞幾郎在後喚我，乃霍然醒。」
> 與星所見一一相符。蓋疲苶之極，神不守舍，眞陽飛越，遂至離魂。
> 魄與形離，是即鬼類，與神識起滅自生幻象者不同。故人或得而見
> 之。獨孤生之夢游，正此類耳。〔註80〕

紀昀在此以兄弟紀晴湖的詩「他人夢見我，我固不得知；我夢見他人，人又
烏知之？」爲引，論述魂魄與夢之間的關係。並對此敘事中生魂出現的原因，
提出個人的見解，即「疲苶之極，神不守舍，眞陽飛越，遂至離魂。」〔註81〕

〔註77〕　傅正谷著，《中國夢文化》，北京：中國社會科學出版社，1993 年 9 月，頁 197。
〔註78〕　楊健民著，《中國夢文化史》，福建：福建教育出版社，1997 年 9 月，頁 197。
〔註79〕　路先・列維布留爾（Lucien Levy-Bruhl）著，丁由譯，《原始思維》，臺北：臺
　　　　灣商務印書館，2001 年 2 月，頁 18。
〔註80〕　《閱微草堂筆記》〈卷十五・姑妄聽之（一）〉，頁 256。
〔註81〕　此處紀昀應是承繼《莊子・齊物論》的說法：「苶然疲役，而不知其所歸。」
　　　　詳見《莊子譯詁》〈齊物論〉，頁 29。

也就是因爲太過疲倦造成魂魄離開肉身，變成四處遊蕩的生魂，相當危險。
奴子李星的出現，適時爲生魂導引方向。

　　紀昀在此處的敘事加入相當分量的對白內容，將講述與對白互滲，即講
述與展示（showing）並用。「這種方式讓敘述流露出客觀、眞實與親切感，使
讀者不覺得是面對一個全知全能的上帝，而是與自己相類似，同樣具有局限
性的人，如此將提高讀者閱讀的積極性。」〔註 82〕經由此種對話的過程，使
讀者產生身歷其境的感受。此外〈卷八·如是我聞（二）〉中也記載一則生魂
的故事：

> 滄州牧王某，有愛女嬰疾沉困。家人夜入書齋，忽見其對月獨立花
> 陰下，悚然而返，疑爲狐魅托形，嗾犬撲之，倏然滅跡。俄室中病
> 者曰：「頃夢至書齋看月，意殊爽適。不虞犬至，幾不得免，至今猶
> 悸汗。」知所見乃其生魂也。醫者聞之，曰：「是形神已離，雖盧扁
> 莫措矣。」不久果卒。〔註 83〕

滄州王某之女，因爲身染重病，導致「形神已離」，所以魂魄與肉身分離。旁
人見到生魂的情節，預告死亡的結果。此二則敘事，應都可以「病夢」解釋。
《潛夫論》云：「內病夢亂，外病夢發，百病之夢，或散或集，此謂氣之夢也。」
〔註 84〕《黃帝內經·靈樞》的〈淫邪發夢篇〉云：「正邪從外襲內，而未有定
舍，反淫於藏，不得定處，與營衛俱行，而與魂魄飛揚，使人臥不得安而喜
夢。」〔註 85〕從中醫的角度視之，病夢是由陰陽五行失調，造成人體病變的
夢兆。紀昀在此以生魂的夢敘事，間接證明上述「病夢」的說法。

　　另〈卷十四·槐西雜志（四）〉中，也有一則講述一名與主人相愛的婢女，
生魂離開肉身，等待主人歸來的故事：

> 門人徐通判敬儒言，其鄉有富室暱一婢，寵眷甚至。婢亦傾意向其
> 主，誓不更適。嫡心妒之而無如何。會富室以事他出，嫡密召女儈
> 鬻諸人。……婢自到女儈家，即直視不語，提之立則立，扶之行則
> 行，捺之臥則臥，否則如木偶，終日不動。……如是不死不生者。
> 月餘，富室歸，果與嫡操刃鬥。屠一羊，瀝血告神，誓不與俱生。

〔註 82〕 傅修延著，《講故事的奧秘——文學敘述論》，南昌：百花文藝出版社，1993
　　　　年 1 月，頁 203。
〔註 83〕 《閱微草堂筆記》〈卷八·如是我聞（二）〉，頁 106。
〔註 84〕 《潛夫論》〈夢列第二十八〉，頁 133。
〔註 85〕 《黃帝內經·靈樞》，頁 61。

> 家人度不可隱，乃以實告。急往尼庵迎歸，癡如故，富室附耳呼其
> 名，乃霍然如夢覺。……因言家中某日見某人，某人某日作某事，
> 歷歷不爽。乃知其形去而魂歸也。因是推之，知所謂離魂倩女，其
> 事當不過如斯。特小說家點綴成文，以作佳話。至云魂歸後衣皆重
> 著，尤爲誕謾。著衣者乃其本形，頃刻之間，襟帶不解，豈能層層
> 攏入，何不云衣如委蛻，尚稍近事理乎？〔註86〕

婢女因爲與主人相愛，被女主人賣掉；但是她的魂魄卻離開肉身，成爲生
魂回到家中，等待主人回來。婢女因思念愛人，使「形去而魂歸」，紀昀以
木偶般「如是不死不生者」的外象描述失去魂魄的肉身反應。「夢」在此則
敘事中，成爲生魂離身的媒介。紀昀在敘事的最後作了評點，將其歸類爲
「離魂倩女」故事，並以「誕謾」的說法，對其中「魂歸後衣皆重著」提
出疑慮。

　　《閱微草堂筆記》中以生魂爲敘事主體的夢敘事，此類故事雖然脫離神
鬼致夢的說法，將夢者自身身心的健康狀況視爲夢因；但是，情結鋪陳卻更
加曲折離奇，所以紀昀才在記載相關生魂夢敘事時，寫下：「魂與魄交而成夢，
究不能明其所以然。」〔註87〕表達自己內心對此類敘事的疑問，只有「病夢」
的夢因說法，得到紀昀較大的認同。

（二）死魂

1. 求助

　　「人死後離形之魂也可以入夢、托夢，在夢中顯靈。」〔註88〕在〈卷一・
灤陽消夏錄（一）〉中，就記載一則亡父託夢求助的故事：

> 初維華之父雄於貲，喜周窮乏，亦未爲大惡。鄰村老儒張月坪有女
> 豔麗，殆稱國色，見而心醉。然月坪端方迂執，無與人爲妾理，乃
> 延之教讀。……一日，月坪妻攜女歸寧，三子並幼，月坪歸家守門
> 戶，約數日返。乃陰使其黨，夜鍵戶而焚其廬，父子四人並燼。陽
> 爲驚悼，代營喪葬，且時周其妻女，竟依以爲命。或有欲聘女者，
> 妻必與謀，輒陰沮使不就，久之漸露求女爲妾意。妻感其惠，欲許

〔註86〕　《閱微草堂筆記》〈卷十四・槐西雜志（四）〉，頁231。
〔註87〕　《閱微草堂筆記》〈卷十五・姑妄聽之（一）〉，頁256。
〔註88〕　《中國夢文化》，頁197。

> 之，女初不願，夜夢其父曰：「汝不往，吾終不暢吾志也。」女乃受
> 命。歲餘生維華，女旋病卒。維華竟覆其宗。〔註89〕

此處夢境敘事置於後，具有傳達訊息與說明的功能。張坪月因爲胡維華之父
覬覦女兒的美色，被陷害致死。但是卻託夢給女兒求助，以「汝不往，吾終
不暢吾志也。」要求女兒答應委身維華父作妾，達到報仇的目的。在此，託
夢對故事的結果造成戲劇性轉折的變化，有解釋與說明的作用。和張坪月冤
魂向女求助相類似的故事還有〈卷七‧如是我聞（一）〉〔註90〕裡，記載含冤
而死的湯氏，進入紀昀恩師許南金夢中訴冤的故事。另〈卷十一‧槐西雜志
（一）〉記董曲江參加鄉試借住僧寺時，數次夢到女子向其遙拜、叩額，求能
入土爲安的故事。〔註91〕此數則故事都具有同樣的故事特性，即爲死魂求助
的直驗夢敘事類型。

　　《閱微草堂筆記》中不只記載人託夢求助的故事，〈卷五‧灤陽消夏錄
（五）〉中，記載一隻被士兵偷偷宰殺的羊，化身成迷路的僕人告狀申冤的故
事：

> 六畜充庖，常理也，然殺之過當，則爲惡業。……吉木薩游擊，遣
> 奴入山尋雪蓮，迷不得歸。一夜，夢奴浴血來，曰：「在某山遇瑪哈
> 沁，爲醬食，殘骸猶在橋南第幾松樹下，乞往跡之。」游擊遣軍校
> 尋至樹下，果血污狼藉，然視之皆羊骨。蓋圉卒共盜一官羊，殺於
> 是也。〔註92〕

在此，紀昀以「殺之過當，則爲惡業。」告誡世人。另此類故事的主題明確，
故事一氣呵成，語氣沒有任何遲疑，代表與作者的理念一致。

　　《閱微草堂筆記》中的求助夢，除了上述一鏡到底的敘事型態，另外也
有以內容接續數個不同夢境，生動地表現出主角的心境，隨夢境產生變化過
程的夢敘事。如〈卷二十四‧灤陽續錄（六）〉中，即有一例：

> 梁豁堂言，有客游粵東者，婦死，寄柩於山寺。夜夢婦曰：「寺有屬
> 鬼，伽藍神弗能制也。凡寄柩僧寮者，男率爲所役，女率爲所污。
> 吾力拒，弗能免也，君盍訟於神？」醒而憶之了了，乃焫香祝曰：「我

〔註89〕　《閱微草堂筆記》〈卷一‧灤陽消夏錄（一）〉，頁5。
〔註90〕　《閱微草堂筆記》〈卷七‧如是我聞（一）〉，頁81。
〔註91〕　《閱微草堂筆記》〈卷十一‧槐西雜志（一）〉，頁157。
〔註92〕　《閱微草堂筆記》〈卷五‧灤陽消夏錄（五）〉，頁65。

夢如是，其春睡迷離耶？意想所造耶？抑汝眞有靈耶？果有靈，當三夕來告我。」已而再夕，夢皆然。乃牒訴於城隍。數日無胗響。一夕，夢婦來曰：「訟若得直，則伽藍爲失糾擧，山神社公爲失約束，於陰律皆獲譴。故城隍躊躇未能理。君盍再具牒，稱將詣江西，訴於正乙眞人，則城隍必有處置矣。」如所言，具牒投之。數日，又夢婦來。〔註93〕

故事講述一名婦人，因爲死後受到惡鬼欺凌，數度託夢給陽世的丈夫，向其求助的故事。在此紀昀藉由夢境中陰陽兩隔的夫妻對話，表面敘述陰間官員苟且、怕事的行徑，實則諷諭陽間官員的行徑。亡婦重覆出現在丈夫的類似夢境中，一開始，夫懷疑夢境的眞假，所以在神前祝禱：「果有靈，當三夕來告我。」亡妻三度託夢才取信於主角，甚至爲亡妻寫狀牒，向城隍投訴。在此循序漸進的重夢敘事寫作手法，展現丈夫對夢境由懷疑到信任的內心歷程。

　　清楚記憶下的怪異夢境，大都會引起夢者強烈的好奇心，但是理性思維，還是能將夢境與現實間保持明顯的距離。但此處的夢故事，卻以重複敘寫的形式，演譯主人翁由開始的驚訝、懷疑，然後隨著一個個連續夢境的進行，加強熟悉感，最後產生認同的過程。反覆做同一個夢，暗示夢者的心中有著無法解決的問題，心理學稱作「情結」，即俗稱的「心結」。重夢的情節鋪陳，清楚展現困境——消解——再困境——再消解的功能。比起前述先言前兆後講應驗的直驗夢故事，紀昀藉由主角重夢的自證過程，強調故事主題的描述，也更加深讀者的閱讀時眞實感。

2. 魘夢

　　韓愈曾寫下：「猶疑在波濤，怵惕夢成魘。」〔註94〕在《閱微草堂筆記》中，紀昀以「魘」直稱的故事也不少，在〈卷十八‧姑妄聽之（四）〉裡，紀昀就直接以倪餘疆的故事，提出自己對「魘」的疑問：「鬼魘人至死，不知何意。」〔註95〕並將其聽過的說法，分別說明。在〈卷十八‧姑妄聽之（四）〉中，記載龔肖夫所述一則，夫請術士施法魘妻的故事：

〔註93〕　《閱微草堂筆記》〈卷二十四‧灤陽續錄（六）〉，頁369～370。
〔註94〕　〔唐〕韓愈，《韓昌黎全集》「陪杜侍御遊湘西兩寺獨宿有題一首因獻楊常侍詩」（清同治巳年江蘇書局重刻東雅堂本），臺北：新興書局有限公司，1970年9月，頁0060。
〔註95〕　《閱微草堂筆記》〈卷十八‧姑妄聽之（四）〉，頁297。

> 同年龔肖夫言：有人四十餘無子，婦悍妒，萬無納妾理，恆鬱鬱不
> 適。……是夕，婦夢魘，呼不醒，且呻吟號叫聲甚慘。次日，兩股
> 皆青黯。問之，秘不言，吁嗟而已。三日後復然。自是每三日後皆
> 復然。……攝魂小術，本非正法，然法無邪正，惟人所用，如同一
> 戈矛，用以殺掠則劫盜，用以征討則王師耳。術無大小，亦惟人所
> 用，如不龜手之藥，可以洴澼絖，亦可以大敗越師耳。道士所謂善
> 用其術歟！至囂頑悍婦，情理不能喻，法令不能禁，而道士能以術
> 制之。〔註96〕

一名男子因爲中年無子，妻子又兇悍善妒，不許他爲傳宗接代另外娶妾。所以他就請道士作法，進入妻子夢中，對她的魂魄施以酷刑。紀昀對術士的作法，以「道士所謂善用其術歟！」大加讚揚，並且還用「至囂頑悍婦」形容妻子，認爲她是罪有應得。先將被害者的悍婦妻與邪盜並論；再以「王師」合理化術士的魘人行爲，性別在此成爲敘述者判斷對錯的依據。

故事從頭至尾，都是站在夫的視角講述，從一開始的「萬無納妾理」，說明爲夫者並未眞正開口問過妻子的想法，紀昀心中男權至上的意識表露無疑。

另外〈卷十四‧槐西雜志（四）〉，也有一則狐精入夢魘人的故事：

> 一奴子，業鍼工，其父母鬻身時未鬻此子，故獨別居於外。其婦年
> 二十餘，爲狐所媚，歲餘病瘵死。初不肯自言，病甚，乃言：「狐初
> 來時爲女形，自言新來鄰舍也。留與語，漸涉謔，繼而漸相逼，遽
> 前擁抱，遂昏昏如魘。自是每夜輒來，必換一形，忽男忽女，忽老
> 忽少，忽醜忽好，忽僧忽道，忽鬼忽神，忽今衣冠，忽古衣冠。歲
> 餘，無一重複者。至則四肢緩縱，口噤不能言，惟心目中了了而已。
> 狐亦不交一言，不知爲一狐所化，抑眾狐更番而來也。其尤怪者，
> 婦小姑偶入其室，突遇狐出，一躍即逝。小姑所見是方巾道袍人，
> 白鬚鬖鬖；婦所見則黯黑垢膩，一賣煤人耳。同時異狀，更不可思
> 議耳。」〔註97〕

這裡敘述的是婦人在夢中被狐精迷惑的故事。紀昀的筆下，狐精法力高強，可以易容幻形成各種姿態，「每夜輒來，必換一形，忽男忽女，忽老忽少，忽醜忽好，忽僧忽道，忽鬼忽神，忽今衣冠，忽古衣冠。歲餘，無一重複者。」

〔註96〕　《閱微草堂筆記》〈卷十八‧姑妄聽之（四）〉，頁299～300。
〔註97〕　《閱微草堂筆記》〈卷十四‧槐西雜志（四）〉，頁227。

此處紀昀以連續 14 個「忽」字層疊的複詞形式，導引出「無一重複」的反差印象，藉此凸顯出狐精的百變形象，紀昀在此展現其使用文字的精巧功力，也印證夢的原始靈感思維與夢魂觀的顯現。在萬物皆有靈，且靈魂不滅的夢魂觀影響下，出現在睡夢中的靈魂也展現萬千變化的不同面貌。

〈卷一‧灤陽消夏錄（一）〉記載一則，遇害父母不知女兒為父母報仇的心意，在女兒夢中變身為魘鬼，表達怨恨的故事：

> 又去余家三四十里，有凌虐其僕夫婦死而納其女者。女故慧黠，經營其飲食服用，事事當意。又凡可博其歡者，冶蕩狎昵，無所不至。皆竊議其忘仇。蠱惑既深，惟其言是聽。女始則導之奢華，破其產十之七八。又讒間其骨肉，使門以內如寇仇。繼乃時説《水滸傳》宋江柴進等事，稱為英雄，慫慂之交通盜賊，卒以殺人抵法。抵法之日，女不哭其夫，而陰攜巵酒，酹其父母墓曰：「父母恒夢中魘我，意恨恨似欲擊我，今知之否耶？」人始知其蓄志報復。曰：「此女所為，非惟人不測，鬼亦不測也，機深哉！然而不以陰險論。《春秋》原心，本不共戴天者也。」〔註98〕

毫無疑問，故事的主人翁是名孝女。紀昀在前半段，先按時間順序，鋪陳故事中從父母雙亡到完成報仇任務的現實空間，接著帶入口語，進入對夢境的描述。「父母恒夢中魘我，意恨恨似欲擊我」兩句，夢境表達主人翁面對外界非議時，心中忍辱負重的沉重壓力。「要以自己作為心中的明燈，要依靠自己，堅持自己心中的真理，作為唯一的明燈。」〔註99〕在紀昀的筆下，故事主角雖為女性，但獨立自主，還相當的有主見，勇敢堅持自己的決定，並自負全責，有「雖千萬人吾往矣！」的氣勢，性別的刻板印象在此被徹底打破，展現另類的女性形象。

紀昀在《閱微草堂筆記》全書中，傳達「鬼神鑒察，乃及於夢寐之中」〔註100〕以及「人心微曖，鬼神皆得而窺」〔註101〕的理念，認為凡人的起心動念，都逃不過鬼神的法眼，但是此處提及主角的心意，連神鬼都猜測不到。其實孝女心中為父母復仇的強烈意念，成為她心裡的陰影（shadow）原型，但為

〔註98〕　《閱微草堂筆記》〈卷一‧灤陽消夏錄（一）〉，頁 11。
〔註99〕　〔德〕佛洛姆（Erich Fromm, 1900～1980）著，孫石譯，《自我的追尋》，臺北：志文出版社，1998 年 2 月，頁 5。
〔註100〕《閱微草堂筆記》〈卷三‧灤陽消夏錄（三）〉，頁 39。
〔註101〕《閱微草堂筆記》〈卷一‧灤陽消夏錄（一）〉，頁 4。

成功達到復仇的終極目的，她又必須無所不用其極地否認深植自己心中的復仇陰影。無意識的人格面具（mask）與強烈意識的自性（self）互為悖論卻在故事中並存並進，吸引讀者的目光。

四、氣機旁召之夢

此類夢敘事中，夢者因為夢境脫離現實，進入不同的空間，並得到與真實生活中完全不同的人生經驗，夢改變夢者對人生的看法，並提供夢者面對現實困境的消解之道。中國最善於以夢寓事證道者，非莊子（約西元前 369～286）莫屬。

莊了擅長運用寓言的方式，藉以託夢言理。後代士人，在面對無法言說的大環境壓迫之下，也會仿效莊子的說法，藉由鋪陳夢境的方式，將自身的觀點、想法、主張，隱身於故事中，賦予此類故事全新的意義。所以紀昀在〈卷二十一‧灤陽續錄（三）〉中，也寫下：「或吉凶未著，鬼神前知，以象顯示，以言微寓，此氣機之旁召者也。」〔註102〕在〈卷二十三‧灤陽續錄（五）〉中記載：

> 佃戶張璜於褚寺東架圜焦守瓜，夜恒見一人，行步遲重，徐徐向西北去。一夕，偶竊隨之，視所往。見至一叢塚處，有十餘女鬼出迓，即共狎笑媟戲。知為妖物，然似是蠢蠢無所能。乃藏火銃於圜焦，夜夜伺之。一夜，又見其過，發銃猝擊，訇然仆地。秉火趨視，乃一翁仲也。次日，積柴燔為灰，亦無他異。至夜，夢十餘婦女羅拜，
> 〔註103〕

佃戶張璜在偶然間將妖怪擊斃，沒想到，因此救了當地的女鬼，大家一起到張璜夢中，向他謝恩的故事。石翁仲又稱石象生，起源於秦漢時期的陵墓石刻，到明清時相當盛行，是帝王陵墓前主要供祭儀物之一。故事後提及成妖的石人來自馮道（882～954）墓前，馮道歷事四姓十三君，被稱為五代的「十朝元老」，權重一時。紀昀以「乃甫能幻化，即縱凶淫，卒自取焚如之禍」的石翁仲，暗喻那些在官吏手下工作的人，仗著主人的權勢，無惡不作，希望以此故事提醒這些人，在此藉夢喻事的目的相當明顯。

另在〈卷八‧如是我聞（二）〉中，紀昀就記載一則申鐵蟾的故事：

〔註102〕《閱微草堂筆記》〈卷二十一‧灤陽續錄（三）〉，頁341。
〔註103〕《閱微草堂筆記》〈卷二十三‧灤陽續錄（五）〉，頁360～361。

申鐵蟾，……忽寄一札與余訣，其詞恍惚迷離，抑鬱幽咽，都不省為何語。而鐵蟾固非不得志者，疑不能明也。未幾訃音果至，既而見邵二雲贊善，始知鐵蟾在西安病數月，病癒後，入山射獵，歸而目前見二圓物如球，……二小婢從中出，稱仙女奉邀，魂不覺隨之往。至則瓊樓貝闕，一女子色絕代，通詞自媒，鐵蟾固謝，托以不慣居此宅，女子薄怒揮之出，霍然而醒。越月餘，目中見二圓物如前爆出，二小婢亦如前仍邀之往，已別構一宅，幽折窈窕，頗可愛。問：「此何地？」曰：「佛桑。請題堂額。」因為八分書「佛桑香界」字，女子再申前請，而意不自持，遂定情。自是恒夢游，久而女子亦晝至，禁鐵蟾弗與所親通，遂漸病劇。時方士李某以赤丸餌之，嘔逆而卒，其事甚怪。始知前札，乃得心疾時作也。鐵蟾聰明絕特，善詩歌，又工八分，馳騁名場。然以風流自命。與人交，意氣如雲，郵筒走天下。中年忽慕神仙，遂生是魔障，迷罔以終。妖以人興，象由心造。才意高廣，翻以好異隕生，可惜也夫！〔註104〕

故事內容主要記載申鐵蟾死前，由病癒→入夢→出夢→入夢→虛實互滲→死亡的過程。一開始，主角申鐵蟾在大病痊癒後，有了一場奇遇，靈魂在夢中脫離肉身進入另類空間，與美女定情。此後申鐵蟾開始習慣性夢遊，又開始生病，甚至喪失性命。其中第一次的入夢，介紹主角進入另類空間的過程；第二次入夢，則詳述申鐵蟾在另類空間的遭遇。夢境中的「佛桑香界」暗示申鐵蟾來到了另類空間。整篇敘事由病開始，也在病革而亡中結束。此故事情節與《搜神記》的「楊林」〔註105〕故事原型類似，只是在故事結尾，楊林回到現實世界，而申鐵蟾卻永遠被留在虛幻的夢境世界。

　　從「久而女子亦晝至，禁鐵蟾弗與所親通，遂漸病劇。」可知，對申鐵蟾而言，夢境提供虛幻與真實互滲的場域，此時的申鐵蟾已經沒有分辨虛實的能力，甚至後來完全沉溺在虛擬的世界中，無法自拔，導致自身的死亡。回顧故事開頭，紀昀以：「鐵蟾固非不得志者，疑不能明也。」顯然紀昀對於世間功名仍是相當重視，所以對在真實世界中，運途順遂的申鐵蟾的境遇，感到惋惜。

　　找不到緣由的紀昀，提出「妖以人興，象由心造」的解釋方法。認為申

〔註104〕《閱微草堂筆記》〈卷八·如是我聞（二）〉，頁111～112。
〔註105〕〔晉〕干寶撰，《搜神記》，臺北：里仁書局，1982年9月，頁250。

鐵蟾應該是死於心理的「病」症，但是箇中因緣，也只有當事人明瞭。回顧〈卷五・灤陽消夏錄（五）〉中，即有一則夢敘事中，神託夢語曰：「爾讀書半生，尚不知窮達有命耶？」〔註106〕以此觀之，命定之事，又何止於窮達？如果另將此故事對照莊周的蝴蝶夢〔註107〕，莊周與申鐵蟾皆因無法感知夢境的虛幻，以致認夢為真，或許人生本就是一場真假難分的大夢。美女與蝴蝶在此皆可視為是「道」的化身，反而人生的功名利祿才是人生創造出的偏執幻境。

　　而〈卷十七・姑妄聽之（三）〉亦有一則以親戚張夫人為主角的故事：

> 張夫人，先祖母之妹，先叔之外姑也。病革時顧侍者曰：「不起矣。聞將死者見先亡，今見之矣。」即而環顧病榻，若有所覓。喟然曰：「錯矣。」俄又拊枕曰：「大錯矣。」俄又瞑目齧齒，掐掌有痕，曰：「真大錯矣！」疑為譫語，不敢問。良久，盡呼女媳至榻前，告之曰：「吾向以為夫族疏而母族親，今來導者皆夫族，無母族也。吾向以為媳疏而女親，今亡媳在左右，而亡女不見也。非一氣者相關，異派者不屬乎？回思平日之存心，非厚其所薄，薄其所厚乎？吾一誤矣，爾曹勿再誤也。」此三叔母張太宜人所親聞。婦女偏私，至死不悟者多矣，此猶是大智慧人，能回頭猛省也。〔註108〕

張夫人病重，臨死前告訴自己的女兒與媳婦，從死前的恍惚夢境中領悟到，女子出嫁之後，夫家就比娘家親近。故事情節隨著囈語，以及若有所覓→拊枕→瞑目齧齒，掐掌有痕等細膩的動作描寫推展。從「錯矣。」、「大錯矣。」、「真大錯矣！」連三錯的漸層寫作手法，簡單生動地表現出主角內心的掙扎、轉變乃至懺悔的過程。此種寫作手法在《閱微草堂筆記》中相當少見。

　　紀昀在最後以「婦女偏私，至死不悟者多矣，此猶是大智慧人，能回頭猛省也。」以張夫人死前的行為與說法，勉勵女性長輩應以「一氣者相關」對待媳婦，將「出嫁從夫，夫死從子」即一切以夫家為重的觀念，藉由張夫人的故事傳達給讀者。對照〈卷五・灤陽消夏錄（五）〉〔註109〕中，記載一則紀昀已訂親的女兒，在將要死亡前，還堅持要見父親最後一面的故事。紀昀

〔註106〕《閱微草堂筆記》〈卷五・灤陽消夏錄（五）〉，頁60。
〔註107〕《莊子譯詁》，頁57。
〔註108〕《閱微草堂筆記》〈卷十七・姑妄聽之（三）〉，頁292。
〔註109〕《閱微草堂筆記》〈卷五・灤陽消夏錄（五）〉，頁63。

在後者的字裡行間表現父女天性的力量，自然懇切。從兩則故事間視角的懸殊差異中，呈現當時男性與女性面對不同的社會檢驗標準。

而〈卷二十一·灤陽續錄（三）〉〔註110〕則記載一則老僧勸告世人勿殺生的故事。整段故事分成三個不同階段，主人翁經歷由屠人→豬→僧的過程。敘述者以「夢」譬喻轉世的感覺。敘事邏輯與前述孫峨山先生的故事類似，但是此處說教意味較濃。

左傳這麼多的記夢，其目的何在？常見的說法是在于申天命之所在、明鬼神之意以揚善抑惡，戒勸世人，行明君聖人之道，也就是《周易·觀》所說：「聖人以神道設教，而天下服矣。」〔註111〕如〈卷三·灤陽消夏錄（三）〉中滄洲女尼假託神諭，救助流民的故事：

> 滄州插花廟尼，姓董氏，遇大士誕辰，治供具將畢，忽覺微倦，倚几暫憩。恍惚夢大士語之曰：「爾不獻供，我亦不忍饑；爾即獻供，我亦不加飽。寺門外有流民四五輩乞食不得，困餓將殆，爾輟供具以飯之，功德勝供我十倍也。」霍然驚醒。啓門出現，果不謬。自是每年供具獻畢，皆以施丐者，曰：「此菩薩意也。」〔註112〕

滄洲尼姑姓董，在觀世音菩薩聖誕的日子，觀音大士託夢，交代其將供品佈施給寺外流亡的饑民救命，這才是最大的功德。此後，董氏每年都依從觀音大士的神諭，在法會結束後，將供品分送給乞討的人。

這是一則簡單的一線穿故事，女尼依據夢境，傳神諭，佈施供品。嚴文儒先生認為，應是尼姑不但心地善良，又明慧機巧，所以以夢假託觀音菩薩的旨意，得到信徒的認同。〔註113〕但不管夢境是真是假，紀昀在此突顯當時貧富落差產生的社會問題，以虛幻又真實的手法，分隔牆內牆外截然不同的兩個世界。牆內信徒寧願準備滿桌佛像無法享用的豐盛供品，卻不願分出部分救助牆外因「乞食不得，困餓將殆」的流民，背後對人性冷漠的指責，不言而喻。女尼勇於跨出高牆，落實佛法慈悲的真意，確實令人佩服。

敘述本身本就是一個虛構的空間，紀昀在此以真實人、地、事，營造一個由真實世界提取出的虛構空間，淡化真實與虛構之間的界線，以此強調社

〔註110〕《閱微草堂筆記》〈卷二十一·灤陽續錄（三）〉，頁340。
〔註111〕〔魏〕王弼，〔晉〕韓康伯注，〔唐〕孔穎達疏，《周易正義》卷第三「觀」。收錄於《十三經注疏》「周易」，臺北：藝文印書館，2001年12月，頁60。
〔註112〕《閱微草堂筆記》〈卷三·灤陽消夏錄（三）〉，頁40。
〔註113〕《新譯閱微草堂筆記》（上冊），頁248～249。

會上下階層生活的強烈對比。將此夢故事對照之前眞實背景寫成的「棻人」故事，紀昀在此以對生命表達關懷的寫作手法，寓實寄虛地描繪出董氏如菩薩再世的義行，確實值得眾人深思。

中國對夢的研究由來已久，雖然人的潛意識、精神與生理狀態都會觸發夢的活動。但受到夢魂觀的影響，中國歷來觀看夢的視角多侷限在占夢的部分。但是占夢者又抱持何種立場觀看夢？以何種視角評斷夢中的人物？而夢與現實兩者的關係，到底孰爲因？孰又爲果？即使是當事人也未必明瞭。以《閱微草堂筆記》中的夢敘事爲例，當夢經由夢者口述，並進一步被釋夢者加入作者意識與文人思維，以文字載錄下來成爲夢故事時，單純的夢，或許已經被「有所爲」的意識成分層層包裹，展現與原點完全不同的面貌。

本章從秦、漢、宋等歷代占夢歷史來探究《閱微草堂筆記》，發現作者從《世說新語》的夢敘事理解夢境分類，紀昀認爲釋夢者對於夢的觀感使夢的意涵得以開展；夢常與神靈信仰、神話、葬禮、祭拜、占卜感應的巫術等相結合，成爲一種集體信仰。以布雷蒙的序列邏輯分析《閱微草堂筆記》裡的筆記作品，其序列功能中，導引夢多爲命定敘事，有主導與預言的敘事功能；中介夢具備扭轉現狀的力量，聯繫因果之間，是人鬼神溝通的橋樑，此時的夢成了勸誡形式；而結尾夢則體現了混亂歸於平靜的意象。

以傳統夢文化觀點分析，夢儀式是一種集體意識或無意識，意識夢是生活與生理共同作用結果，羅仰山的意識夢是解脫和自我療癒的自我歷程；氣機夢以指示、致禍福來兆驗人事，作者以此寄喻善惡報應的道理；幻形夢裡魂與夢的互涉、神與魂入夢申冤求助、乃至於魘夢驚人，都是以夢來闡述人的微隱意念，鬼神不會毫無知覺；而消解的夢讓現實困境得到心理上的抒解，申鐵蟾的夢是楊林故事的複寫，張夫人的懺夢是種自省，而博施濟眾的仁道思想更在觀音大士託夢裡完全顯現。

第陸章　結　論

　　紀昀曾引李衍的詩，說道：「……乃知天地間，有情皆可契。共保金石心，無爲多畏忌。……」〔註1〕這天地有情的寫實和評價正是《閱微草堂筆記》的重要特色，看盡世情的紀昀以「閱微」的隱喻手法傳達思想深意，讓《閱微草堂筆記》內容豐富多元，饒富閱讀趣味。

　　今本研究旨在探析作者的「閱微」敘事，嘗試從「閱微」的視角探尋《閱微草堂筆記》裡的微敘事。從文本裡發現作者的創作意圖，對於當時代不登「大雅之堂」的各種風土民情，有許多深具親和力的描寫，對於民間的眞實生活與價値信仰，頗多寫實與評論。本論兼採文本細讀和文獻分析進行，結合文化史與傳記做爲研究軸線，統計女性敘事、男女敘事、和夢敘事等撰述數量和比重，呈現各主題的重要性。

　　本論從微敘事、性別敘事、陰性敘事和夢敘事等四種研究視角深入探索，發現紀昀的「閱微」有以下幾個特徵：

　　（一）作者的微敘事，是透過「設身處地」、「以戲爲眞」的用心，從庶民的立場出發，展現了時代的意向和「微言大義」的風範。以立言彩繪人間行路，完成其勸誡、懺悔、教化、自白、和戀眷親情等心意；再以傳奇的敘事形式，超越紀錄正史的藩籬，記錄了奴僕、孝婦善男等庶民、宦官魏忠賢的官場白描等人物故事；此外，作者更以慘絕人寰的「菜人」悲憐皇帝未能知悉的民間慘狀，充分展現文人揭露社會眞實面的歷史責任。藉著現實白描、階級對話、再現敘事、顛倒寓言、傳奇反諷、……等微敘事手法，重演大時代的市井小民生命眞相。

〔註1〕詳見《閱微草堂筆記》〈卷一・灤陽消夏錄（一）〉，頁1。

　　（二）對於性別敘事，紀昀以真實人性來剖析男女大欲及其倫理規範。作者託言狐狸、鬼魅、道仙、或傳說，闡述性別互動的各種情節。留心「媚」與「狎」的引誘裡出於貪念、外誘及親狎的起頭和警戒；關注拒誘之道，首重立心端正、攝心清靜，而懸崖勒馬更是拒誘的真積力；從欲所生的情義仍顯珍惜，他讚賞再續前緣的復活傳說，惋惜有緣無份的生死別離，苦訴貧賤夫妻的悲劇，令人感傷；反省男女人倫，作者批判貞操的不當、禮教損及常情、私奔的辯證、⋯⋯充分展現作者對於禮教傷害的無奈。

　　（三）在傳統倫理的軸線上，紀昀的陰性描寫充滿了批判與濟世情懷。他稱許「孝婦」、為「節婦」辯駁，卻無奈於婆媳問題；在戀母憶子的雙重情感上，迴避了惡姑孝媳的現實。他推崇孝、恕兼具的美好，批判當時社會嚴苛的貞節標準；憐憫妾的悲苦，以男性長者的俯視，踏出了尊重與關懷女性的一大步；從「他者」困境梳理其陰性敘事，顯現《閱微草堂筆記》裡的女性，扮演了男性中心賦予她們的物化角色，這個無名的「他者」，承擔男權中心論述下的因果報應；女性也在這個傳統氛圍裡，「異化」了自己，失去了自身應有的生命意義。透過「辛普森悖論」的視鏡，讓讀者反思人性的珍貴，重新思考：以性別、階級為判斷是非的不恰當；從弗蘭克的有限自由和布希亞的操縱批判發光，在穿透禮教窠臼的同時，紀昀的筆下出現了許多光怪陸離女性面貌。

　　（四）夢敘事是《閱微草堂筆記》裡的微妙安排，紀昀在「夢因」與「釋夢」中，揭示了應夢的寓意。作者說不通「以理推求」的夢因，常以「不解解之」；這些夢故事與神靈信仰、神話、葬禮儀式、崇拜儀式、先民占卜感應的巫術等緊密結合，是集體信仰所致。從布雷蒙的序列結構分析發現，導引夢、中介夢、結尾夢，具有改變故事行進方向的力量，紀昀論夢因分：意識夢、氣機所感之夢、幻形夢、氣機旁召之夢四類。意識夢者求解脫的想望，以夢境解開心結，展現自體療癒的功用；氣機所感的夢象和預兆，能致福禍；出自不同心境的幻形夢，常以生魂導引和死魂的求助、造魘纏綿在夢境中。《閱微草堂筆記》傳達「鬼神鑒察，乃及於夢寐之中」〔註2〕以及「人心微暖，鬼神皆得而窺」警惕人的起心動念，都逃不過鬼神的法眼。而氣機召夢虛實互滲，以漸層表現的手法闡述善惡因果、神諭行善、等都是希望藉由夢境感召

〔註2〕　《閱微草堂筆記》〈卷三・灤陽消夏錄（三）〉，頁39。

人們行善去惡的關懷與勉勵。作者的博施濟眾的關懷與慈悲充分展現在夢敘事的文本之中。

在探尋《閱微草堂筆記》的「閱微」敘事的過程中，筆者屢屢感受到紀曉嵐關懷民間的胸襟，從字句經營當中，也感受到作者採用許多「隱身」的敘事手法，來記錄社會事實，並闡發個人的情思和志趣，同時也展現個人淵博的知識和智慧。對於理解作者與當時代的人性、禮教、善惡觀、……等民俗、思想、文化，獲益良多。

徵引書目

一、**古籍**（依時代先後排序）

1. 〔周〕左丘明傳，〔晉〕杜預注，〔唐〕孔穎達疏，《十三經注疏・左傳》（影印清嘉慶二十年阮元重刊宋本十三經注疏本），臺北：藝文印書館，2001 年 12 月。

2. 〔戰國〕列御寇撰，《列子》（以《四部叢刊》本《沖虛至德眞經》爲底本，《二十二子》本所輯《世德堂本》爲參校本）。收錄於《四庫家藏》「子部・諸子六九」，濟南：山東畫報出版社，2004 年 9 月。

3. 〔漢〕孔安國傳，〔唐〕孔穎達等正義，〔清〕阮元校勘，《十三經注疏・周易尚書》（影印清嘉慶二十年阮元重刊宋本十三經注疏本），臺北：藝文印書館，2001 年 12 月。

4. 〔漢〕鄭元注，〔唐〕賈公彥疏，〔清〕阮元校勘，《十三經注疏・周禮》（影印清嘉慶二十年阮元重刊宋本十三經注疏本），臺北：藝文印書館，2001 年 12 月。

5. 〔漢〕毛亨傳，鄭元箋，〔唐〕孔穎達疏，《十三經注疏・詩經》，（影印清嘉慶二十年阮元重刊宋本十三經注疏本），臺北：藝文印書館，2001 年 12 月。

6. 〔漢〕鄭元注，〔唐〕孔穎達等正義，〔清〕阮元校勘，《十三經注疏・禮記》（影印清嘉慶二十年阮元重刊宋本十三經注疏本），臺北：藝文印書館，2001 年 12 月。

7. 〔漢〕趙歧注，〔宋〕孫奭疏，〔清〕阮元校勘，《十三經注疏・論語孝經爾雅孟子》（影印清嘉慶二十年阮元重刊宋本十三經注疏本），臺北：藝文印書館，2001 年 12 月。

8. 〔漢〕鄭玄注、〔唐〕賈公彥疏，〔清〕阮元校勘，《十三經注疏・儀禮》（影印清嘉慶二十年阮元重刊宋本十三經注疏本），臺北：藝文印書館，2001 年 12 月。

9. 〔漢〕司馬遷著，《史記》，臺北：鼎文書局，2004 年 10 月。

10. 〔漢〕司馬遷著，裴駰集解，司馬貞索隱，張守節正義，《史記》，北京：中華書局，1982 年 11 月。

11. 〔東漢〕王符撰，〔清〕汪繼培箋，《潛夫論箋》，臺北：世界書局，1975 年 11 月。

12. 〔東漢〕班固撰，楊家駱主編，《新校本漢書并附編二種》，臺北：鼎文書局，1997 年 10 月。

13. 〔東漢〕班昭著，范曄撰，李賢注，《新校後漢書注》第四冊，臺北：世界書局，1974 年 5 月。

14. 〔晉〕干寶撰，《搜神記》，臺北：里仁書局，1982 年 9 月。

15. 〔南朝宋〕劉義慶著，〔南朝梁〕劉孝標注，余嘉錫箋疏，周祖謨、余淑宜、周士琦整理，《世說新語》，上海：上海古籍出版社，1996 年 8 月。

16. 〔梁〕昭明太子編撰，〔唐〕李善注，《昭明文選》，臺北：文化圖書公司，1995 年 3 月。

17. 〔隋〕巢元方等奉敕撰，《諸病源候總論》，收錄於《景印文淵閣四庫全書》第 734 冊，上海：上海古籍出版社，2002 年 3 月。

18. 〔唐〕王冰編次，〔宋〕高保衡、林億校正，吳潤秋整理，《皇帝內經》，收錄於《四庫家藏》，濟南：山東畫報出版社，2004 年 9 月。

19. 〔唐〕白居易著，《白居易集》，臺北：里仁書局，1980 年 10 月。

20. 〔唐〕白居易著，《白居易集》，樹林：漢京文化事業有限公司，1984 年 3 月。

21. 〔唐〕房玄齡撰，《晉書》，臺北：鼎文書局，1976 年 10 月。

22. 〔唐〕段成式撰，芮傳明整理，錢杭審閱，《酉陽雜俎》。收錄於《四庫家藏》「子部・隋唐筆記」，濟南：山東畫報出版社，2004 年 9 月。

23. 〔唐〕孫思邈撰，劉更生、張瑞賢等點校，《千金方》，北京：華夏出版社，1993 年 6 月。

24. 〔唐〕韋應物著，陶敏、王友勝校注，《韋應物集校注》，上海：上海古籍出版社，1998 年 12 月。

25. 〔唐〕劉知幾著，白玉崢校點，《史通通釋》，臺北：藝文印書館，1978 年 4 月。

26. 〔唐〕韓愈著，《韓昌黎全集》（清同治巳年江蘇書局重刻東雅堂本），臺北：新興書局有限公司，1970 年 9 月。

27. 〔宋〕宋祁著,《宋景文公筆記》,收錄於《兼明書（及其他二種）》,臺北：臺灣商務印書館,1965 年 12 月。

28. 〔宋〕邵雍纂輯,〔明〕陳士元增刪,〔明〕何棟如重輯,《夢林玄解》三十四卷。收錄於《續修四庫全書》第 1034～1035 冊「子部‧數術類」（據上海辭書出版社圖書館藏明崇禎刻本影印）,上海：上海古籍出版社,2002 年 3 月。

29. 〔宋〕陸游,《劍南詩稿》,收入《文津閣四庫全書》第 388 冊,北京：商務印書館,2006 年 3 月。

30. 〔宋〕歐陽修著,《新五代史》,臺北：鼎文書局,1977 年 11 月。

31. 〔宋〕蘇軾著,《仇池筆記》,收錄於《四庫筆記小說叢書》,上海：上海古籍出版社,1992 年 7 月。

32. 〔元〕方回編,〔清〕紀昀刊誤,《瀛奎律髓刊誤四十九卷》,臺北：新文豐書局,1989 年,《叢書集成續編第一一四冊》景印《懺華盦叢書》本。

33. 〔明〕毛晉編,《六十種曲》,北京：中華書局,1958 年 5 月。

34. 〔明〕屈大均著,《翁山詩外》,收錄於《續修四庫全書》第 1411 冊,上海：上海古籍出版社,2002 年 3 月。

35. 〔明〕張景岳等奉敕撰,《類經》,收錄於〔明〕張景岳撰,李志庸編,《張景岳醫學全書》,北京：中國中醫藥出版社,1999 年 8 月。

36. 〔清〕永瑢、紀昀等撰,《文淵閣原抄本四庫全書簡明目錄》,臺北：臺灣商務印書館,1983 年 10 月。

37. 〔清〕永瑢、紀昀等撰,《武英殿本欽定四庫全書總目提要》,臺北：臺灣商務印書館,1983 年 10 月。

38. 〔清〕朱珪著,《知足齋文集》,臺北：臺灣商務印書館,1965 年 12 月。

39. 〔清〕汪中著,《述學》,臺北：廣文書局,1970 年 12 月。

40. 〔清〕俞樾著,徐明霞點校,《右台先館筆記》,上海：上海古籍出版社,1986 年 6 月。

41. 〔清〕俞鴻漸撰,《印雪軒文鈔三卷‧附讀三國志隨筆一卷》,上海：上海古籍出版社,2010 年 12 月。

42. 〔清〕紀曉嵐著,陳荻洲居士摘錄,《紀文達公筆記摘要》,臺中：青蓮出版社,1991 年 2 月。

43. 〔清〕紀曉嵐等撰,《紀曉嵐家書‧林則徐家書‧張之洞家書》,中和：廣文書局,1994 年 12 月。

44. 〔清〕紀昀著,孫致中、吳恩揚、王沛霖、韓嘉祥點校,《紀曉嵐文集》,石家莊：河北教育出版社,1995 年 12 月。

45. 〔清〕紀昀著，《紀文達公遺集》，收錄於《續修四庫全書》第 1435 冊（據清嘉慶十九年刻本影印），上海：上海古籍出版社，2002 年 3 月。

46. 〔清〕紀昀著，汪賢度校點，《閱微草堂筆記》，杭州：浙江古籍出版社，2010 年 6 月。

47. 〔清〕袁于令著，《西樓記》。收錄於〔清〕毛晉編，《六十種曲》（八）「繡刻西樓記定本」，北京：中華書局，1958 年 5 月。

48. 〔清〕翁方綱，《復初齋文集》，收錄於《續修四庫全書》第 1455 冊，上海：上海古籍出版社，2002 年 3 月。

49. 〔清〕梁章鉅輯，《楹聯叢話》臺北：臺灣商務印書館，1967 年臺一版。

50. 〔清〕清代國史館編纂，《清國史 嘉業堂鈔本》，北京：中華書局，1993 年 6 月。

51. 〔清〕〔清聖祖御製〕《全唐詩》，北京：中華書局，1996 年 1 月。

52. 〔清〕戴震著，《戴東原集》，臺北：臺灣商務印書館，1965 年 2 月。

53. 〔清〕趙爾巽等撰，《清史稿》，北京：中華書局，1998 年 1 月。

54. 〔清〕劉鶚撰，《老殘遊記》，臺北：聯經出版事業公司，1976 年 8 月。

55. 〔清〕慶桂監修，《大清高宗純（乾隆）皇帝實錄》，臺北：新文豐出版公司，1978 年 7 月。

56. 〔清〕樂鈞、許仲元著，范義臣標點，《耳食錄·三異筆談》，重慶：重慶出版社，1996 年 3 月。

57. 〔清〕錢林輯，《文獻徵存錄》，收錄於《續修四庫全書》編纂委員會編，《續修四庫全書》第 540 冊（據清咸豐八年有嘉樹軒刻本影印），上海：上海古籍出版社，2002 年 3 月。

58. 〔清〕《續修四庫全書》編纂委員會編，《續修四庫全書》（據清嘉慶十九年刻本影印），上海：上海古籍出版社，2002 年 3 月。

二、近代專著（依姓氏筆畫排序）

1. 毛文芳著，《物·性別·觀看——明末清初文化書寫新探》，臺北：學生書局，2001 年 12 月。

2. 王國維著，《王國維戲曲論文集：〈宋元戲曲考〉及其他》，臺北：里仁書局，2000 年 7 月。

3. 王德威著，《如何現代，怎樣文學？：十九、二十世紀中文小說新論》，臺北：麥田出版社，2008 年 2 月。

4. 王德威著，《歷史與怪獸：歷史，暴力，敘事》，臺北：麥田出版社，2004 年 10 月。

5. 呂不韋編，朱永嘉、蕭木注譯，《新譯呂氏春秋》，臺北：三民書局，1995年8月。

6. 吳波，《閱微草堂筆記研究》，上海：上海古籍出版社，2005年8月。

7. 宋記遠著，《覷‧閱微——52個你所不知道的閱微草堂筆記之謎》，臺北：咖啡田文化館，2006年4月。

8. 李有成著，《他者》，臺北：允晨文化，2012年5月。

9. 周積明著，《紀昀評傳》，南京：南京大學出版社，1994年9月。

10. 胡厚宣著，《甲骨學商史論叢初集》「殷人占夢考」，收錄於《民國叢書》「第一編‧82‧歷史‧地理類」，上海：上海書局，1989年10月。

11. 南野著，《影像的哲學——西方影視美學理論》，北京：中國傳媒大學出版社，2009年7月。

12. 紀昀著，嚴文儒注譯，《新譯閱微草堂筆記》，臺北：三民書局，2006年6月。

13. 唐文基、羅慶泗著，《乾隆傳》，北京：人民出版社，1995年11月。

14. 孫建編著，《紀曉嵐的老師們：附紀曉嵐硯銘詳注》，北京：現代教育出版社，2010年9月。

15. 陸費逵總勘，《四部備要‧晉書》，臺北：中華書局，1971年臺二版。

16. 陸保撰，《滿清稗史》，臺北：廣文書局，1979年5月。

17. 陸志平、吳功正著，《小說美學》，臺北：五南圖書，1993年11月。

18. 梅家玲著，《性別，還是家國？五○與八、九○年代台灣小說論》，臺北：麥田出版社，2004年9月。

19. 國史館編，《清史稿校註》第11冊，新店：國史館，1989年2月。

20. 野叟編，《紀曉嵐傳奇》，臺北：可筑書房，1996年4月。

21. 張春興著，《教育心理學》，臺北：東華書局，2009年2月。

22. 傅修延，《講故事的奧秘——文學敘述論》，南昌：百花洲文藝出版社，1993年1月。

23. 傅正谷著，《中國夢文化》，北京：中國社會科學出版社，1993年9月。

24. 楊濤著，《紀曉嵐外傳》，臺北：世界文物，1981年5月。

25. 楊金鼎等編注，《楚辭注釋》，臺北：文津出版社，1993年9月。

26. 楊柳橋著，《莊子譯詁》，臺北：書林出版有限公司，1995年8月。

27. 楊健民著，《中國夢文化史》，福建：福建教育出版社，1997年9月。

28. 魯迅著，《中國小說史略》，上海：上海古籍出版社，1998年1月。

29. 魯迅著，《南腔北調集》，收錄於《魯迅全集》第四卷，北京：人民文學出版社，1998年12月。

30. 魯迅著,《魯迅小說史論文集:中國小說史略及其他》,臺北:里仁出版社,2003 年 2 月。

31. 劉康著,《對話的喧聲 巴赫汀文化理論述評》,臺北:麥田出版社,1995 年 5 月。

32. 劉成紀著,《慾望的傾向:敘事中的女性及其文化》,鄭州:河南人民出版社,1999 年 9 月。

33. 董家遵著,王承先編,《董家遵文集》,廣州:中山大學出版社,2004 年 11 月。

34. 潘金英著,《《閱微草堂筆記》考論》,臺北:俊傑書局,2008 年 1 月。

35. 賴芳伶著,《閱微草堂筆記研究》,臺北:國立台灣大學出版,1982 年 6 月。

36. 鮑家群著,《中國婦女史論年》,板橋:稻鄉出版社,1999 年 5 月。

37. 賴永海釋譯,《維摩詰經》,三重:佛光文化事業有限公司,2001 年 3 月。

38. 錢谷融、魯樞元主編,《文學心理學》,上海:華東師範大學出版社,2003 年 8 月。

39. 顧燕翎、鄭至慧編,《女性主義經典》,臺北:女書文化,1999 年 10 月。

40. 簡政珍著,《電影閱讀美學》,臺北:書林出版有限公司,2004 年 10 月。

三、外文譯書（依作者字母先後排序）

1. 〔希臘〕亞里士多德（Aristotle）著,羅念生譯,《詩學‧詩藝》,北京:人民文學出版社,1962 年 12 月。

2. 〔奧〕阿德勒（Alfred Adler）著,黃光國譯,《自卑與超越》,臺北:志文出版社,1996 年 11 月。

3. 〔法〕布雷蒙（Claude Bremond）著,張寅德譯,〈敘述可能之邏輯〉,收錄於張寅德編選,《敘述學研究——法國現代當代文學研究資料叢刊》,北京:中國社會科學出版社,1989 年 5 月。

4. 〔瑞士〕卡爾‧古斯塔夫‧榮格（Carl Gustav Jung）著,馮川、蘇克譯,《心理學與文學》,臺北:久大文化股份有限公司,1990 年 10 月。

5. 〔瑞士〕卡爾‧古斯塔夫‧榮格（C.G.Jung, 1875～1961）著,儲昭華、王世鵬譯,《象徵生活》（THE SYMBOLIC LIFE）,北京:國際文化出版公司,2011 年 5 月。

6. 〔法〕克里斯蒂安‧麥茨（Christian Metz）著,王志敏譯,《想像的能指——精神分析與電影》,北京:中國廣播電視出版社,2007 年 11 月。

7. 〔德〕佛洛姆（Erich Fromm, 1900～1980）著,孫石譯,《自我的追尋》,臺北:志文出版社,1998 年 2 月。

8. 〔英〕佛斯特（Edward Morgan Forster）著，李文彬譯，《小說面面觀》，臺北：志文出版社，2002 年 1 月。

9. 〔法〕霍華蘇伯（Howard Suber）著，游宜樺譯，《電影的魔力：Howard Suber 關鍵詞》（*The Power of film*），臺北：早安財經文化，2009 年 4 月。

10. 〔法〕傑哈・簡奈特（Gérard Genette）著，廖素珊、楊恩祖譯，《辭格第三集》（*Figures III*），臺北：時報文化出版企業，2003 年 1 月。

11. 〔美〕喬納森・唐納（Jonathan Donner）著、吳曲輝等譯，《社會學理論的結構》（*The structure of sociological theory*），臺北：桂冠圖書，1996 年 7 月。

12. 〔法〕尚・布希亞（Jean Baudrillard）著，洪凌譯，《擬仿物與擬象》，臺北：時報文化出版企業股份有限公司，1998 年 6 月。

13. 〔美〕吉兒・佛瑞德門（Jill Freedman）等著，易之新譯，《敘事治療——解構並重寫生命的故事》（*Narrative Therapy*），臺北：張老師文化事業，2000 年 9 月。

14. 〔美〕杰克・哈特（Jack Hart）著，葉青譯，《故事技巧——敘事性非虛構文學指南》，北京：中國人民大學出版社，2010 年 7 月。

15. 〔法〕列維・布留爾（Lucien Levy Bruhl）著，丁由譯，《原始思維》，臺北：臺灣商務印書館，2001 年 2 月。

16. 〔法〕露西・伊瑞萬來（Luce Irigaray）著，李金梅譯，《此性非一》（*This Sex Which Is Not One*），臺北：桂冠圖書公司，2005 年 2 月

17. 〔俄〕高爾基（Maksim Gorkiy）著，孟昌譯，《民間文學》「談故事」，北京：民間文學雜誌社，1956 年 5 月號。

18. 〔俄〕巴赫金（M.M.Bakhtin）著，《巴赫金全集》，石家莊：河北教育出版社，1998 年 1 月。

19. 〔意〕馬里奧・佩爾尼奧拉（Perniola, Mario）著，呂捷譯，《儀式思維——性、死亡和世界》（*RITRAL THINKING*），北京：商務印書館，2006 年 12 月。

20. 〔法〕西蒙・波娃（Simone de Beauvoir）著，歐陽子譯，《第二性，第一卷，形成期》，臺北志文出版社，1994 年 9 月。

21. 〔奧〕西格蒙德・佛洛伊德（Sigmund Freud）著，孫名之譯，《夢的解析》，臺北：貓頭鷹出版社，2002 年 5 月。

22. 〔奧〕西格蒙德・佛洛伊德（Sigmund Freud）著，孫名之、顧凱華、馮華英譯，《夢的解析》，北京：國際文化出版公司，2007 年 3 月。

23. 〔奧〕西格蒙德・佛洛伊德（Sigmund Freud）著，宋廣文譯，《性學三論・愛情心理學》，臺北：志文出版社，2007 年 3 月。

24. 〔奧〕維克多‧弗蘭克（Viktor E . Frankl）著，趙可式、沈錦惠合譯，《活出意義來　從集中營說到存在主義》，臺北：光啓出版社，2001 年 3 月。

25. 〔俄〕弗拉基米爾‧雅可夫列維‧普羅普（Vladimir Propp）著，賈放譯，《故事形態學》，北京：中華書局，2006 年 11 月。

26. 〔德〕華特‧班雅明（Walter Benjamin）著，林志明譯，《說故事的人‧法文書寫》，臺北：臺灣攝影工作室，1998 年 12 月。

四、外文專書（依作者字母先後排序）

1. Helmut Bonheim, "*The Narrative Modes: Techniques of the Short Storyl*", （Suffolk: Boydell & Brewer Ltd, 1982.）

2. Soren Kierkegaard, Ed. And Trans. Howard V. Hong and Edna H. Hong, "*Fear and Trembling/ Repetition*", （Princeton: Princeton University Press, 1983.）

3. Tzvetan Todorov, "*Introduction to Poetics. trans. Richard Howard.*", （Minneapo-lis: U of Minnesota Press, 1981.）

4. W.L.Idema, "*Storytelling and the Short Story in China*", （T'oung ao59, 1965）

5. Wayne C. Booth, "*The Rhetoric of Fiction-Chapter One: Telling and Showing*", （the University of ChicagoPress 1973.）

五、期刊（依發表時間先後排序）

1. 〔俄〕高爾基（Maksim Gorkiy）著，孟昌譯，《民間文學》「談故事」，北京：民間文學雜誌社，1956 年 5 月號。

2. 趙伯英，〈紀昀論筆紀小說〉，鹽城：《鹽城師範學院學報（人文社會科學版）》，1985 年第 3 期。

3. 徐光輝，〈從《閱微草堂筆記》看紀昀的小說觀〉，湘潭《湘潭大學社會科學學報》，1987 年第 1 期。

4. 黃淑靖，〈從閱微草堂筆記看影響清代婦女社會地位之因素〉，臺北：《歷史教育》第 3 期，1998 年 6 月。

5. 韓希明，〈試析《閱微草堂筆記》的女性倫理〉，南京：《南京社會科學》，2005 年第 4 期。

6. 吳波，〈追踪晉宋　踵事增華——《閱微草堂筆記》對魏晉六朝志怪小說的繼承與發展〉，淄博：《蒲松齡研究》2005 卷 2 期，2005 年 6 月。

7. 王吉鵬、杜亮梅，〈魯迅與紀昀小說觀之比較〉，唐山：《唐山師範學院學報》第 29 卷第 1 期，2007 年 1 月。

8. 張偉麗，〈論蒲松齡紀昀小說創作心理相同點〉，淄博：《蒲松齡研究》2008卷1期，2008年3月。

9. 吳波，〈攻訐道學與對程朱理學的修正──《閱微草堂筆記》思想文化意蘊研究之二〉，淄博：《蒲松齡研究》2008卷1期，2008年3月。

10. 魏曉虹，〈《閱微草堂筆記》的研究回顧〉，太原：《山西大學學報・哲學社會科學版》第31卷第4期，2008年7月。

11. 魏曉虹，〈淺談《閱微草堂筆記》中的雷神〉，長春：《古籍整理研究學刊》2009卷2期，總第138期，2009年3月。

12. 弓元元，〈《閱微草堂筆記》的創作動機與因果報應〉，呼和浩特：《語文學刊》第2009卷第6A期，2009年6月。

13. 李興昌、宮業勝，〈漫談《閱微草堂筆記》的司法觀〉，滄州：《滄州師範專科學校學報》第25卷第3期，2009年9月。

14. 張泓，〈《閱微草堂筆記》對《聊齋志異》的指責與影射〉，楚雄：《楚雄師範學院學報》第25卷第2期，2010年2月。

15. 魏曉虹，〈論《閱微草堂筆記》中的女孝〉，武漢：《孝感學院學報》第30卷第4期，2010年7月。

16. 李勝清著，〈宏觀意向的微觀表徵──個人化敘事的公共表意機制〉，成都：《當代文壇》，2011年第6期。

六、學位論文 (依發表時間先後順序)

博士論文

1. 張聯成，〈紀昀《閱微草堂筆記》女性倫理道德思想探析〉，新竹：玄奘大學中國語言學系博士論文，2009年。

2. 魏曉虹，〈《閱微草堂筆記》研究〉，長春：東北師範大學中國古代文學系博士論文，2010年。

碩士論文

1. 盧錦堂，〈紀昀生平及其閱微草堂筆記〉，臺北：政治大學中國文學系碩士論文，1973年。

2. 賴芳伶，〈閱微草堂筆記中觀念世界及其源流影響〉，臺北：臺灣大學中國文學系碩士論文，1974年。

3. 劉麗屏，〈閱微草堂筆記中的女性研究〉，臺北：政治大學中國文學系碩士論文，1992年。

4. 林淑幸，〈理念與實踐──紀昀小說觀研究〉，中壢：國立中央大學中國文學系碩士論文，1997年。

5. 林佳慧，〈從非小說到小說——「志怪」論述研究〉，中壢：中央大學中國文學系碩士論文，1999 年。

6. 吳聖青，〈《閱微草堂筆記》與《子不語》中兩性關係研究〉，臺北：中國文化大學中國文學系碩士論文，2000 年。

7. 陳郁秋，〈閱微草堂筆記思想探究〉，臺中：東海大學中國文學系碩士論文 2000 年。

8. 黃子婷，〈《聊齋志異》與《閱微草堂筆記》之仿擬作品研究〉，臺北：政治大學中國文學系碩士論文，2001 年。

9. 金志淵〈《閱微草堂筆記》鬼神故事之研究〉，臺北：台灣大學中國文學系碩士論文，2003 年。

10. 陳韋君，〈閱微草堂筆記情緣故事之研究〉，臺北：中興大學中國文學系碩士論文，2003 年。

11. 張思麗，〈論紀昀筆下的民俗〉，天津：天津師範大學中國古代文學系碩士論文，2003 年。

12. 宋世勇，〈《閱微草堂筆記》鬼神形象芻議〉，廣州：華南師範大學古代文學系碩士論文，2003 年。

13. 陳浥媛，〈閱微草堂筆記傳統與現代思想流轉之研究〉，彰化師範大學國文學系碩士論文，2004 年。

14. 曾凱怡，〈聊齋誌異與閱微草堂筆記狐精故事之敘事藝術研究〉，高雄：高雄中山大學中文系碩士論文，2004 年。

15. 羅玲誼，〈《閱微草堂筆記》創作動機研究〉，鄭州市：鄭州大學中國古代文學系碩士論文，2004 年。

16. 卓芳如，〈俄國漢學家費施曼閱微草堂筆記研究之析論〉，嘉義：嘉義大學中國文學系碩士論文，2005 年。

17. 鄧代芬，〈閱微草堂筆記的陰間界域研究〉，雲林：雲林科技大學漢學資料整理所碩士論文，2005 年。

18. 張玉慧，〈《閱微草堂筆記》之文士生活研究〉，中壢：中央大學中國文學系碩士論文，2009 年。

19. 吳佳隆，〈《閱微草堂筆記》之家庭倫理〉，臺北：臺灣大學中國文學系碩士論文，2010 年。

20. 戴筱玲，〈寓風教於小說——《閱微草堂筆記》復仇故事研究〉，臺中：中興大學中國文學系碩士論文，2010 年。

21. 李景田，〈《聊齋志異》與《閱微草堂筆記》之公開評論的比較研究〉，臺北：臺灣大學中國文學系碩士論文，2010 年。

22. 丁立云，〈《閱微草堂筆記》研究〉，哈爾濱：黑龍江大學中國古代文學系碩士論文 2010 年。

23. 陳季蓁，〈《閱微草堂筆記》因果報應故事研究〉，臺北：臺北市立教育大學中國語文學系碩士論文，2011 年。

24. 秦嵐嵐，〈《閱微草堂筆記》女性描寫研究〉，桂林：廣西師範大學中國古代文學系碩士論文，2012 年。